BAUM
HAUS

Weitere Titel des Autors:

The Vampire Journals – Verwandelt
(auch als Audio erschienen)

Titel in der Regel auch als E-Book erhältlich

Über den Autor:

Morgan Rice schreibt schon seit vielen Jahren, doch *The Vampire Journals* sind seine erste Vampirserie. Morgan Rice ist das Pseudonym eines bekannten US-Autors, der in New York City lebt.

Morgan Rice

Geliebt

The Vampire Journals

Band 2

Übersetzung aus dem amerikanischen Englisch von
Gabi Reichart-Schmitz

BAUM
HAUS

BAUMHAUS TASCHENBUCH
Band 1042

1. Auflage: Februar 2013

MIX
Papier aus verantwortungsvollen Quellen
FSC® C014496

Dieser Titel ist auch als Hörbuch und E-Book erschienen

Vollständige Taschenbuchausgabe

Baumhaus Taschenbuch in der Bastei Lübbe GmbH & Co. KG

Deutsche Erstausgabe

Titel der amerikanischen Originalausgabe:
»Loved – Book 2 in the Vampire Journals«
Published by Arrangement with
LUKEMAN LITERARY MANAGEMENT LTD., BROOKLYN, NY, USA

Dieses Werk wurde vermittelt durch die
Literarische Agentur Thomas Schlück GmbH, 30827 Garbsen

Lektorat: Christina Neiske, München
Titelbild: © istockphoto/Ivan Bliznetsov
Umschlaggestaltung: © Tanja Østlyngen
Satz: hanseatenSatz-bremen, Bremen
Gesetzt aus der ITC Officina Sans
Druck und Verarbeitung: GGP Media GmbH, Pößneck
Printed in Germany
ISBN 978-3-8432-1042-3

Sie finden uns im Internet unter
www.baumhaus-verlag.de
Bitte beachten Sie auch www.luebbe.de

FAKT:

Im Jahr 1692 wurden in Salem ein Dutzend Mädchen im Teenageralter von einer rätselhaften Krankheit befallen. Man nannte diese Mädchen auch *die Besessenen*. Die Krankheit ließ die jungen Mädchen hysterisch werden: Sie schrien herum und behaupteten, dass sie von ortsansässigen Hexen gequält würden. Dies führte zu den Hexenprozessen von Salem.

Bis zum heutigen Tag konnte keine Erklärung für die mysteriöse Erkrankung der jungen Mädchen gefunden werden.

Sie träumte diese Nacht, sie säh mein Bildnis,
Das wie ein Springbrunnen klares Blut vergoss,
Aus hundert Röhren; rüstge Römer kamen,
Und tauchten lächelnd ihre Hände drein.
Dies legt sie nun als Warnung aus und Zeichen
Und Unglück, das uns droht …

William Shakespeare, Julius Cäsar

(Aus der Übersetzung von August Wilhelm von Schlegel,
Zweiter Akt, Zweite Szene)

1. Kapitel

Hudson Valley, New York
(In der Gegenwart)

Zum ersten Mal seit Wochen war Caitlin Paine entspannt. Sie saß auf dem Boden der kleinen Scheune, bequem an einen Heuballen gelehnt, und atmete tief durch. Rund drei Meter von ihr entfernt prasselte ein kleines Feuer in einer gemauerten Feuerstelle. Sie hatte gerade ein weiteres Holzscheit aufgelegt und lauschte dem beruhigenden Knistern der Flammen. Der Monat März war noch nicht vorüber, und heute Nacht war es besonders kalt. Das Fenster in der gegenüberliegenden Wand gab den Blick auf den Nachthimmel frei – sie konnte erkennen, dass es immer noch schneite.

Die Scheune war nicht beheizt, aber sie saß dicht genug am Feuer, um nicht zu frieren. Sie fühlte sich wohl, und ihre Augenlider wurden allmählich schwer. Es roch nach Rauch. Als sie sich ein wenig weiter zurücklehnte, spürte sie, wie die Anspannung in ihren Schultern und ihren Beinen nachließ.

Natürlich war das Feuer nicht der wahre Grund für ihren inneren Frieden, auch nicht das Heu oder der Schutz, den die Scheune bot. Es lag an ihm. Caleb. Sie saß ganz still und betrachtete ihn.

Er saß ihr gegenüber, ungefähr fünf Meter entfernt, und

schlief. Sie nutzte die Gelegenheit, seine vollkommenen Gesichtszüge und seine blasse, durchscheinende Haut zu studieren. Noch nie hatte sie so feine Gesichtszüge gesehen. Es war so unwirklich – als würde sie eine Skulptur anstarren. Es war unvorstellbar, dass er schon seit dreitausend Jahren lebte. Sie selbst sah mit ihren achtzehn Jahren älter aus als er.

Aber es lag nicht nur an seinem Aussehen. Er strahlte etwas Besonderes aus, eine Art unterschwellige Energie. Und einen außergewöhnlichen inneren Frieden. Wenn sie mit ihm zusammen war, hatte sie das Gefühl, alles würde wieder gut werden.

Sie war einfach nur froh, dass er noch da war, dass er immer noch bei ihr war. Und sie hoffte, dass sie zusammenbleiben würden. Aber noch während sie das dachte, schalt sie sich dafür, weil sie wusste, dass sie sich nur Ärger einhandeln würde. Aus Erfahrung wusste sie, dass Typen wie er nicht blieben. So tickten die nicht.

Caleb schlief so ruhig und atmete so flach, dass man kaum erkennen konnte, ob er überhaupt schlief. Zuvor war er auf Nahrungssuche gegangen. Als er zurückkehrte, war er gelassener. Er hatte einen kleinen Stapel Holzscheite mitgebracht, und es war ihm auch gelungen, die Scheunentür abzudichten, sodass Schnee und Zugluft draußen blieben. Nachdem er das Feuer angezündet hatte, war er eingeschlafen, daher kümmerte sie sich jetzt darum.

Sie griff nach ihrem Becher und trank einen Schluck Rotwein. Der Alkohol trug zu ihrer Entspannung bei. Sie hatte die Flasche in einer verborgenen Kiste unter einem Heuhaufen gefunden; aus einer Laune heraus hatten sie und ihr kleiner Bruder Sam sie vor Monaten dort versteckt. Caitlin trank sonst nie Alkohol, aber sie dachte sich, ein paar Schlucke könnten nicht schaden – nach all dem, was sie durchgemacht hatte.

In ihrem Schoß lag ihr aufgeschlagenes Tagebuch, in einer Hand hielt sie einen Stift, in der anderen den Becher. Das Buch lag schon seit zwanzig Minuten dort. Sie hatte keine Ahnung, wo sie anfangen sollte. Normalerweise passierte ihr das nicht, aber diesmal war es anders. Die Ereignisse der jüngsten Vergangenheit waren sehr dramatisch gewesen und schwer zu verarbeiten. Zum ersten Mal seit Tagen war sie ruhig und entspannt. Zum ersten Mal seit Tagen fühlte sie sich annähernd in Sicherheit.

Sie beschloss, dass es am besten wäre, ganz vorne zu beginnen. Was geschehen war. Warum sie hier war. Wer sie überhaupt war. Sie musste die Ereignisse verarbeiten, doch sie war sich nicht sicher, ob sie die Antworten auf alle Fragen kannte.

* * *

Bis letzte Woche war mein Leben normal. Im Laufe der Zeit hatte ich mich an Oakville gewöhnt, es gefiel mir sogar. Dann marschierte Mom eines Tages herein und verkündete, dass wir umziehen würden. Wieder einmal. Unser Leben wurde auf den Kopf gestellt, das kannten wir ja schon zur Genüge von ihr.

Aber diesmal war es schlimmer. Wir zogen nicht wieder in eine kleine Stadt, sondern nach New York. In eine Großstadt. Das bedeutete den Besuch einer staatlichen Schule und ein Leben umgeben von Beton, noch dazu in einer gefährlichen Wohngegend.

Sam war ebenfalls stocksauer. Wir redeten darüber, nicht mitzugehen und uns davonzumachen. Aber die Wahrheit war, dass es keine Alternative gab.

Also zogen wir wieder mal um. Wir schworen uns beide insgeheim, dass wir abhauen würden, wenn es uns nicht gefiele. Wir würden schon irgendwo unterkommen. Irgendwo. Vielleicht könnten wir sogar versuchen, Dad aufzuspüren. Aber wir wussten beide, dass das nicht realistisch war.

Und dann passierte es. Es ging so schnell. Mein Körper veränderte sich, er verwandelte sich. Ich weiß immer noch nicht richtig, was geschehen ist und was aus mir geworden ist. Ich weiß nur, dass ich nicht mehr dieselbe bin.

Ich erinnere mich an jenen schicksalhaften Abend, an dem alles begann. Die Carnegie Hall. Mein Date mit Jonah. Und dann … die Konzertpause. Meine … Nahrungsaufnahme? Der Mord, den ich begangen haben soll? Ich kann mich immer noch nicht erinnern. Ich weiß nur das, was man mir erzählt hat. Ich weiß, dass ich in jener Nacht etwas Schreckliches getan habe, aber es ist alles in einem Nebel verschwunden. Was auch immer ich getan habe, es liegt mir schwer im Magen. Ich wollte niemandem etwas antun.

Am nächsten Tag nahm ich die Veränderungen an mir wahr. Ich hatte definitiv mehr Kraft, und ich wurde empfindlicher gegenüber Licht. Auch mein Geruchssinn veränderte sich. Tiere benahmen sich seltsam in meiner Gegenwart, und auch ich reagierte merkwürdig auf sie.

Und dann war da die Sache mit meiner Mom. Sie sagte mir, sie wäre nicht meine richtige Mutter, und kurz darauf wurde sie von diesen Vampiren umgebracht, die hinter mir her waren. Ich habe nie gewollt, dass ihr so etwas zustößt. Ich fühle mich immer noch irgendwie schuldig. Aber ich kann mich jetzt nicht gehen lassen. Ich muss mich auf das konzentrieren, was vor mir liegt, was ich steuern kann.

Es folgte meine Gefangennahme durch diese furchtbaren Vampire. Später meine Flucht. Mit Caleb. Ohne ihn hätten sie mich bestimmt getötet. Oder mir Schlimmeres angetan.

Calebs Clan. Sein Volk. Sie waren so anders. Aber trotzdem waren auch sie Vampire. Sie hatten ein ausgeprägtes Revierverhalten. Waren eifersüchtig. Misstrauisch. Sie warfen mich hinaus und ließen ihm keine Wahl.

Aber er wählte trotzdem. Trotz allem entschied er sich für mich. Erneut rettete er mich. Er hat alles für mich riskiert. Ich liebe ihn dafür. Mehr, als er je erfahren wird.

Ich muss ihm helfen. Er glaubt, ich sei die Auserwählte, eine Art Vampir-Messias. Er ist überzeugt, dass ich ihn zu einem verlorenen Schwert führen kann, das einen Vampirkrieg verhindern und alle retten wird. Ich persönlich glaube nicht daran. Nicht mal sein eigenes Volk glaubt es. Doch ich weiß, dass das alles ist, was er hat; es bedeutet die Welt für ihn. Und für mich ist es das Mindeste, was ich tun kann. Dabei geht es mir gar nicht um das Schwert. Ich will einfach nicht, dass er geht.

Also tue ich, was ich kann. Meinen Dad wollte ich ohnehin schon immer suchen. Ich will wissen, wer er wirklich ist. Wer ich wirklich bin. Ob ich wirklich ein halber Vampir bin, beziehungsweise ein halber Mensch, oder was auch immer. Ich brauche Antworten. Außerdem will ich wissen, was aus mir werden wird …

»Caitlin?«

Als sie aufwachte, war sie völlig benommen. Caleb stand vor ihr und schüttelte sie sanft an der Schulter. Er lächelte.

»Ich glaube, du bist eingeschlafen«, sagte er.

Sie sah sich um und entdeckte das offene Tagebuch in ihrem Schoß. Schnell klappte sie es zu und spürte, wie ihre Wangen heiß wurden. Hoffentlich hatte er nicht darin gelesen. Vor allem nicht den Teil über ihre Gefühle für ihn.

Sie setzte sich auf und rieb sich die Augen. Es war noch dunkel, und das Feuer war bis auf die Glut heruntergebrannt. Er musste auch gerade erst aufgewacht sein. Sie fragte sich, wie lange sie wohl geschlafen hatte.

»Tut mir leid«, sagte sie. »Ich habe zum ersten Mal seit Tagen geschlafen.«

Er lächelte wieder, ging zum Feuer und legte einige Holzscheite auf. Sie begannen zu knacken und zu zischen, als das Feuer wieder aufflackerte. Sie spürte, wie die Wärme ihre Füße erreichte.

Er starrte ins Feuer, und sein Lächeln verblasste langsam, als er sich in seinen Gedanken verlor. Die Flammen warfen einen warmen Schein auf sein Gesicht und ließen ihn noch attraktiver wirken, falls das überhaupt möglich war. Seine großen, hellbraunen Augen waren weit geöffnet. Während sie ihn betrachtete, wechselten sie die Farbe und wurden hellgrün.

Caitlin setzte sich auf und merkte, dass ihr Weinglas noch fast voll war. Sie trank einen Schluck. Der Wein wärmte sie. Sie hatte schon eine ganze Weile nichts mehr gegessen, weshalb ihr der Alkohol sofort zu Kopf stieg. Sie sah den anderen Becher dort stehen und besann sich auf ihre guten Manieren.

»Soll ich dir auch etwas einschenken?«, fragte sie und fügte nervös hinzu: »Ich meine, ich weiß nicht, ob du überhaupt Wein trinkst ...«

Er lachte.

»Doch, auch Vampire trinken Wein«, erwiderte er lächelnd, kam zu ihr herüber und hielt ihr seinen Becher hin.

Sie war überrascht. Nicht von seinen Worten, sondern von seinem Lachen. Es klang sanft, elegant und schien im Raum zu verklingen. Wie alles an ihm war auch sein Lachen rätselhaft.

Sie sah ihm in die Augen, als er sein Glas an die Lippen hob, und hoffte, er würde ihren Blick erwidern.

Er tat es.

Dann sahen beide gleichzeitig weg. Caitlins Herz schlug schneller.

Caleb kehrte an seinen Platz zurück, setzte sich ins Stroh, lehnte sich zurück und sah sie an. Er schien sie genau zu mustern, und das machte sie verlegen.

Unbewusst strich sie sich mit der Hand über ihre Kleidung und wünschte, sie trüge etwas Hübscheres. Ihre Gedanken rasten, während sie überlegte, was sie überhaupt anhatte. Irgendwo auf dem Weg – sie konnte sich nicht mehr an den Ort erinnern – hatten sie kurz Halt gemacht. Sie war in das einzige Bekleidungsgeschäft gegangen, das es gab – ein Secondhandladen der Heilsarmee –, und hatte sich andere Kleidung besorgt.

Jetzt blickte sie entsetzt an sich herunter und erkannte sich selbst kaum wieder. Sie hatte zerrissene, verwaschene Jeans an, Turnschuhe, die ihr eine Nummer zu groß waren, und ein Sweatshirt über einem T-Shirt. Darüber trug sie eine ausgeblichene, lila Jacke, an der ein Knopf fehlte und die ihr ebenfalls zu groß war. Aber die Sachen hielten warm. Und das war momentan das Wichtigste.

Trotzdem war sie verlegen. Warum musste er sie so sehen? Da lernte sie schon mal jemanden kennen, der ihr wirklich gefiel, und dann hatte sie keine Chance, sich hübsch zu machen. In dieser Hütte gab es kein Bad, und selbst wenn es eines gäbe, hätte sie keine Schminkutensilien dabei. Beschämt wich sie seinem Blick aus.

»Habe ich lange geschlafen?«, fragte sie.

»Ich weiß es nicht. Ich bin selbst gerade erst aufgewacht«, antwortete er und fuhr sich mit der Hand durch die Haare. »Ich habe meinen Durst heute ziemlich früh gestillt. Das hat mich ganz aus dem Konzept gebracht.«

Sie sah ihn an.

»Erklär es mir«, forderte sie ihn auf.

Er verstand nicht, was sie meinte.

»Die Nahrungsaufnahme«, präzisierte sie. »Wie funktioniert es? Bringst du … Menschen um?«

»Nein, nie«, antwortete er.

Er schwieg eine Weile und ordnete seine Gedanken.

»Es ist kompliziert, wie alles, was mit Vampiren zu tun hat«, erklärte er. »Es hängt vom Vampirtyp ab, außerdem von der Clanzugehörigkeit. Ich ernähre mich nur von Tieren, hauptsächlich Rehen. Davon gibt es ohnehin zu viele, und die Menschen jagen sie auch – häufig essen sie sie nicht einmal.«

Sein Gesichtsausdruck wurde finster.

»Aber andere Clans sind nicht so kultiviert. Sie ernähren sich von Menschenblut. In der Regel suchen sie sich unerwünschte Menschen aus.«

»Unerwünschte?«

»Obdachlose, Herumtreiber, Prostituierte … Menschen, deren Verschwinden niemandem auffällt. So ist es immer schon gewesen. Vampire wollen keine Aufmerksamkeit auf sich lenken.

Weil wir kein Menschblut trinken, betrachten wir uns – das heißt meinen Clan, den Whitetide Clan – als reinblütig und die anderen Arten als unrein. Wovon man sich ernährt ... von dessen Energie wird man durchströmt.«

Caitlin saß ganz still und dachte nach.

»Wie ist es bei mir?«, fragte sie schließlich.

Er warf ihr einen Blick zu.

»Warum will ich manchmal Blut trinken, manchmal aber auch nicht?«

Er runzelte nachdenklich die Stirn.

»Ich bin mir nicht sicher. Bei dir ist es anders. Du bist ein Halbblut. Das ist sehr selten ... Ich weiß aber, dass du gerade erwachsen wirst. Andere Vampire werden verwandelt, über Nacht. Bei dir ist es ein längerer Prozess. Vielleicht wird es eine Weile dauern, bis du alle Veränderungen durchlaufen und dich damit arrangiert hast.«

Caitlin lehnte sich zurück und erinnerte sich an die schmerzhaften Hungerattacken, von denen sie wie aus dem Nichts überfallen worden war. Sie war nicht mehr in der Lage gewesen, an etwas anderes zu denken – sie wollte nur noch ihren Hunger beziehungsweise Durst stillen. Das war furchtbar gewesen. Sie fürchtete sich schon vor dem nächsten Mal.

»Aber woher weiß ich, wann es wieder passieren wird?«

Er sah sie an. »Du kannst es nicht wissen.«

»Aber ich will keine Menschen umbringen«, erwiderte sie heftig. »Niemals.«

»Das musst du auch nicht. Du kannst dich von Tieren ernähren.«

»Aber was ist, wenn ich gerade irgendwo bin, wo es keine Tiere gibt?«

»Du wirst lernen müssen, dein Verlangen zu kontrollieren. Dazu braucht man viel Übung. Und Willensstärke. Es ist nicht einfach, aber es ist möglich. Du kannst es kontrollieren. Jeder Vampir macht das durch.«

Caitlin dachte darüber nach, wie es sein würde, ein lebendes Tier zu fangen und sein Blut auszusaugen. Ihr war klar, dass sie bereits schneller war als je zuvor, aber sie wusste nicht, ob sie dafür tatsächlich schon schnell genug war. Außerdem hatte sie keine Ahnung, was sie tun müsste, falls sie tatsächlich ein Reh erwischte.

Wieder sah sie ihn an.

»Wirst du es mir beibringen?«, fragte sie hoffnungsvoll.

Er begegnete ihrem Blick, und sie spürte, wie ihr Herz schneller klopfte.

»Die Nahrungsaufnahme ist in unserer Rasse heilig. Dabei ist man immer allein«, sagte er sanft und entschuldigend. »Außer ...« Er verstummte.

»Außer?«, hakte sie nach.

»Außer bei einer Hochzeitszeremonie. Um Ehemann und Ehefrau aneinander zu binden.«

Er blickte zur Seite und rutschte unbehaglich hin und her. Das Blut schoss ihr in die Wangen, und plötzlich fand sie es sehr warm im Raum.

Sie beschloss, das Thema fallen zu lassen. Momentan hatte sie keine Hungerkrämpfe, sie würde sich damit beschäftigen, wenn es so weit war. Sie hoffte, dass er dann bei ihr sein würde.

Außerdem interessierte sie sich gar nicht sonderlich für Ernährungsfragen, Vampire, Schwerter oder Ähnliches. Sie wollte etwas über *ihn* erfahren. Oder eigentlich darüber, was er für sie empfand. Es gab so viele Fragen, die sie ihm gerne gestellt hätte. *Warum hast du all das für mich riskiert?*

Ging es dir bloß darum, dieses Schwert zu finden? Oder gab es sonst noch etwas? Wirst du auch bei mir bleiben, wenn du dein Schwert gefunden hast? Würdest du die Grenze für mich überschreiten, obwohl eine Liebesbeziehung mit einem Menschen verboten ist?

Doch sie hatte Angst.

Daher sagte sie nur: »Ich hoffe, wir werden dein Schwert finden.«

Lahm, dachte sie. *Fällt dir nichts Besseres ein? Kannst du nie mutig genug sein, um zu sagen, was du wirklich denkst?*

Aber seine Energie war zu intensiv. Wenn sie in seiner Nähe war, konnte sie kaum klar denken.

»Das hoffe ich auch«, erwiderte er. »Es ist keine gewöhnliche Waffe. Wir Vampire sind schon seit Jahrhunderten darauf versessen. Es wird gemunkelt, es wäre das exquisiteste türkische Schwert, das je geschmiedet wurde. Es besteht aus einem Metall, das jeden Vampir töten kann. Damit wären wir unbesiegbar. Ohne das Schwert hingegen ...«

Er verstummte, offensichtlich scheute er sich, die Konsequenzen auszusprechen.

Caitlin wünschte, Sam wäre hier und könnte ihnen helfen, indem er sie zu ihrem Dad führte. Prüfend sah sie sich in der kleinen Scheune um. Sie entdeckte kein Anzeichen dafür, dass er vor Kurzem hier gewesen war. Erneut bedauerte sie es, ihr Handy verloren zu haben. Es hätte ihr Leben so sehr erleichtert.

»Sam hat öfter mal hier übernachtet«, sagte sie. »Ich war mir sicher, dass er hier sein würde. Ich weiß, dass er in diese Stadt zurückgekehrt ist – ganz bestimmt. Er würde nicht woanders hingehen. Morgen reden wir in der Schule mit seinen Freunden. Ich werde schon herausfinden, wo er steckt.«

Caleb nickte. »Glaubst du, er weiß, wo sich euer Vater befindet?«

»Ich ... weiß es nicht«, antwortete sie. »Aber er weiß auf jeden Fall viel mehr über ihn als ich. Er sucht schon seit einer Ewigkeit nach ihm. Wenn jemand etwas weiß, dann er.«

Caitlin dachte daran, wie Sam ständig auf der Suche gewesen war, wie er ihr seine neuen Hinweise gezeigt hatte, um dann doch immer wieder enttäuscht zu werden. So oft war er abends in ihr Zimmer gekommen und hatte auf der Bettkante gesessen. Seine Sehnsucht nach ihrem Vater war überwältigend gewesen, er war wie besessen davon. Sie sehnte sich ebenfalls nach ihm, aber ihr Wunsch war lange nicht so stark. Für sie war es schlimmer gewesen, seine Enttäuschung mitzuerleben.

Caitlin erinnerte sich an ihre verkorkste Kindheit, an alles, was sie verpasst hatten, und plötzlich wurde sie von ihren Gefühlen überwältigt. In ihrem Augenwinkel bildete sich eine Träne. Verlegen wischte sie sie schnell weg und hoffte, dass Caleb es nicht gesehen hatte.

Doch er hatte es gesehen. Er sah auf und musterte sie aufmerksam.

Dann erhob er sich langsam und setzte sich neben sie. Er war so nahe, dass sie seine Energie ganz deutlich spüren konnte. Ihr Herz klopfte schneller.

Sanft fuhr er ihr mit einem Finger durch das Haar und strich ihr eine Strähne aus dem Gesicht. Dann ließ er seinen Finger an ihrem Auge vorbei die Wange hinuntergleiten.

Sie hielt den Kopf gesenkt und blickte zu Boden, weil sie seinen Blick fürchtete. Sie spürte, wie eindringlich er sie musterte.

»Mach dir keine Sorgen«, sagte er mit seiner sanften, tiefen Stimme, bei deren Klang sie sich so wohlfühlte. »Wir werden deinen Vater finden. Wir werden gemeinsam nach ihm suchen.«

Aber das war es nicht, was ihr Sorgen bereitete. Sie sorgte sich um ihn. Um Caleb. Sie fragte sich, wann er sie verlassen würde.

Außerdem fragte sie sich, ob er sie wohl küssen würde, wenn sie ihm ins Gesicht schaute. Sie sehnte sich danach, die Berührung seiner Lippen zu spüren.

Aber sie hatte Angst, den Kopf zu heben.

Nach einer gefühlten Ewigkeit brachte sie schließlich den Mut auf, ihn anzusehen.

Doch er hatte sich bereits abgewandt. Er lehnte an dem Heuballen, hatte die Augen geschlossen und schlief. Der Feuerschein beleuchtete das sanfte Lächeln auf seinem Gesicht.

Sie rückte näher an ihn heran und lehnte sich ebenfalls zurück. Ihr Kopf ruhte nur wenige Zentimeter neben seiner Schulter, sodass sie sich beinahe berührten.

Und beinahe genügte ihr das.

2. Kapitel

Caitlin schob das Scheunentor auf und betrachtete blinzend die schneebedeckte Welt dort draußen. Der Schnee reflektierte das helle Sonnenlicht. Sie schlug die Hände vors Gesicht, weil ein bis dahin unbekannter Schmerz in ihre Augen schoss.

Caleb trat neben sie – er war damit beschäftigt, sich einen Überzug aus einem dünnen, durchsichtigen Material über Arme und Hals zu ziehen. Es sah fast aus wie Klarsichtfolie, aber es schien mit seiner Haut zu verschmelzen. Schon konnte sie den Überzug gar nicht mehr erkennen.

»Was ist das?«

»Hautfolie«, antwortete er, während er die Folie sorgfältig mehrfach um Arme und Schultern wickelte. »Damit ist es uns möglich, bei Sonnenschein hinauszugehen. Ansonsten würde unsere Haut verbrennen.« Er musterte sie. »Du brauchst das nicht – noch nicht.«

»Woran merkt man das denn?«, fragte sie.

»Glaub mir«, erwiderte er grinsend. »Du würdest es wissen.«

Er griff in die Tasche und nahm ein Fläschchen Augentropfen heraus, von denen er mehrere Tropfen in jedes Auge träufelte. Er drehte sich um und sah sie an.

Offensichtlich erkannte er, dass ihre Augen schmerzten, denn er legte ihr sanft eine Hand auf die Stirn. »Leg den Kopf zurück«, forderte er sie auf.

Sie gehorchte.

»Mach die Augen weit auf«, sagte er.

Vorsichtig ließ er ihr in jedes Auge je einen Tropfen fallen.

Es brannte wie verrückt. Sie schloss die Augen und senkte den Kopf.

»Au«, sagte sie und rieb sich die Augen. »Du kannst es mir auch einfach sagen, wenn du sauer auf mich bist.«

Er lachte. »Tut mir leid. Anfangs brennt es, aber das geht schnell vorbei. Innerhalb weniger Sekunden werden deine Augen nicht mehr lichtempfindlich sein.«

Sei zwinkerte und rieb sich erneut die Augen. Schließlich blickte sie auf und merkte, dass er recht hatte – die Schmerzen hatten aufgehört.

»Die meisten von uns wagen sich trotzdem nicht raus in die Sonne, wenn es nicht unbedingt sein muss. Bei Tag sind wir schwächer. Aber manchmal geht es eben nicht anders.«

Fragend sah er sie an. »Diese Schule, die dein Bruder besucht hat – ist sie weit weg?«

»Es ist nur ein kurzer Fußmarsch«, entgegnete sie und ging über die schneebedeckte Wiese voran. »Es ist die Highschool von Oakville. Bis vor wenigen Wochen war es auch meine Schule. Irgendeiner von meinen Freunden *muss* einfach wissen, wo Sam steckt.«

* * *

Die Highschool von Oakville sah noch genauso aus, wie Caitlin sie in Erinnerung hatte. Irgendwie fühlte es sich unwirklich an, wieder dort zu sein. So, als hätte sie nur einen kurzen Urlaub gemacht und wäre nun in ihr normales Leben zurückgekehrt. Einen kurzen Moment lang glaubte sie sogar, dass die Ereignisse der vergangenen Woche nur ein verrückter Traum gewesen waren. Sie schwelgte in der Fantasievorstellung, dass alles wieder völlig normal wäre, genau so, wie es zuvor gewesen war. Es war ein schönes Gefühl.

Aber als sie zur Seite blickte und Caleb neben sich sah, wusste sie, dass nichts normal war. Wenn es irgendetwas noch Unwirklicheres gab als ihre Rückkehr, dann war es eine Rückkehr mit Caleb an ihrer Seite. Sie würde ihre alte Schule zusammen mit diesem fantastisch aussehenden Typen betreten. Er war weit über einen Meter achtzig groß, hatte breite Schultern und war von Kopf bis Fuß schwarz gekleidet. Der Kragen seines schwarzen Ledermantels war hochgeschlagen, und seine überdurchschnittlich langen Haare fielen locker darüber. Er sah aus, als wäre er gerade von der Titelseite einer angesagten Teenie-Zeitschrift gestiegen.

Caitlin malte sich die Reaktion der anderen Mädchen aus, wenn sie sie zusammen mit ihm sahen. Bei dem Gedanken lächelte sie unwillkürlich. Sie war nie auffallend beliebt gewesen, und die Jungs hatten ihr nicht viel Aufmerksamkeit geschenkt. Das hieß jedoch nicht, dass sie unbeliebt gewesen wäre – sie hatte einige gute Freunde, auch wenn sie nie der Mittelpunkt der angesagtesten Clique gewesen war. Sie ordnete sich irgendwo in der Mitte ein. Allerdings hatte sie bisweilen das Gefühl gehabt, dass die wirklich angesagten Mädchen sie verachteten. Sie schienen immer zusammenzustecken, spazierten hochnäsig auf den Gängen herum und ignorierten alle, die ihrer Ansicht nach unter ihrem Niveau waren. Jetzt würden sie ihr vielleicht Beachtung schenken.

Caitlin und Caleb stiegen die Treppen hoch und gingen durch die breiten Doppeltüren in die Schule hinein. Caitlin warf einen Blick auf die große Uhr: Es war acht Uhr dreißig. Perfekt. Die erste Stunde würde gleich enden, und die Gänge müssten sich jeden Moment füllen. So würden sie weniger auffallen. Sie musste sich keine Gedanken wegen des Sicherheitspersonals oder eines Ausweises machen.

Wie aufs Stichwort klingelte es. Innerhalb von Sekunden tauchten die ersten Schüler auf den Fluren auf.

Das Gute an Oakville war, dass zwischen dieser Highschool und der Highschool in New York City Welten lagen. Hier war selbst zu Stoßzeiten immer noch genug Platz. Große Fenster säumten die Gänge und ließen Licht und Himmel herein. Überall konnte man Bäume sehen, egal wo man war. Beinahe vermisste sie ihre alte Schule. Beinahe.

Eigentlich hatte sie die Nase voll von Schule. Streng genommen würde es nur noch wenige Monate bis zu ihrem Schulabschluss dauern, aber sie hatte das Gefühl, als hätte sie in den letzten Tagen mehr gelernt, als sie je in einem Klassenraum lernen könnte. Im Vergleich dazu spielten ein paar weitere Monate Unterricht und ein offizielles Diplom keine Rolle. Sie lernte sehr gerne, aber sie hätte auch kein Problem damit, nicht mehr zur Schule zu gehen.

Als sie den Flur entlanggingen, hielt Caitlin nach vertrauten Gesichtern Ausschau. Sie begegneten hauptsächlich Zehntklässlern und Elftklässlern, aber sie entdeckte niemanden aus ihrer zwölften Klasse. Überrascht registrierte sie die Reaktion der Mädchen, an denen sie vorbeigingen. Jede Einzelne starrte Caleb buchstäblich an. Keine einzige Schülerin versuchte, ihr Interesse zu verbergen; sie waren nicht in der Lage, den Blick abzuwenden. Es war unglaublich. Sie kam sich vor, als würde sie in Begleitung von Justin Bieber durch die Schule spazieren.

Caitlin drehte sich um und sah, dass alle Mädchen stehen geblieben waren und immer noch starrten. Einige flüsterten untereinander.

Sie warf Caleb einen Blick zu und fragte sich, ob ihm das aufgefallen war. Falls ja, ließ er sich jedenfalls nichts anmerken.

»Caitlin?«, sagte jemand mit verblüffter Stimme.

Caitlins Blick fiel auf Luisa, eines der Mädchen, mit denen sie vor ihrem Umzug befreundet gewesen war.

»Oh mein Gott!«, fügte Luisa aufgeregt hinzu und breitete die Arme aus. Bevor Caitlin reagieren konnte, umarmte Luisa sie bereits. Caitlin erwiderte die freudige Begrüßung. Wie schön, ein vertrautes Gesicht zu sehen.

»Was ist passiert?«, fragte Luisa leicht hektisch. Das war typisch für sie. Ihr schwacher spanischer Akzent kam durch, da sie erst vor wenigen Jahren von Puerto Rico hergezogen war. »Ich bin ganz durcheinander! Ich dachte, du wärst weggezogen? Ich habe dir gesimst und Nachrichten über Facebook geschickt, aber du hast nicht geantwortet ...«

»Es tut mir so leid«, antwortete Caitlin. »Ich habe mein Handy verloren, und ich hatte keine Gelegenheit, an einen Computer zu gehen, und ...«

Luisa hörte nicht zu. Gerade hatte sie Caleb bemerkt und starrte ihn wie hypnotisiert an. Ihr klappte förmlich die Kinnlade herunter.

»Wer ist dein Freund?«, fragte sie schließlich leise. Caitlin lächelte. Sie hatte ihre Freundin noch nie so fassungslos erlebt.

»Luisa, das ist Caleb«, stellte Caitlin vor.

»Es ist mir ein Vergnügen«, sagte Caleb, lächelte sie an und streckte die Hand aus.

Luisa konnte den Blick nicht von ihm lösen. Langsam hob sie die Hand. Sie war wie betäubt und offensichtlich nicht in der Lage zu sprechen. Dann warf sie Caitlin einen ungläubigen Blick zu – sie konnte nicht verstehen, wie diese sich so einen Typen geschnappt hatte. Sie betrachtete ihre Freundin mit anderen Augen, fast als wüsste sie nicht, wer sie war.

»Ähm ...«, stammelte Luisa mit weit aufgerissenen Augen, »... ähm ... wie ... wo ... habt ihr euch denn kennengelernt?«

Caitlin spielte ganz kurz mit dem Gedanken, Luisa alles zu erzählen. Dann musste sie innerlich lächeln. Es würde nicht funktionieren.

»Wir sind uns ... nach einem Konzert begegnet«, sagte sie stattdessen.

Das entsprach zumindest teilweise der Wahrheit.

»Oh mein Gott, was für ein Konzert? In New York? Von den Black Eyed Peas!?«, rief Luisa aufgeregt. »Ich bin ja so neidisch! Die möchte ich unbedingt mal auf der Bühne sehen!«

Caitlin lächelte bei dem Gedanken an Caleb auf einem Rockkonzert. Irgendwie konnte sie sich ihn dort nicht vorstellen.

»Ähm ... nicht direkt«, antwortete sie. »Luisa, hör zu, tut mir leid, dass ich dich unterbrechen muss, aber ich habe nicht viel Zeit. Ich bin auf der Suche nach Sam. Hast du ihn vielleicht gesehen?«

»Klar. Alle haben ihn gesehen. Er ist letzte Woche zurückgekommen. Er sah merkwürdig aus. Ich habe ihn gefragt, wo du bist und was mit ihm los ist, aber er wollte mir nichts erzählen. Wahrscheinlich pennt er draußen in dieser leeren Scheune, die er so liebt.«

»Nein, da ist er nicht«, erwiderte Caitlin. »Wir kommen gerade von dort.«

»Wirklich? Tut mir leid, dann weiß ich es nicht. Er ist ja erst in der zehnten Klasse, deshalb haben wir nicht viel miteinander zu tun. Hast du es schon über Facebook versucht? Er ist doch ständig online.«

»Ich habe mein Handy nicht …«, begann Caitlin.

»Nimm meins«, fiel Luisa ihr ins Wort. Bevor Caitlin ihren Satz beenden konnte, hatte Luisa ihr schon ihr Handy in die Hand gedrückt. »Facebook ist schon offen. Logg dich ein und schick ihm eine Nachricht.«

Natürlich, dachte Caitlin. *Warum ist mir das nicht selbst eingefallen?*

Caitlin loggte sich ein, tippte Sams Namen in das Suchfeld, rief sein Profil auf und klickte auf *Nachricht*. Sie zögerte kurz und überlegte, was sie schreiben sollte. Dann tippte sie ein: *Sam, ich bin's. Ich bin in der Scheune. Komm dorthin. So bald wie möglich.*

Sie drückte auf *Senden* und gab Luisa das Handy zurück.

Hinter ihnen entstand ein kleiner Tumult, und Caitlin drehte sich um.

Eine Gruppe der beliebtesten, älteren Mädchen kam direkt auf sie zu. Sie flüsterten und starrten Caleb an.

Zum ersten Mal stieg ein neues Gefühl in Caitlin auf. Eifersucht. Sie las in den Augen dieser Mädchen, die ihr zuvor nie Beachtung geschenkt hatten, dass sie ihr Caleb nur zu gerne wegschnappen würden. Diese Mädchen konnten jeden Jungen haben, den sie nur wollten. Es spielte keine Rolle, ob er eine Freundin hatte oder nicht. Man konnte bloß hoffen, dass sie kein Auge auf den eigenen Freund warfen.

Und jetzt hatten sie Caleb ins Visier genommen.

Caitlin hoffte und betete, dass Caleb immun gegen ihre Macht war. Und dass er Caitlin nach wie vor mochte. Aber wenn sie es sich recht überlegte, konnte sie es sich nicht vorstellen. Sie war so durchschnittlich. Warum sollte er bei ihr bleiben, wenn Mädchen wie diese ihn unbedingt für sich haben wollten?

Caitlin betete, dass sie einfach vorbeigehen würden. Nur dieses eine Mal.

Aber natürlich taten sie das nicht. Ihr Herz hämmerte, als die Gruppe direkt bei ihnen stehen blieb.

»Hi, Caitlin«, sagte eine von ihnen mit vorgetäuschter Freundlichkeit.

Tiffany. Groß, glattes blondes Haar, blaue Augen und spindeldürr. Sie war von Kopf bis Fuß mit Designerklamotten ausstaffiert. »Wer ist denn dein Freund?«

Caitlin wusste nicht, was sie antworten sollte. Tiffany und ihre Freundinnen hatten sie bisher immer links liegen lassen und ihr nicht einmal einen Blick gegönnt. Jetzt war Caitlin ganz überrascht, dass sie überhaupt ihren Namen kannten. Und offensichtlich wollten sie ein Gespräch beginnen. Caitlin wusste natürlich, dass das nichts mit ihr zu tun hatte. Sie wollten Caleb. So sehr, dass sie sich sogar dazu herabließen, mit ihr zu sprechen.

Das verhieß nichts Gutes.

Caleb musste ihr Unbehagen gespürt haben, denn er trat einen Schritt näher und legte ihr den Arm um die Schulter.

Noch nie in ihrem Leben war Caitlin für etwas dankbarer gewesen als für diese Geste.

Mit neu entdecktem Selbstvertrauen schaffte Caitlin es, ihnen zu antworten. »Das ist Caleb.«

»Was macht ihr denn hier?«, fragte ein anderes Mädchen.

Bunny. Sie war eine Kopie von Tiffany, nur mit braunem Haar. »Ich dachte, du wärst umgezogen oder so.«

»Nun, ich bin zurückgekommen«, erwiderte Caitlin.

»Und du, bist du neu hier?«, fragte Tiffany an Caleb gerichtet. »Bist du in der Zwölften?«

»Ich bin neu hier, ja«, antwortete er unverbindlich.

Tiffanys Augen leuchteten auf, weil sie seine Antwort so interpretierte, dass er ihre Schule besuchen würde. »Super«, sagte sie. »Heute Abend gebe ich eine Party, bei mir zu Hause. Es werden nur ein paar enge Freunde da sein, aber wir hätten dich sehr gerne dabei. Und ... ähm ... du kannst auch kommen«, fügte sie hinzu und sah Caitlin an.

Caitlin spürte Verärgerung in sich aufsteigen.

»Vielen Dank für die Einladung, meine Damen«, sagte Caleb, »aber es tut mir leid, Caitlin und ich haben heute Abend schon etwas Wichtiges vor.«

Caitlins Herz schwoll vor Stolz an.

Gewonnen!

Zufrieden betrachtete sie ihre enttäuschten Gesichter.

Die Mädchen rümpften die Nase und zogen ab.

Caitlin, Caleb und Luisa blieben allein zurück. Caitlin atmete auf.

»Oh mein Gott!«, meinte Luisa. »Diese Mädchen haben dich immer links liegen lassen. Und jetzt haben sie dich eingeladen!«

»Ich weiß«, antwortete Caitlin verwirrt.

»Caitlin!«, stieß Luisa plötzlich hervor und packte sie am Arm. »Mir ist gerade etwas eingefallen. Susan hat letzte Woche von Sam gesprochen. Sie sagte, er wäre bei den Colemans. Tut mir leid, ich habe mich gerade erst wieder daran erinnert. Vielleicht hilft dir das weiter.«

Die Colemans. Natürlich. Da muss er sein.

Hektisch fuhr Luisa fort: »Wir treffen uns übrigens heute Abend alle im Franks. Du musst unbedingt auch kommen! Wir vermissen dich. Und bring Caleb mit. Es wird eine tolle Party. Die halbe Klasse wir da sein. Du *musst* einfach kommen.«

»Na ja ... Ich weiß nicht ...«

Es läutete zur nächsten Stunde.

»Ich muss los. Ich bin so froh, dass du wieder da bist! Ich hab dich lieb. Ruf mich an. Ciao!«, rief Luisa, winkte Caleb zu und eilte davon.

Caitlin stellte sich vor, wie es wäre, ihr normales Leben wieder aufzunehmen. Sie würde mit ihren Freunden abhängen, auf Partys gehen, eine normale Schule besuchen und ihren Abschluss machen. Der Gedanke gefiel ihr. Für einen Moment versuchte sie, die Ereignisse der vergangenen Woche zu verdrängen und so zu tun, als wäre nie etwas Schlimmes geschehen.

Aber dann fiel ihr Blick auf Caleb, und die Realität holte sie ein. Ihr ganzes Leben hatte sich verändert. Für immer. Die Veränderungen waren nicht rückgängig zu machen. Diese Tatsache musste sie einfach akzeptieren.

Ganz abgesehen davon, dass sie jemanden umgebracht hatte und von der Polizei gesucht wurde. Und dass es nur eine Frage der Zeit war, bis sie irgendwo gefasst würde. Und dass ein ganzer Clan Vampire sie umbringen wollte. Und dass dieses Schwert, nach dem sie suchten, das Leben vieler Menschen retten könnte.

Ihr Leben war ganz klar nicht mehr so, wie es einmal gewesen war, und es würde auch nie wieder so sein. Es war an der Zeit, sich der Realität stellen.

Caitlin legte Caleb die Hand auf den Arm und führte ihn zum Ausgang. Die Colemans. Sie wusste, wo sie wohnten. Es leuchtete ihr ein, dass Sam sich dort eingenistet hatte. Wenn er nicht in der Schule war, musste er bei den Colemans sein. Sie würden als Nächstes dort nach ihm suchen.

Als sie in die frische Luft hinauskamen, wunderte sie sich, wie gut es sich anfühlte, die Highschool zu verlassen – diesmal endgültig.

* * *

Caitlin und Caleb überquerten das Grundstück der Colemans. Der Schnee auf dem Rasen knirschte unter ihren Füßen. Das Haus machte nicht viel her, es war ein bescheidener Hof an der Landstraße. Aber ein gutes Stück dahinter an der Grundstücksgrenze gab es eine Scheune. Caitlin entdeckte eine Reihe heruntergekommener Pick-ups, die planlos auf der Wiese abgestellt worden waren. Jede Menge Fußspuren im Schnee zeigten ihr, dass viele Leute zur Scheune gegangen waren.

Das war es, was die Kids in Oakville taten – sie hingen in Scheunen ab. Oakville war ebenso ländlich wie spießig, und die Hütten und Scheunen verschafften ihnen die Möglichkeit, sich außerhalb der Elternhäuser zu treffen. Es war viel besser, als in einem Keller abzuhängen. Die Eltern hörten nichts. Und die Kids hatten einen eigenen Eingang – und einen eigenen Ausgang.

Caitlin atmete tief durch, als sie zur Scheune gingen und das schwere Holztor aufschoben.

Sofort stieg ihr der Geruch in die Nase. Marihuana. Der

Qualm hing überall in der Luft. Außerdem stank es nach abgestandenem Bier. Viel zu viel davon.

Was sie jedoch am deutlichsten wahrnahm, mehr als alles andere, war der Geruch eines Tieres. Ihre Sinne waren noch nie so geschärft gewesen. Der Schreck über die Anwesenheit eines Tieres durchfuhr sie heftig. In ihrer Nase stach es, als hätte sie gerade Ammoniak geschnüffelt.

Sie blickte nach rechts. Dort in der Ecke lag ein großer Rottweiler. Langsam setzte er sich auf, starrte sie an und fletschte die Zähne. Er stieß ein leises, kehliges Knurren aus. Es war Butch. Caitlin erinnerte sich an ihn. Er war der fiese Rottweiler der Familie Coleman. Als bräuchten die Colemans auch noch ein bösartiges Tier, um ihren schlechten Ruf zu untermauern!

Die Colemans waren immer schon Unruhestifter gewesen. Es gab drei Brüder im Alter von siebzehn, fünfzehn und dreizehn, und Sam hatte sich irgendwann mit dem mittleren Bruder Gabe angefreundet. Einer war schlimmer als der andere. Ihr Dad hatte die Familie schon vor langer Zeit verlassen – niemand wusste, wo er steckte –, und ihre Mom war nie da. Die Jungen wuchsen im Grunde alleine auf. Trotz ihres jugendlichen Alters waren sie ständig betrunken oder bekifft und glänzten in der Schule meistens durch Abwesenheit.

Caitlin war verärgert, weil Sam mit ihnen abhing. Das konnte nur zu Problemen führen.

Im Hintergrund spielte Musik. Pink Floyd, *Wish You Were Here*.

Das passt, dachte Caitlin.

In der Scheune wirkte es dunkel, umso mehr, weil der heutige Tag so strahlend war. Ihre Augen brauchten einige Sekunden, um sich anzupassen.

Da war er. Sam. Er saß mitten auf diesem verschlissenen Sofa, umgeben von rund einem Dutzend Jungs. Links von ihm saß Gabe, rechts Brock.

Sam beugte sich gerade über eine Wasserpfeife. Er inhalierte, setzte die Pfeife ab und lehnte sich zurück. Es dauerte lange, bis er schließlich ausatmete, zu lange.

Gabe stieß ihn an, und Sam sah auf. Völlig zugedröhnt starrte er Caitlin an. Seine Augen waren blutunterlaufen.

Ein scharfer Schmerz durchfuhr Caitlin. Sie war mehr als enttäuscht. Sie fühlte sich schuldig, wenn sie daran dachte, wie sie sich in New York gestritten hatten. Ihre Worte waren sehr harsch gewesen. »Dann geh doch!«, hatte sie geschrien. Warum hatte sie so hart sein müssen? Nur zu gerne hätte sie ihre Worte zurückgenommen.

Jetzt war es zu spät. Wenn sie andere Worte gewählt hätte, wäre nun vielleicht alles anders.

Eine Welle des Zorns schlug über ihr zusammen. Sie war wütend auf die Colemans und auf die Kids in dieser Scheune, die auf Stühlen, Heuballen und verschlissenen Sofas herumlungerten, tranken, rauchten und nichts aus ihrem Leben machten. Es stand ihnen frei, nichts aus ihrem Leben zu machen. Aber sie hatten nicht das Recht, Sam mit hineinzuziehen. Er war besser als sie. Ihm hatte einfach der Halt gefehlt. In seinem Leben gab es keine Vaterfigur, und ihre Mutter war nie liebevoll mit ihren Kindern umgegangen. Er war ein großartiger Junge, und sie wusste, dass er unter den Besten in seiner Klasse wäre, wenn er nur ein halbwegs stabiles Zuhause gehabt hätte. Aber irgendwann war es zu spät gewesen. Inzwischen war er völlig abgestumpft.

Sie ging einige Schritte auf ihn zu. »Sam?«

Er starrte sie nur wortlos an.

Es war schwierig zu erkennen, was in diesem Blick lag. Waren es die Drogen? Tat er so, als wäre ihm alles gleichgültig? Oder war ihm tatsächlich alles gleichgültig?

Dieser teilnahmslose Blick schmerzte sie mehr als alles andere. Sie hatte gehofft, er würde sich freuen und sie in den Arm nehmen. Aber mit dieser Reaktion hatte sie nicht gerechnet. Sie schien ihm egal zu sein. Als wäre sie eine Fremde. Wollte er einfach nur vor seinen Freunden cool erscheinen? Oder hatte sie es diesmal endgültig vermasselt?

Einige Sekunden vergingen, bis er schließlich wegsah und die Wasserpfeife an einen Freund weiterreichte. Seine Schwester ignorierte er.

»Sam!«, rief sie, diesmal deutlich lauter. Ihr Gesicht war gerötet vor Ärger. »Ich rede mit dir!«

Sie hörte seine Loser-Freunde kichern, und heiße Wut stieg in ihr auf. Sie fühlte noch etwas anderes, einen animalischen Instinkt. Die Wut erreichte ein Level, das fast nicht mehr zu kontrollieren war, und sie hatte Angst, gleich zu explodieren. Ihr Zorn war nicht mehr menschlich – er war animalisch.

Diese Typen waren groß und kräftig, aber sie wusste, dass sie mit jedem von ihnen im Handumdrehen fertigwerden würde. Hoffentlich schaffte sie es, sich zu beherrschen – es fiel ihr schwer.

Der Rottweiler knurrte inzwischen lauter und kam langsam auf sie zu. Es war, als würde er etwas wittern.

Eine Hand legte sich sanft auf ihre Schulter. Caleb. Er war noch da. Er musste ihre Erregung gespürt haben, sein Instinkt hatte es ihm sicher gesagt. Er versuchte, sie zu beruhigen, damit sie nicht die Kontrolle über sich verlor. Seine Gegenwart besänftigte sie. Aber es war nicht leicht.

Schließlich drehte Sam sich um und sah sie an. In seinem

Blick lag Trotz. Er war immer noch böse auf sie, das war offensichtlich.

»Was willst du?«, fragte er knapp.

»Warum bist du nicht in der Schule?«, hörte sie sich sagen. Sie wusste selbst nicht, warum sie ihn ausgerechnet das fragte, wo ihr doch so viele andere Fragen auf der Seele brannten. Es musste eine Art Mutterinstinkt sein.

Die Jungs kicherten. Ihre Wut wurde wieder stärker.

»Was geht *dich* das an?«, fragte Sam. »Du hast mir gesagt, ich soll gehen.«

»Es tut mir leid«, erwiderte sie. »Das war nicht so gemeint.«

Sie war froh, eine Chance zu haben, das loszuwerden.

Aber ihre Entschuldigung zeigte offensichtlich keine Wirkung. Er starrte sie weiterhin an.

»Sam, ich muss mit dir reden. Unter vier Augen«, sagte sie.

Sie wollte ihn aus diesem Umfeld herausholen, mit ihm an die frische Luft gehen, wo sie sich richtig unterhalten konnten. Sie wollte nicht nur etwas über ihren Dad erfahren, sondern auch einfach mit ihm reden, wie früher. Und sie wollte ihn vorsichtig über den Tod ihrer Mom informieren.

Aber dazu würde es nicht kommen. Die Energie in dieser vollen Scheune war einfach zu düster, zu gewaltträchtig. Sie spürte, wie sie allmählich die Kontrolle verlor. Trotz Calebs Hand bekam sie sich nicht mehr in den Griff.

»Ich bleibe hier«, sagte Sam.

Seine Freunde kicherten erneut.

»Warum entspannst du dich nicht?«, sagte einer der Typen zu Caitlin. »Du bist so nervös. Komm, setz dich. Nimm einen Zug.«

Er hielt ihr die Wasserpfeife hin.

Sie starrte ihn an.

»Warum steckst du dir das Teil nicht sonst wohin?«, sagte sie zähneknirschend.

Die Kids riefen durcheinander.

Der Typ, der ihr die Wasserpfeife angeboten hatte, war groß und muskulös. Sie erinnerte sich, dass man ihn aus dem Football-Team geworfen hatte. Jetzt lief er rot an.

»Was hast du gesagt, du Schlampe?«, fragte er und stand auf.

Er war viel größer, als sie ihn in Erinnerung hatte, fast zwei Meter. Calebs Griff an ihrer Schulter verstärkte sich. Sie wusste nicht, ob er sie ermahnen wollte, ruhig zu bleiben, oder ob er selbst auch angespannt war.

Die Anspannung im Raum stieg dramatisch.

Der Rottweiler schlich näher. Er war jetzt nur noch wenige Schritte entfernt und knurrte wie verrückt.

»Jimbo, entspann dich«, sagte Sam zu dem großen Typen.

Sams Beschützerinstinkt war wieder erwacht. Egal, was geschah, er wollte sie beschützen. »Sie kann richtig nervig sein, aber sie hat es nicht so gemeint. Sie ist immer noch meine Schwester. Komm wieder runter.«

»Ich habe es genau so gemeint«, schrie Caitlin wutentbrannt. »Ihr haltet euch wohl für besonders cool, was? Ihr seid ein Haufen Loser, ihr werdet nie etwas erreichen. Wenn ihr eurer eigenes Leben vermasseln wollt, nur zu, aber zieht Sam nicht mit hinein!«

Jimbo sah noch wütender aus als Caitlin, falls das überhaupt möglich war. Drohend kam er auf sie zu.

»Sieh mal einer an, Fräulein Lehrerin. Spielt hier die besorgte Mommy und will uns sagen, was wir zu tun haben!«

Alle lachten.

»Warum zeigt ihr es uns nicht, du und dein schwuchteliger Freund?«

Jimbo trat noch näher und versetzte Caitlin mit seiner Riesenpranke einen Stoß gegen die Schulter.

Das war ein großer Fehler.

Die Wut in Caitlin explodierte und war nicht mehr zu kontrollieren. In dem Moment, als Jimbo sie berührte, schoss ihre Hand mit Lichtgeschwindigkeit in die Höhe und verdrehte ihm die Hand. Ein lautes Knacken war zu hören, als sie ihm das Handgelenk brach.

Dann zog sie seinen Arm hinter seinen Rücken und schubste ihn mit dem Gesicht voran auf den Boden.

In weniger als einer Sekunde lag er hilflos auf dem Bauch. Sie stellte ihm einen Fuß in den Nacken.

Voller Schmerz schrie Jimbo auf.

»Mein Gott, mein Handgelenk, mein Handgelenk! Dieses verdammte Biest hat mir den Arm gebrochen!«

Sam war wie alle anderen schockiert aufgesprungen. Er wirkte verstört. Er hatte keine Ahnung, wie seine kleine Schwester einen so großen Typen derart schnell hatte zu Fall bringen können.

»Entschuldige dich«, fauchte Caitlin Jimbo an. Der Klang ihrer eigenen Stimme erschreckte sie. Sie klang kehlig, wie die Stimme eines Tieres.

»Es tut mir leid, es tut mir leid, es tut mir leid!«, wimmerte Jim.

Caitlin hätte es gerne dabei belassen, aber ein Teil von ihr ließ es nicht zu. Die Wut war zu plötzlich und zu heftig über sie gekommen. Sie konnte einfach nicht aufhören. Der Zorn hatte seinen Höhepunkt noch nicht erreicht. Sie wollte diesen Jungen umbringen. Es war absolut unvernünftig, aber sie wollte es trotzdem.

»Caitlin!?«, schrie Sam. Sie hörte die Furcht in seiner Stimme »Bitte!«

Aber Caitlin konnte nicht anders, sie würde diesen Typen töten.

In dem Moment hörte sie ein wütendes Knurren und sah aus dem Augenwinkel den Hund. Er setzte zum Sprung an, und seine Zähne zielten direkt auf ihre Kehle.

Caitlin reagierte sofort. Sie ließ Jimbo los und hielt den Hund mit einer einzigen Bewegung mitten in der Luft auf. Sie fasste ihn unter dem Bauch und schleuderte ihn von sich.

Er flog mehrere Meter quer durch den Raum und durchbrach die Holzwand der Scheune. Das Holz zersplitterte, und der Hund segelte jaulend durch das Loch.

Alle starrten Caitlin an. Sie konnten nicht begreifen, was sie gerade miterlebt hatten. Caitlins Kraft und Geschwindigkeit waren eindeutig übermenschlich gewesen, es gab keinerlei Erklärung dafür. Die Anwesenden blickten sie mit offenem Mund an.

Caitlin wurde von einer Woge der Gefühle überflutet. Ärger. Traurigkeit. Sie wusste nicht, was sie fühlte, und vertraute sich selbst nicht mehr. Sie konnte nicht sprechen, sie musste hier raus. Sam würde nicht mitkommen, das war ihr inzwischen klar. Er war ein anderer Mensch geworden.

Sie ebenfalls.

3. Kapitel

Caitlin und Caleb spazierten langsam am Flussufer entlang. Diese Seite des Hudson River war verwahrlost und übersät von stillgelegten Fabriken und Treibstofflagern. Hier unten war es öde, aber friedlich. Große Eisschollen trieben an diesem Märztag flussabwärts, zerfielen langsam und knackten bisweilen leise. Das Eis sah aus, als stamme es aus einer anderen Welt. Es reflektierte das Licht auf merkwürdige Weise, während Nebelschwaden langsam über den Fluss schwebten. Caitlin hatte Lust, auf eine Eisscholle zu klettern, sich hinzusetzen und sich treiben zu lassen, wohin auch immer die Reise führen würde.

Sie schwiegen beide und waren in ihre Gedanken versunken. Caitlin war es peinlich, dass sie vor Caleb so ausgerastet war. Sie schämte sich, weil sie die Kontrolle über sich verloren und so gewalttätig agiert hatte.

Sie schämte sich auch für ihren Bruder, weil er sich so danebenbenommen hatte und mit diesen Losern abhing. So hatte sie ihn noch nie erlebt. Es war ihr sehr unangenehm, dass sie Caleb dieser Situation ausgesetzt hatte. Das war kein guter Einstieg gewesen, um ihre Familie kennenzulernen. Was mochte er jetzt wohl von ihr denken? Dieser Gedanke schmerzte sie mehr als alles andere.

Das Allerschlimmste war, dass sie nicht wusste, was sie jetzt tun sollten. Bei der Suche nach ihrem Dad hatte sie große Hoffnungen auf Sam gesetzt. Einen Plan B hatte sie nicht, sonst hätte sie ihren Dad schon vor Jahren selbst gesucht und vielleicht auch gefunden. Sie wusste nicht, was sie Caleb sagen sollte. Würde er jetzt gehen? Bestimmt würde er das. Sie konnte ihm nicht helfen, und er musste unbedingt dieses Schwert finden. Warum sollte er also bei ihr bleiben?

Caitlin wurde immer nervöser. Sie vermutete, dass Caleb nur auf den richtigen Moment wartete, um ihr zu sagen, dass er aus ihrem Leben verschwinden würde. Wie alle anderen vor ihm.

»Es tut mir sehr leid«, sagte sie schließlich leise, »wie ich mich eben aufgeführt habe. Ich schäme mich, dass ich so die Beherrschung verloren habe.«

»Das musst du nicht. Du hast nichts Falsches getan, du lernst noch. Und du bist sehr stark.«

»Es tut mir auch leid, dass mein Bruder sich so benommen hat.«

Er lächelte. »Wenn ich eins gelernt habe im Laufe der Jahrhunderte, dann ist es, dass man nicht für das Verhalten seiner Familienangehörigen verantwortlich ist.«

Schweigend gingen sie weiter. Nachdenklich blickte er auf den Fluss hinaus.

»Und was jetzt?«, fragte sie schließlich.

Er blieb stehen und sah sie an.

»Wirst du jetzt gehen?«, fügte sie zögernd hinzu.

Er war tief in Gedanken versunken.

»Fällt dir irgendein Ort ein, an dem dein Vater sein könnte? Irgendjemand, der ihn kannte? Irgendetwas, das uns weiterhelfen könnte?«

Sie hatte es schon versucht. Es gab nichts. Absolut nichts. Ratlos schüttelte sie den Kopf.

»Es *muss* etwas geben«, sagte er eindringlich. »Denk scharf nach. Hast du Erinnerungen an ihn?«

Caitlin dachte angestrengt nach. Sie schloss die Augen und versuchte krampfhaft, sich an etwas zu erinnern. Dieselbe Frage hatte sie sich schon so oft gestellt. So oft hatte sie ihren Vater in ihren Träumen gesehen, dass sie Traum und Wirklichkeit nicht mehr auseinanderhalten konnte. Immer wieder hatte sie ihn in demselben Traum gesehen – sie lief über eine Wiese und sah ihn in der Ferne, aber wenn sie näher kam, entfernte er sich. Aber das war nicht er. Es waren bloß Träume.

Manchmal flackerten Erinnerungen an die Zeit auf, als sie noch ein kleines Kind gewesen war. Sie war mit ihm irgendwohin gegangen, es musste im Sommer gewesen sein. Sie erinnerte sich an das Meer und daran, dass es warm gewesen war, richtig warm. Aber dann wiederum war sie sich nicht sicher, ob das die Wirklichkeit war. Die Erinnerung verschwamm zusehends. Sie hatte auch keine Ahnung, wo dieser Strand gewesen sein könnte.

»Es tut mir so leid«, sagte sie. »Ich wünschte, ich hätte eine Spur. Nicht nur um deinetwillen, sondern auch um meinetwillen. Ich habe einfach keine Ahnung, wo er stecken könnte. Und ich habe keine Ahnung, wie ich ihn finden soll.«

Caleb drehte sich zum Fluss um. Er seufzte tief und starrte auf das Eis hinaus. Erneut wechselten seine Augen die Farbe, diesmal wurden sie meergrün.

Caitlin spürte, dass der Zeitpunkt jetzt gekommen war. Jeden Moment würde er sich umdrehen und es ihr sagen. Er musste gehen. Sie war nicht mehr von Nutzen für ihn.

Am liebsten hätte sie etwas erfunden und eine Lüge über

ihren Vater erzählt, um eine Spur zu legen. Damit er bei ihr blieb. Aber ihr war klar, dass sie das nicht fertigbringen würde.

Auf einmal war sie den Tränen nahe.

»Ich verstehe das nicht«, murmelte Caleb und blickte immer noch auf den Fluss hinaus. »Ich war mir so *sicher*, dass du die Auserwählte bist.«

Wieder schwieg er. Sie wartete eine gefühlte Ewigkeit.

»Es gibt noch etwas, das ich nicht verstehe«, erklärte er schließlich und drehte sich zu ihr um. Seine großen Augen hypnotisierten sie förmlich.

»Ich fühle etwas, wenn ich in deiner Nähe bin. Aber es ist ganz verschwommen. Wenn ich mit anderen zusammen bin, kann ich immer deutlich sehen, was wir miteinander erlebt haben, wann unsere Wege sich gekreuzt haben, egal in welchem Körper. Aber bei dir ... ist alles trüb. Ich sehe nichts. Das ist mir noch nie passiert. Es ist, als würde ich ... davon abgehalten, etwas zu sehen.«

»Vielleicht sind wir uns ja nie begegnet«, gab Caitlin zu bedenken.

Er schüttelte den Kopf.

»Auch das würde ich sehen. In deinem Fall kann ich weder die Vergangenheit noch die Zukunft erkennen. Das ist mir in dreitausend Jahren noch nie passiert. Ich habe das Gefühl ... als hätte ich eine Erinnerung an dich. Ich kann es fast greifen, aber eben nur fast. Es kommt nicht. Das treibt mich in den Wahnsinn.«

»Na ja«, sagte sie, »vielleicht gibt es einfach nichts zu sehen. Vielleicht ist das jetzt einfach nur die Gegenwart. Möglicherweise gab es nie mehr und wird auch nie mehr geben.«

Sofort bereute sie ihre Worte. Jetzt ging das schon wieder

los, sie riss einfach ihren Mund auf und sagte dämliche Sachen, die sie gar nicht so meinte. Warum musste sie so etwas sagen? Es war das genaue Gegenteil von dem, was sie dachte und fühlte. Sie hätte eigentlich sagen wollen: *Ja. Ich fühle es auch. Ich habe das Gefühl, als wären wir schon ewig zusammen. Und ich möchte für immer bei dir bleiben.* Stattdessen purzelten ganz andere Worte aus ihrem Mund. Es musste daran liegen, dass sie so nervös war. Jetzt konnte sie ihre Worte nicht mehr zurücknehmen.

Doch Caleb ließ sich nicht abschrecken. Im Gegenteil, er trat näher, legte ihr die Hand an die Wange und schob ihr Haar zurück. Dabei sah er ihr tief in die Augen. Diesmal wurden seine Augen blau. Der Blickkontakt war überwältigend.

Ihr Herz pochte heftig, und überall in ihrem Körper breitete sich Hitze aus. Sie hatte das Gefühl, sich in seinem Blick zu verlieren.

Versuchte er sich zu erinnern? Wollte er sich verabschieden?

Oder würde er sie vielleicht gleich küssen?

4. Kapitel

Wenn es etwas gab, was Kyle noch mehr hasste als Menschen, dann waren es Politiker. Er konnte ihr Getue, ihre Heuchelei und ihre Selbstgerechtigkeit nicht ausstehen. Ihre Arroganz fand er ebenfalls unerträglich. Und das Ganze war ohne jede Grundlage, denn die meisten von ihnen lebten nicht einmal hundert Jahre lang. Er hingegen lebte schon länger als fünftausend Jahre. Wenn sie von ihren bisherigen Erfahrungen sprachen, wurde ihm übel.

Es war Schicksal, dass Kyle diesen Politikern täglich begegnete, wenn er ausgeschlafen hatte und durch die City Hall ans Tageslicht hinaufstieg. Der Blacktide Clan hatte sich vor Jahrhunderten unter dem Rathaus von New York City, der City Hall, niedergelassen und immer in enger Partnerschaft mit den Politikern gestanden. Tatsächlich war es sogar so, dass viele der angeblichen Politiker heimliche Mitglieder seines Clans waren, die ihre Aufgaben innerhalb der Stadt und des Staates ausführten. Diese Vermischung mit den Menschen war ein notwendiges Übel.

Aber unter den Politikern gab es auch genug echte Menschen, und die sorgten bei Kyle immer für eine Gänsehaut. Für ihn war es ein unerträglicher Zustand, dass sie sich in diesem Gebäude aufhalten durften. Ganz besonders störte es ihn, wenn sie ihm zu nahe kamen. Jetzt rempelte er einen von ihnen absichtlich im Vorbeigehen heftig mit der Schulter an. »He!«, rief der Mann, aber Kyle ging einfach mit zusammengebissenen Zähnen weiter und strebte auf die große Flügeltür am Ende des Flurs zu.

Wenn er könnte, würde Kyle sie alle umbringen. Aber er durfte nicht. Sein Clan unterstand dem Obersten Rat, dessen Mitglieder sich immer noch zurückhaltend gaben, aus welchem Grund auch immer. Sie warteten auf den richtigen Zeitpunkt, um die menschliche Rasse für alle Zeiten auszulöschen. Kyle wartete inzwischen schon seit tausend Jahren, und er wusste nicht, wie lange er das noch aushalten würde. In der Vergangenheit hatte es einige wunderbare Augenblicke gegeben, als sie grünes Licht erhalten hatten und nahe dran gewesen waren. Im Jahr 1350 hatten die Vampire in Europa endlich Einigkeit erzielt und gemeinsam die Pest verbreitet. Das waren großartige Zeiten gewesen. Allein der Gedanke daran zauberte ein Lächeln auf Kyles Gesicht.

Es hatte auch andere schöne Zeiten gegeben – beispielsweise das finstere Mittelalter, als der Oberste Rat ihnen erlaubt hatte, Krieg in ganz Europa zu führen und Millionen von Menschen umzubringen und zu schänden. Kyle grinste breit. Das waren die großartigsten Jahrhunderte seines Lebens gewesen.

Doch in den vergangenen Jahrhunderten war der Oberste Rat schwach und pathetisch geworden. Als hätten sie Angst vor den Menschen. Der Zweite Weltkrieg war hübsch gewesen, aber so begrenzt und viel zu kurz. Kyle gierte nach mehr. Seitdem hatte es keine größeren Seuchen und keine richtigen Kriege mehr gegeben. Man könnte fast den Eindruck gewinnen, als wären die Vampire angesichts der zunehmenden Zahl und der wachsenden Macht der Menschen in eine Art Schockstarre verfallen.

Aber jetzt kamen sie endlich zur Besinnung, es tat sich etwas. Kyle stolzierte aus der Vordertür der City Hall, stieg die Treppe hinunter und ging mit federnden Schritten die Straße entlang. Er beeilte sich, weil er sich auf seinen Ausflug in das South-Street-Seaport-Viertel freute. Eine riesige Lieferung würde ihn dort erwarten. Zigtausende Kisten mit vollkommen intakten, genveränderten Erregern der Beulenpest. Sie waren Hunderte von Jahren in Europa gelagert und seit dem letzten Ausbruch perfekt konserviert worden. Und jetzt hatte man sie genmanipuliert, um sie absolut resistent gegen Antibiotika zu machen. Sie würden ihm, Kyle, zur Verfügung stehen, damit er genau das tun konnte, was er immer schon gewollt hatte, nämlich einen neuen Krieg auf dem amerikanischen Kontinent zu entfesseln. In seinem Territorium.

Man würde sich in den kommenden Jahrhunderten auf jeden Fall an ihn erinnern.

Der Gedanke daran ließ Kyle laut auflachen, doch in Verbindung mit seinem finsteren Gesichtsausdruck wirkte das Lachen eher wie ein wütendes Knurren.

Er würde natürlich Rexus, dem obersten Meister seines Clans, Rechenschaft ablegen müssen, aber das war reine Formsache. In Wahrheit würde er, Kyle, der Leiter der Aktion sein. Tausende von Vampiren aus seinem eigenen Clan – und aus allen Nachbarclans – würden ihm unterstehen. Damit würde er mächtiger und einflussreicher sein als je zuvor.

Kyle wusste schon genau, wie er die Seuche auslösen würde: Eine Charge der Bakterien würde er in der Penn Station, eine im Grand Central Terminal und eine am Times Square verteilen. Das Timing würde perfekt sein, genau zur Rushhour. Das würde den Stein so richtig ins Rollen bringen.

Er schätzte, dass innerhalb weniger Tage die Hälfte der Bevölkerung Manhattans infiziert sein würde. Nach einer weiteren Woche würden es alle sein. Diese Epidemie breitete sich rasend schnell aus, da die Übertragung über die Luft erfolgte.

Die jämmerlichen Menschen würden natürlich die Stadt abriegeln – Brücken und Tunnel dichtmachen, Luftverkehr und Schiffsverkehr einstellen. Aber genau das war es, was er wollte. Sie würden sich selbst einsperren und wären damit völlig hilflos dem Schrecken ausgeliefert, der folgen würde. Kyle und seine Vampire würden einen Vampirkrieg entfesseln, wie ihn die Menschheit noch nie erlebt hatte. Es war nur eine Frage von Tagen, bis sie alle eingeschlossenen und verzweifelt gegen die Pest ankämpfenden New Yorker komplett ausgelöscht haben würden.

Und danach würde die Stadt ihnen gehören. Nicht nur *unter* der Erde, sondern auch oberhalb. Es wäre der Startschuss, ein Aufruf an alle Clans in jeder Stadt, jedem Land, es ihnen gleichzutun. Innerhalb weniger Wochen wäre Amerika in ihrer Hand, wenn nicht sogar die ganze Welt. Kyle wäre derjenige, der das Ganze in Gang gebracht haben würde. Er würde allen in bester Erinnerung bleiben – als derjenige, der die Vampire für immer über die Erde gebracht hatte.

Natürlich würden sie Verwendung für die übrig gebliebenen Menschen finden. So könnten sie die Überlebenden beispielsweise versklaven und in großen Zuchtbetrieben unterbringen. Das würde Kyle gefallen. Man würde dafür sorgen, dass sie alle dick und fett würden, und wenn die Vampire Blutdurst bekämen, könnten sie aus einer endlosen Vielfalt auswählen. Die Menschen wären in einem perfekten Zustand.

Ja, sie würden gute Sklaven sein und ein köstliches Mahl abgeben, wenn sie richtig aufgezogen wurden.

Bei dem Gedanken lief Kyle das Wasser im Mund zusammen. Fantastische Zeiten lagen vor ihm. Nichts würde ihm im Wege stehen.

Nichts, das heißt, abgesehen von diesem verdammten Whitetide Clan, der seinen Standort unter The Cloisters hatte. Ja, diese Vampire waren ihm ein Dorn im Auge. Aber kein großer. Sobald er das schreckliche Mädchen fand, diese Caitlin, und diesen abtrünnigen Verräter Caleb, würden sie ihn zu dem Schwert führen. Damit wäre der Whitetide Clan wehrlos, und nichts würde Kyle und seinem Clan noch im Wege stehen.

Kyle schäumte vor Wut, als er an dieses dumme kleine Mädchen dachte, das ihm entwischt war. Sie hatte ihn der Lächerlichkeit preisgegeben.

Nun bog er in die Wall Street ein. Ein Passant, ein großer Mann in einem adretten Anzug, hatte das Pech, seinen Weg zu kreuzen. Kyle rammte ihn mit aller Kraft an der Schulter, sodass er einige Schritte rückwärtsstolperte und gegen eine Mauer prallte.

Der Mann schrie erbost: »He Kumpel, wo liegt dein Problem??«

Als Kyle ihn spöttisch angrinste, veränderte sich sein Gesichtsausdruck. Mit einem Mann wie Kyle, der mehr als eins neunzig groß war und äußerst breitschultrig, legte man sich besser nicht an. Obwohl er selbst auch groß und kräftig war, drehte der Mann sich schnell um und ging weiter. So dumm war er nicht.

Nach diesem kleinen Zwischenfall fühlte Kyle sich ein wenig besser, aber seine Wut war immer noch nicht abgekühlt.

Er würde dieses Mädchen finden und sie dann ganz langsam töten.

Aber jetzt war nicht die richtige Zeit. Er musste einen klaren Kopf bewahren, weil er sich um wichtigere Dinge zu kümmern hatte. Die Lieferung am Kai.

Er atmete tief ein, und langsam breitete sich wieder ein Lächeln auf seinem Gesicht aus. Die Lieferung war nur noch wenige Häuserblocks entfernt.

Dieser Tag war für ihn schöner als Weihnachten.

5. Kapitel

Sam erwachte mit heftigen Kopfschmerzen. Vorsichtig öffnete er ein Auge und erkannte, dass er auf dem Boden der Scheune im Stroh eingeschlafen war. Es war kalt. Keiner seiner Freunde hatte sich am Vorabend die Mühe gemacht, das Feuer zu schüren. Dazu waren sie alle zu bekifft gewesen.

Der Raum drehte sich immer noch um Sam. Er hob den Kopf, zog sich einen Strohhalm aus dem Mund und spürte einen fürchterlichen Schmerz an den Schläfen. Er hatte in einer merkwürdigen Haltung geschlafen, deshalb schmerzte sein verkrampfter Nacken, als er den Kopf bewegte. Er rieb sich die Augen und versuchte, die verklebten Lider zu öffnen, aber es fiel ihm schwer. Gestern Abend hatte er es wirklich übertrieben. Er erinnerte sich an die Wasserpfeife. Danach hatte er Bier und Southern Comfort getrunken, später noch mehr Bier. Er hatte sich übergeben müssen und dann wieder Gras geraucht. Irgendwann im Laufe der Nacht war er einfach aus den Latschen gekippt. Wann genau, das wusste er nicht mehr.

Obwohl ihm schlecht war, hatte er großen Hunger. Am liebsten würde er jetzt einen ganzen Stapel Pfannkuchen und ein Dutzend Eier vertilgen, aber er befürchtete, sich erneut übergeben zu müssen. Allein beim Gedanken daran musste er würgen.

Mühsam versuchte er, sich an die Ereignisse des Vortages zu erinnern. Die Begegnung mit Caitlin fiel ihm ein – wie könnte er das vergessen. Ihr Auftritt hatte ihn so richtig fertiggemacht. Wie sie Jimbo zu Fall gebracht hatte. Dann die Sache mit dem Hund. Was zum Teufel war das gewesen? War das wirklich passiert?

Als er aufblickte, sah er das Loch in der Wand, durch das der Hund gesegelt war. Kalte Luft strömte herein. Das war eindeutig der Beweis dafür, dass er nicht geträumt hatte. Er wusste nicht, was er davon halten sollte. Und wer war der Kerl, der sie begleitet hatte? Er sah aus wie ein Footballspieler, war aber extrem blass. Er wirkte, als wäre er geradewegs dem Film *Matrix* entstiegen. Sam konnte nicht einschätzen, wie alt er war. Das Eigenartige war, dass er das unbestimmte Gefühl hatte, ihn von irgendwoher zu kennen.

Seine Freunde lagen um ihn herum und schliefen, die meisten schnarchten. Sam hob seine Uhr vom Boden auf und sah, dass es elf Uhr vormittags war. Sie würden sicher noch eine Weile weiterschlafen.

Er durchquerte die Scheune und griff nach einer Flasche Wasser. Er wollte gerade trinken, als er merkte, dass sie mit Zigarettenstummeln gefüllt war. Angewidert stellte er die Flasche ab und sah sich suchend um. Aus dem Augenwinkel entdeckte er einen halb gefüllten Wasserkrug auf dem Boden. Er trank und trank, bis er ihn fast geleert hatte.

Jetzt ging es ihm schon besser. Seine Kehle war so trocken gewesen. Er atmete tief ein und legte sich eine Hand an die Schläfe. Der Raum drehte sich immer noch, und es stank. Er musste hier raus.

Also ging Sam zum Scheunentor und schob es auf. Die kalte Morgenluft fühlte sich gut an, aber trotz der Wolken war es so verdammt hell, dass er die Augen zusammenkneifen musste. Es schneite wieder. Super, noch mehr Schnee.

Früher hatte Sam Schnee geliebt, vor allem, wenn es so viel geschneit hatte, dass sie nicht in die Schule gehen konnten. Zusammen mit Caitlin war er den halben Tag Schlitten gefahren.

Aber jetzt schwänzte er ohnehin meistens die Schule, sodass es keinen Unterschied mehr machte. Der Schnee ging ihm nur noch auf die Nerven.

Sam steckte die Hand in die Tasche und zog eine zerknitterte Zigarettenpackung heraus. Er steckte sich eine Zigarette zwischen die Lippen und zündete sie an.

Ihm war klar, dass er eigentlich nicht rauchen sollte. Aber alle seine Freunde rauchten, und immer wieder hatten sie ihm Zigaretten aufgedrängt. Schließlich hatte er nachgegeben und vor einigen Wochen damit angefangen. Es gefiel ihm. Er hustete zwar mehr als zuvor, und seine Brust schmerzte bereits, aber das war ihm egal. Er wusste, dass Rauchen schädlich war, aber er glaubte ohnehin nicht, dass er lange leben würde. Er hatte schon immer das Gefühl gehabt, dass er nicht älter als zwanzig werden würde.

Allmählich bekam er wieder einen klaren Kopf und dachte über den Vortag nach. Caitlin. Er hatte ein schlechtes Gewissen. Ein richtig schlechtes Gewissen, denn er liebte sie doch, wirklich. Sie war eigens hergekommen, um ihn zu sehen. Warum hatte sie nach Dad gefragt? Oder hatte er sich das eingebildet?

Er konnte kaum glauben, dass sie auch hier war. Ob ihre Mom wohl ausgeflippt war, als Caitlin ebenfalls gegangen war? Ganz bestimmt. Wahrscheinlich versuchte sie gerade, sie beide zu finden. Aber vielleicht auch nicht. Wen kümmerte es? Sie hatte sie einmal zu oft zu einem Umzug gezwungen.

Aber Caitlin stand auf einem anderen Blatt. Er hätte sie nicht so schlecht behandeln dürfen. Er hätte netter sein sollen, aber er war einfach zu bekifft gewesen. Trotzdem hatte er ein schlechtes Gewissen. Vermutlich wollte ein Teil von ihm zur Normalität zurückkehren, was auch immer das war. Caitlin kam der Normalität am nächsten.

Warum war sie zurückgekommen? Wollte sie auch wieder in Oakville leben? Das wäre fantastisch. Vielleicht könnten sie sich gemeinsam eine Wohnung nehmen. Je mehr Sam darüber nachdachte, desto besser gefiel ihm die Vorstellung. Er wollte mit ihr reden.

Er zog sein Handy aus der Tasche und sah das blinkende Symbol im Display. Er klickte es an und las die neue Facebook-Nachricht. Sie war von Caitlin – sie war in der alten Scheune.

Perfekt. Er würde sofort hinfahren.

* * *

Nachdem Sam den Wagen abgestellt hatte, ging er über das Grundstück zur alten Scheune. Wenn sie von der *alten Scheune* sprachen, wussten beide sofort, was gemeint war. Als sie in Oakville gewohnt hatten, waren sie häufig dort gewesen. Die Scheune gehörte zu einem Grundstück mit einem großen Haus, das schon seit Jahren zum Verkauf stand. Aber der Kaufpreis war viel zu hoch. Soweit sie wussten, kamen nie Interessenten, um das Gebäude zu besichtigen.

Ganz hinten auf dem Grundstück stand diese coole Scheune – sie war völlig leer. Sam hatte sie eines Tages entdeckt und Caitlin gezeigt. Sie fanden nichts dabei, dort abzuhängen. Beide hassten den kleinen Wohnwagen, den sie sich mit ihrer Mom teilen mussten. Eines Abends waren sie lange in der Hütte geblieben, hatten sich unterhalten und über der coolen Feuerstelle Marshmallows geröstet. Schließlich waren sie beide eingeschlafen. Seitdem hatten sie hin und wieder dort übernachtet, vor allem, wenn zu Hause dicke Luft gewesen war. Nach einigen Monaten hatten sie begonnen, die Scheune als ihr Eigentum zu betrachten.

Mit federnden Schritten marschierte Sam auf die Scheune zu und freute sich auf Caitlin. Sein Kopf war inzwischen wieder ziemlich klar, dafür hatte nicht zuletzt der große Kaffee von Dunkin' Donuts gesorgt, den er während der Fahrt getrunken hatte. Mit fünfzehn durfte er eigentlich noch nicht Auto fahren, aber er hatte nicht warten wollen, bis er alt genug war, um seinen Führerschein zu machen. Bisher war er noch nie von der Polizei angehalten worden. Und er konnte fahren. Warum sollte er also warten? Seine Freunde liehen ihm ihren Pick-up, fertig.

Als Sam sich der Scheune näherte, fragte er sich plötzlich, ob dieser Typ wohl bei ihr sein würde. Er hatte etwas an sich ... das er nicht einordnen konnte. Waren die beiden zusammen? Caitlin hatte Sam immer alles erzählt. Wie kam es also, dass er noch nie von dem Typen gehört hatte?

Und warum stellte Caitlin auf einmal Fragen wegen Dad? Sam war sauer auf sich selbst, weil es tatsächlich Neuigkeiten gab, die er ihr gerne erzählt hätte. Endlich hatte er eine Antwort auf seine Nachforschungen über Facebook bekommen. Ihr Dad hatte sich gemeldet. Er schrieb, dass er sie vermisste und sie sehen wollte. Endlich. Nach all den Jahren. Sam hatte bereits zurückgeschrieben. Sie waren also wieder in Kontakt, und Dad wollte sie beide sehen. Warum hatte Sam ihr das nicht einfach erzählt? Nun, zumindest konnte er es ihr jetzt sagen.

Der Schnee knirschte unter seinen Stiefeln, der Schneefall wurde dichter, und auf einmal fühlte Sam sich glücklich. Vielleicht würde alles wieder gut werden, nun, da Caitlin hier war. Vielleicht war sie zum richtigen Zeitpunkt aufgetaucht, als er total fertig war – bestimmt würde sie ihm helfen, wieder auf die Beine zu kommen. Sie hatte immer schon ein Händchen dafür gehabt, ihm aus der Patsche zu helfen. Vielleicht war das seine Chance.

Er wollte eine weitere Zigarette aus der Tasche ziehen, überlegte es sich jedoch anders. Vielleicht konnte er seinem Leben eine neue Richtung geben.

Er zerdrückte die Schachtel und warf sie ins Gras. Er brauchte die Zigaretten nicht. Er war stärker.

Voller Vorfreude öffnete er die Schuppentür. Er wollte Caitlin in den Arm nehmen und ihr sagen, dass es ihm leidtat. Ihr würde es ebenfalls leidtun, und alles wäre wieder gut.

Aber die Scheune war leer.

»Hallo?«, rief Sam, obwohl er schon wusste, dass niemand da war.

Sein Blick fiel auf die Asche in der Feuerstelle. Das Feuer musste schon vor Stunden gelöscht worden sein. Nirgendwo entdeckte er Habseligkeiten, die darauf hindeuteten, dass sie vielleicht noch in der Nähe war. Caitlin war fort. Wahrscheinlich war sie mit diesem Typen gegangen. Warum hatte sie nicht einfach auf ihn warten können? Warum hatte sie ihm keine Chance gegeben? Warum war sie nicht ein paar Stunden länger geblieben?

Sam fühlte sich, als hätte ihm jemand einen heftigen

Schlag in die Magengrube versetzt. Seine eigene Schwester. Selbst ihr war er inzwischen gleichgültig.

Er musste sich setzen und ließ sich auf einen Heuballen sinken. Als er den Kopf auf den Händen aufstützte, merkte er, dass die Kopfschmerzen zurückkehrten. Sie war tatsächlich weg. War sie für immer gegangen? Tief in seinem Inneren spürte Sam, dass es so war.

Schließlich atmete er tief durch. Nun gut.

Jetzt war er also ganz auf sich allein gestellt. Damit konnte er umgehen. Er brauchte ohnehin niemanden.

»Hallo.«

Die Stimme war wunderschön, sanft und weiblich.

Einen Sekundenbruchteil lang hoffte Sam, dass es Caitlin wäre, auch wenn er sofort wusste, dass sie es nicht war. Noch nie hatte er so eine wunderschöne Stimme gehört.

Ein Mädchen stand im Eingang und lehnte lässig am Türrahmen. Wow. Sie sah umwerfend aus mit ihren langen, welligen roten Haaren und leuchtend grünen Augen. Ihr Körper war perfekt. Sie musste etwa in seinem Alter sein, vielleicht ein wenig älter. Wow. Sie *rauchte*.

Sam stand auf.

Er konnte es kaum glauben, aber sie sah ihn an, als wollte sie mit ihm flirten. Anscheinend stand sie auf ihn. Noch nie hatte ihn ein Mädchen auf diese Weise angesehen. Er konnte sein Glück kaum fassen.

»Ich bin Samantha«, sagte sie mit ihrer süßen Stimme, trat einen Schritt vor und streckte ihm die Hand entgegen.

Sam ging auf sie zu und gab ihr die Hand. Ihre Haut war ganz zart und weich.

Träumte er? Was machte dieses Mädchen hier mitten im Nirgendwo? Wie war sie überhaupt hergekommen? Er hatte kein Auto gehört, nicht einmal Schritte, die sich der Scheune genähert hatten. Und er war selbst eben erst gekommen. Er konnte es sich nicht erklären.

»Ich bin Sam«, sagte er.

Sie lächelte strahlend und enthüllte perfekte weiße Zähne. Ihr Lächeln war unglaublich. Als sie ihn direkt anblickte, spürte Sam, wie ihm die Knie weich wurden.

»Sam, Samantha«, meinte sie. »Das hört sich gut an.«

Er starrte sie an und fand keine Worte.

»Ich habe dich hier draußen gesehen und dachte mir, dass dir kalt sein muss«, erklärte sie. »Willst du hereinkommen?«

Sam zerbrach sich den Kopf, kam aber nicht dahinter, was sie meinte.

»Herein?«

»Ins Haus«, erläuterte sie und grinste, als würde das auf der Hand liegen. »Du weißt schon, so ein Ding mit Wänden und Fenstern.«

Sam versuchte zu begreifen, was sie gesagt hatte. Sie lud ihn ins Haus ein? In das Haus, das zum Verkauf stand? Warum sollte sie ihn dort hineinbitten?

»Ich habe es gerade gekauft«, sagte sie, als würde sie seine Gedanken beantworten. »Ich bin noch nicht dazu gekommen, das *Zu-verkaufen*-Schild abzunehmen«, fügte sie hinzu.

Sam war verwirrt. »Du hast dieses Haus *gekauft*?«

Sie zuckte mit den Schultern. »Ich muss schließlich irgendwo wohnen. Ich werde die Oakville High besuchen, um mein letztes Schuljahr abzuschließen.«

Wow. Das erklärte alles.

Sie war auf der Highschool, in der Abschlussklasse. Vielleicht würde er es sich noch mal überlegen und doch an die

Schule zurückkehren. Zum Teufel, ja. Wenn sie dort war, warum nicht?

»Ach so, klar«, sagte er so lässig, wie er konnte. »Warum nicht? Ich würde das Haus gerne mal von innen sehen.«

Sie drehten sich um und gingen auf das Haus zu. Unterwegs sah Sam die zerdrückte Zigarettenschachtel, bückte sich und hob sie auf. Wen interessierte es schon, ob er rauchte, nachdem Caitlin gegangen war?

»Dann bist du also neu hier?«, fragte Sam.

Ihm war klar, dass die Frage dämlich war. Das hatte sie ihm ja bereits erzählt. Aber er wusste nicht, was er sonst sagen sollte. Lockere Plauderei war noch nie seine Stärke gewesen.

Sie lächelte bloß. »So könnte man es ausdrücken.«

»Warum bist du ausgerechnet hierher gezogen?«, fügte Sam hinzu. »Ich meine, nichts für ungut, aber diese Stadt ist echt öde.«

»Das ist eine lange Geschichte«, antwortete sie rätselhaft.

Plötzlich kam ihm ein Gedanke.

»Warte mal, hast du eben gesagt, dass du das Haus gekauft hast? *Du?* Meinst du nicht deine Eltern?«

»Nein, ich meine mich. Mich allein«, erwiderte sie. »Ich habe es selbst gekauft.«

Er begriff es immer noch nicht. Auf die Gefahr hin, dass er sich wie ein Idiot anhörte – er musste die Sache einfach klären.

»Das Haus ist also nur für dich? Deine Eltern ...«

»Meine Eltern sind tot«, unterbrach sie ihn. »Ich habe das Haus gekauft. Für mich. Ich bin jetzt achtzehn, ich bin erwachsen und kann tun, was ich will.«

»Wow«, sagte Sam ehrlich beeindruckt. »Das ist echt cool. Ein ganzes Haus für dich allein. Wow. Ich meine, das mit deinen Eltern tut mir leid, aber ich … ich kenne einfach sonst niemanden in unserem Alter, der ein Haus besitzt.«

Sie sah ihn an und lächelte. »Mit mir wirst du noch viele Überraschungen erleben.«

Dann öffnete sie die Tür und sah zu, wie er begeistert das Haus betrat.

Er war so leicht zu beeinflussen.

Sie leckte sich die Lippen und spürte ein dumpfes Hungergefühl in ihren Schneidezähnen aufsteigen.

Es würde viel einfacher sein, als sie gedacht hatte.

6. Kapitel

Caleb und Caitlin standen am Fluss und sahen sich tief in die Augen. Sie zitterte vor Sorge, dass er sich vielleicht gleich von ihr verabschieden würde.

Aber dann erregte etwas seine Aufmerksamkeit, und sein Blick wurde abgelenkt. Wie gelähmt starrte er auf ihren Hals.

Er streckte die Hand aus und berührte mit den Fingern ihre Kehle. Sie spürte Metall. Ihre Halskette. Sie hatte ganz vergessen, dass sie sie trug.

Er hob die Kette an und betrachtete sie aufmerksam.

»Was ist das?«, fragte er leise.

Sie hob die Hand und legte ihre Hand über seine. Es war ihr Kreuz, das kleine Silberkreuz.

»Nur ein altes Kreuz«, antwortete sie.

Aber bevor sie ausgesprochen hatte, ging ihr auf, dass das Kreuz tatsächlich *richtig* alt war. Es befand sich schon seit Generationen im Besitz ihrer Familie. Ihre Großmutter hatte es ihr kurz vor ihrem Tod geschenkt und dabei erzählt, dass sie das Kreuz wiederum von ihrer Großmutter erhalten hatte. Es stammte von dem Familienzweig ihres Vaters. Ja. Vielleicht war das eine richtige Spur.

Caleb musterte es genau.

»Das ist kein normales Kreuz«, sagte er schließlich. »Die Ecken sind abgerundet. Ich habe schon seit tausend Jahren kein solches Kreuz mehr gesehen. Es ist ein Petruskreuz«, erklärte er fasziniert. »Woher hast du das?«

»Ich ... ich hatte es eigentlich schon immer«, antwortete sie atemlos. Ihre Erregung wuchs.

»Das ist das Zeichen eines alten Clans aus Jerusalem. Eines extrem mächtigen, geheimen Clans. Es wurde sogar gemunkelt, dass er vielleicht gar nicht existiert. Wie kommt es, dass das Kreuz in deinem Besitz ist?«

Ihr Herz schlug heftig. »Ich ... ich weiß es nicht genau. Meine Großmutter hat mir nur erzählt, es wäre von meinem Vater. Ich ... hatte gar nicht mehr daran gedacht.«

Vorsichtig drehte er es um und betrachtete die Rückseite. Verblüfft riss er die Augen auf.

»Da ist eine Gravur.«

Sie nickte. Ja, da war tatsächlich eine Gravur.

»Stimmt, in einer fremden Sprache – vielleicht ist es griechisch«, meinte sie.

»Latein«, stellte er richtig. *»Spina et rosa in Salem congregant«,* las er vor und sah sie erwartungsvoll an, als müsste sie die Inschrift verstehen.

Sie hatte mal wieder keine Ahnung – wie eigentlich immer.

»Das heißt: *Die Rose und der Dorn treffen sich in Salem.*«

Ratlos sahen sie sich an.

Caitlins Gedanken überschlugen sich, als sie sich fragte, was das bedeuten könnte. Calebs Augen funkelten angesichts der neuen Spur.

»Das Kreuz gehörte deinem Vater. Es muss ihm gehört haben. Diese Gravur ist ein altes Vampirrätsel. Bestimmt will er dir damit mitteilen, wie du ihn finden kannst. Er sagt uns, wohin wir als Nächstes gehen müssen.«

»Nach Salem?«

Er nickte ernst.

Dann legte er ihr eine Hand auf die Schulter. »Mir liegt sehr viel an dir. Ich möchte auf gar keinen Fall, dass dir etwas zustößt. Das hier ist mein Krieg, deshalb solltest du nicht mit hineingezogen werden. Das Ganze kann sehr gefährlich werden, und du bist kein reinrassiger Vampir. Daher bist du verwundbar. Du musst nicht mitkommen – vor allem nicht, nachdem ich nun weiß, wo ich als Nächsten suchen muss. Du hast mir bereits mehr geholfen, als ich dir sagen kann.«

Caitlin wurde das Herz schwer. Wollte er sie nicht dabeihaben? Oder versuchte er, sie zu beschützen? Sie hatte das Gefühl, es könnte Letzteres sein.

»Ich weiß, dass ich die Wahl habe«, sagte sie mit fester Stimme. »Ich entscheide mich dafür, mit dir zu gehen.«

Er sah sie lange an und nickte schließlich. »Okay.«

»Außerdem«, fügte sie schmunzelnd hinzu, »kann ich dich doch nicht ganz allein meiner Familie ausliefern.«

7. Kapitel

Kyle ging gespannt über das Kopfsteinpflaster der Straßen von South Street Seaport. Seine Schritte wurden immer schneller. Diesen Augenblick hatte er sich schon seit Jahren ausgemalt.

Als er um die Ecke bog, konnte er es bereits sehen. Das Schiff. *Sein* Schiff.

Getarnt als historisches Segelschiff aus einem europäischen Land würde es eine Woche dort im Hafen vor Anker liegen. Wie dämlich diese Menschen doch waren! Sie glaubten beinahe alles und waren viel zu arglos, um die Fracht von diesem Stück Geschichte zu überprüfen. Sie begriffen nicht, dass das Schiff als Instrument für ihren Tod dienen könnte. Dass dieses Schiff ihr Trojanisches Pferd sein würde.

Dämliche Touristen drängten sich am Hafen und waren entzückt, dieses geschichtsträchtige Schiff vor ihrer Nase zu haben. Wenn sie bloß wüssten.

Kyle bahnte sich einen Weg durch das Gedränge und ging auf einen schmalen Durchgang zu. Vier kräftige Männer standen Wache, aber als sie ihn kommen sahen, nickten sie und machten schnell Platz. Alles Mitglieder seines Clan. Sie waren schwarz gekleidet und so groß wie er. Kyle spürte die Wut, die sie ausstrahlten, und entspannte sich sofort. Unter seinesgleichen fühlte er sich immer am wohlsten.

Respektvoll bildeten sie eine Gasse, und nachdem Kyle

durch ihre Mitte spaziert war, verschlossen sie den Durchgang wieder.

Kyle näherte sich dem Heck des Schiffes, das den Augen der Öffentlichkeit verborgen blieb. Mehrere Vampire standen dort, und als sie ihn entdeckten, machten sie sich sofort an die Arbeit. Sie ließen eine große Rampe seitlich aus dem Schiffsrumpf herunter und rollten einen riesigen, mit Holz verschalten Behälter hinunter. Zehn Männer bugsierten den Behälter von der Rampe auf das Kopfsteinpflaster. Kyle trat näher.

»Mein Meister«, sagte ein kleiner Vampir mit beginnender Glatze. Er lief auf Kyle zu und verbeugte sich.

Der Mann schwitzte heftig und wirkte überaus nervös. Sein Blick huschte unruhig hin und her. Offensichtlich hatte er nach Polizisten Ausschau gehalten. Und er hatte wohl ziemlich lange warten müssen. Gut. Kyle ließ die Leute gerne warten.

»Es ist alles hier«, fuhr der Mann hektisch fort. »Wir haben die Lieferung mehrmals überprüft. Alles ist heil und unversehrt, mein Meister.«

»Ich will es sehen«, sagte Kyle.

Der Mann schnippte mit den Fingern, und vier Männer liefen herbei. Sie rückten dem Behälter mit Stemmeisen zu Leibe und lösten eine der Holzplanken. Dann rissen sie mehrere Lagen strapazierfähiger Plastikfolie herunter.

Kyle trat näher und steckte die Hand in den Behälter. Er ertastete eine kleine, kalte Glasflasche und nahm sie heraus.

Prüfend musterte er sie unter dem Licht einer Straßenlaterne.

Genau so, wie er es in Erinnerung hatte. Die Mikroben der Beulenpest wimmelten in der Flasche herum und waren völlig intakt. Langsam breitete sich ein Lächeln auf seinem Gesicht aus.

Jetzt konnte dieser Krieg beginnen.

* * *

Kyle verschwendete keine Zeit. Schon wenige Stunden später befand er sich in der Penn Station und war bereit, sich ans Werk zu machen. Als er mitten im Gedränge durch den Bahnhof marschierte, loderte wieder seine Wut auf. Er ging mitten durch die Gruppen von Menschen, die jetzt zur Rushhour alle nach Hause zu ihren armseligen kleinen Familien und Ehemännern und Ehefrauen strebten. Kyle hasste sie alle.

Einzelne Menschen waren schon schlimm genug, aber Menschenmassen fand er absolut unerträglich – sie eilten geschäftig in alle Richtungen und fühlten sich wichtig, dabei würden sie in ihrem kurzen Leben praktisch keine Spuren auf der Erde hinterlassen. Kyle hatte sie alle überlebt und überdauert, Generation für Generation, seit Tausenden von Jahren. Selbst bedeutendere Persönlichkeiten wie beispielsweise Cäsar und Stalin – und sein besonderer Liebling Hitler – waren innerhalb kürzester Zeit praktisch vergessen. Zu Lebzeiten hatten sie eine Rolle gespielt, aber nur wenig später galten sie nichts mehr. Die hektischen Bewegungen und die Selbstgefälligkeit der Passanten brachten ihn völlig durcheinander. Am liebsten hätte er jeden Einzelnen von ihnen umgebracht. Und genau das würde er bald tun.

Aber nicht jetzt.

Kyle hatte zuerst noch etwas Wichtiges zu erledigen. Etwas *wirklich* Wichtiges. Er wurde von einer kleinen Gruppe von acht Vampiren begleitet, sie bahnten sich so schnell wie möglich einen Weg durch die Menge. Jeder von ihnen trug einen Rucksack. Und in jedem Rucksack befanden sich dreihundert Ampullen mit Pesterregern. Bald würden sie sich in vier Teams aufteilen, und jedes Team würde – wie die vier apokalyptischen Reiter – den Tod an jeder Ecke des Bahnhofs in Umlauf bringen. Ein Team würde sich um den Bahnhof selbst kümmern, eins um den Zugang zur Grand Central, eines um die U-Bahn-Linien A, C und E und das vierte um die Zuglinien 1 und 9. Kyle hatte den besten Platz für sich selbst reserviert, nämlich die Amtrak-Züge. Bei dem Gedanken daran, dass er damit derjenige sein würde, der die meisten Menschen infizierte, lächelte er zufrieden. Vielleicht konnte er dadurch sogar noch andere Städte ausschalten.

Weitere Vampire aus Kyles Clan waren in den restlichen U-Bahn-Stationen der Stadt überall fleißig bei der Arbeit, beispielsweise am Times Square.

Kyle nickte, und sofort teilten die Teams sich auf. Er steuerte allein auf den Eingang Eighth Avenue zu.

Er fuhr die Rolltreppe hinunter, marschierte zum Ende des Bahnsteigs und ging dann weiter, bis ihn niemand mehr sah. Schnell sprang er hinunter auf die Gleise. Als er landete, liefen Ratten in alle Richtungen davon. Sie spürten seine Ausstrahlung. Was für eine Ironie, dachte Kyle. Damals waren es die Ratten gewesen, die die Pest verbreitet hatten. Jetzt flohen sie davor.

Kyle verschwand in der Dunkelheit und folgte dem Tunnel, wobei er sich ganz am Rand hielt. Er ging immer weiter, bis er die Kreuzung erreichte, an der sich alle Gleise trafen. Dort zog er eine Glasampulle aus seinem Rucksack und hielt sie unter ein Notlicht. Er konnte seine Erregung kaum im Zaum halten. Er stellte den Rucksack ab, griff mit beiden Händen hinein und machte sich ans Werk.

Nach so vielen Jahrhunderten des Wartens war es nun nur noch eine Frage von Stunden.

8. Kapitel

Sam konnte sein Glück kaum fassen. Ein fantastisch aussehendes Mädchen – aus der Zwölften! – führte ihn durch ein tolles Haus. Sie schien auf ihn zu stehen. Sie war cool und sexy. Und sie hatten das ganze Haus für sich.

Es war, als wäre ein Engel vom Himmel gefallen und in seinem Schoß gelandet. Er konnte es immer noch nicht glauben. Genau das hatte er gebraucht, und zwar genau jetzt. Er befürchtete, dass sich sein Glück jeden Moment wenden könnte und sie ihn auffordern würde, zu gehen. Doch anscheinend hatte sie es nicht eilig damit, ihn loszuwerden. Im Gegenteil, sie schien sich über seine Gesellschaft zu freuen. Und es war ihr sogar gleichgültig, dass er in ihrem Schuppen gewesen war. Er konnte es einfach nicht fassen. So viel Glück hatte er noch nie gehabt.

Als er in dem Haus herumlief, fiel ihm auf, dass es im Grunde genommen immer noch leer war. Im Kühlschrank befanden sich keine Lebensmittel, und es gab auch nicht viele Möbel. Nur hier und da stand ein Stuhl herum, und in einem Raum entdeckte er ein kleines Sofa. Er freute sich darüber, denn es gab ihm einen Grund, ihr seine Hilfe anzubieten. Er konnte ihr bei der Renovierung und beim Umzug helfen, Lebensmittel und Werkzeug kaufen – was immer sie brauchen würde. Selbst wenn sie ihn nur in ihrer Scheune übernachten lassen würde, wäre das cool. Und wenn sie ihn im Haus haben wollte, nun ja, das wäre einfach fantastisch. Aber was noch wichtiger war, er mochte sie. Er war einsam, das wurde ihm jetzt klar. In ihrer Gesellschaft fühlte er sich wohl.

»Das ist das Wohnzimmer«, sagte sie, als sie ihn in den letzten Raum führte, der ziemlich kahl war. An den Wänden hingen keine Bilder, auf dem Boden lag kein Teppich – es gab nur ein kleines Sofa in der Mitte.

»Entschuldige, dass es noch so leer ist«, fügte sie hinzu. »Ich bin gerade erst angekommen. Ich wollte meine alten Sachen nicht mitbringen. Das hier soll ein richtiger Neubeginn werden.«

Sam nickte. Er brannte darauf, ihr jede Menge Fragen zu stellen. Zum Beispiel: *Wo kommst du her? Wie sind deine Eltern gestorben? Warum bist du ausgerechnet in diese Stadt gekommen?*

Aber er wollte nicht aufdringlich sein. Deshalb stand er einfach nur da und nickte wie ein Idiot.

Außerdem war er nervös. Er fühlte sich stark zu ihr hingezogen, mehr als zu jedem anderen Mädchen, das er bislang kennengelernt hatte, und er wusste einfach nicht, was er sagen sollte. Er hatte das Gefühl, dass jedes Wort nur falsch sein könnte – daher traute er sich gar nicht, irgendetwas zu sagen.

»Möchtest du dich setzen?«, fragte sie, ging zu dem Sofa und ließ sich hineinfallen.

Und ob ich das will!

Er versuchte, seine Begeisterung zu verbergen. Er ging zu ihr, so lässig er konnte, und setzte sich neben sie. Das Sofa war so klein, dass ihre Beine sich leicht berührten. Als er ihr Parfüm roch, begann sein Puls zu rasen. Er fiel ihm zunehmend schwer, klar zu denken.

Sie schlug ein Bein unter und drehte ihm das Gesicht zu.

Lächelnd sah sie ihm in die Augen, während er sich zum millionsten Mal fragte, ob das alles nur ein Traum war. Vielleicht spielte ihm einer seiner Freunde einen Streich.

»So«, sagte sie. »Jetzt erzähl mir mal was von dir.«

»Was denn?«, fragte er.

»Bist du von hier?«

Sam überlegte, wie er die Frage beantworten sollte. Es war nicht einfach.

»Nein, eigentlich nicht. Aber man könnte die Frage trotzdem mit Ja beantworten, weil ich länger hier gelebt habe als an jedem anderen Ort. Wir sind sehr oft umgezogen. Meine Familie, meine ich, meine Schwester, meine Mom und ich.«

»Was ist mit deinem Dad?«, wollte sie sofort wissen.

Sam zuckte mit den Schultern.

»Er war nie da. Man hat mir gesagt, er wäre gegangen, als ich noch ganz klein war. Ich erinnere mich nicht mehr.«

»Hast du je versucht, ihn zu finden?«

Sam sah ihr in die Augen und fragte sich, ob sie Gedanken lesen konnte.

»Das ist seltsam, dass du danach fragst«, entgegnete er, »denn ich habe es tatsächlich versucht. Ich wollte immer wissen, wo er ist. Aber ich habe nie etwas herausgefunden. Bis letzte Woche.«

Überrascht riss sie die Augen auf. Sam war erstaunt, wie begeistert sie aussah. Er verstand das nicht. Warum sollte es für sie eine Rolle spielen?

»Wirklich?«, fragte sie. »Wo ist er denn?«

»Ich weiß es nicht genau, aber wir haben Kontakt über Facebook. Er schreibt, dass er mich sehen will.«

»Und? Warum hast du dich noch nicht mit ihm getroffen?«

»Ich habe es vor. Es kam so plötzlich, ich muss erst noch einen Plan schmieden.«

»Worauf wartest du?«, meinte sie lächelnd.

Sam überlegte kurz. Sie hatte recht. Worauf wartete er eigentlich?

»Warum schreibst du ihm nicht und schlägst ihm vor, ihn zu besuchen? Weißt du, wenn man nichts plant, passiert auch nichts. An deiner Stelle würde ich ihm jetzt gleich eine Nachricht senden«, sagte sie.

Sam sah ihr erneut in die Augen und spürte, wie sich seine Gedanken veränderten. Alles, was sie sagte, hatte Hand und Fuß. Es war merkwürdig: Jedes Mal, wenn sie etwas äußerte, hatte er das Gefühl, als würde ihr Gedanke zu seinem werden. Sie hatte recht, er sollte das nicht länger aufschieben.

Er griff in die Tasche, zog sein Handy heraus und loggte sich bei Facebook ein.

Sie rückte näher an ihn heran und blickte mit ihm zusammen auf das Display. Sein Herz begann wieder zu rasen. Er liebte das Gefühl, als ihre Schultern sich berührten. Es war perfekt. Der Geruch ihrer Haare war überwältigend. Er ließ sich derart ablenken, dass er einen Augenblick vergaß, warum er sein Handy in der Hand hielt.

Dann sah er, dass er eine neue Nachricht erhalten hatte, und öffnete sie.

Es war eine weitere Nachricht von seinem Vater.

Er schrieb: *Sam, ich würde dich wirklich sehr gerne sehen. Wir müssen uns unbedingt treffen. Ich weiß, dass die Schule dich in Anspruch nimmt, aber wie sieht denn dein Stundenplan genau aus? Ich kann wegen meines kranken Beines schlecht reisen, aber vielleicht könntest du mich besuchen? Ich lebe in Connecticut.*

Samantha lächelte. »Na also!«

»Was soll ich antworten?«, fragte Sam.

»Sag Ja. Morgen ist Samstag, es ist Wochenende. Welcher Zeitpunkt könnte besser sein?«

Sie hatte schon wieder recht. Samstag war wirklich der beste Tag. Dieses Mädchen war nicht nur ausgesprochen sexy, sie war auch richtig clever.

Sam schrieb zurück: *Okay, klingt gut. Wie wäre es mit diesem Wochenende? Wie ist deine Adresse?*

Er zögerte eine Sekunde, dann drückte er *Senden*. Schon fühlte er sich besser.

»Ich freue mich so für dich, ich bin ganz aufgeregt«, erklärte Samantha lächelnd. »Wow, es ist so cool, dass ich dich in so einer aufregenden Phase kennenlerne.«

Plötzlich streckte sie ihre zarten Finger aus und streichelte ihm das Gesicht. Dann strich sie ihm langsam durch die Haare. Das Gefühl war überaus intensiv. Geradezu überwältigend. Sein Herz klopfte wie wild, und er konnte keinen klaren Gedanken mehr fassen.

Er drehte sich zu ihr um und sah sie an. Sie streichelte ihn jetzt mit beiden Händen, sein Gesicht, seinen Hals, seine Haare. Er konnte den Blick nicht von ihren großen, strahlenden grünen Augen losreißen. Er konnte kaum noch atmen.

»Ich mag dich sehr«, sagte sie.

Sam wollte etwas erwidern, aber sein Mund war zu trocken. Er brauchte mehrere Versuche. »Ich mag dich auch sehr.«

Er wusste, dass er sich jetzt vorbeugen und sie küssen sollte, aber er war zu nervös. Als sie sich vorbeugte und ihre Lippen auf seine legte, war er erleichtert.

Es war unglaublich. Das Blut strömte ihm ins Gehirn, und er betete, dass der Kuss niemals enden möge.

9. Kapitel

Als Caitlin die Arme um Caleb legte – sein Körper fühlte sich wunderbar an – und mit ihm losflog, dachte sie daran, wie viel Glück sie doch hatte. Noch am Vortag hatte sie befürchtet, dass Caleb sich für immer von ihr verabschieden würde. Doch ausnahmsweise hatte ihr Leben eine positive Wendung genommen.

Gott sei Dank, dass es diese Halskette gibt, dachte sie.

Am späten Nachmittag erreichten sie Salem. Unauffällig landeten sie auf einem leeren Feld am Ortsrand, damit niemand sie bemerkte.

Dann gingen sie zu Fuß weiter und kamen bald auf die Hauptstraße.

Caitlin war überrascht, denn sie hatte sich Salem anders vorgestellt. Ihr ganzes Leben lang hatte sie von dieser Stadt gehört, hauptsächlich in der Schule, und immer in Verbindung mit den Hexen. Sie fand es seltsam, den Ort jetzt als alltägliche, lebendige Stadt zu erleben. In ihrer Vorstellung war es ein perfekt erhaltener, historischer Ort gewesen, fast wie ein Bühnenbild. Daher traf es sie unvorbereitet, ganz normale, moderne Menschen zu sehen, die ihr Leben lebten, Auto fuhren und von hier nach da eilten.

Salem sah fast genauso aus wie jede andere Kleinstadt in Neuengland. Es gab einige Filialen der üblichen Geschäfte und die obligatorischen Apotheken. Alles war modern – Caitlin entdeckte fast keine Spur, die darauf hindeutete, dass dieser Ort so viel Geschichte erlebt hatte. Außerdem war die Stadt wesentlich größer, als sie erwartet hatte. Sie hatte nicht die geringste Ahnung, wo sie mit der Suche nach ihrem Dad beginnen sollten.

Caleb musste ähnliche Gedanken gehabt haben, denn in seinem Gesicht stand die Frage: *Was nun?*

»Na ja«, sagte sie, »wir haben wohl nicht damit gerechnet, dass er auf der Hauptstraße auf uns wartet und uns in die Arme schließt.«

Caleb schmunzelte.

»Nein, dass es so einfach werden würde, habe ich auch nicht geglaubt.«

»Was machen wir jetzt?«, fragte sie.

Caleb erwiderte ihren Blick. »Ich weiß es nicht«, antwortete er schließlich.

Caitlin überlegte. Einige Leute gingen an ihnen vorüber und warfen ihnen merkwürdige Blicke zu. Sie betrachtete ihr Spiegelbild in einem Schaufenster und bemerkte, dass sie ein erstaunliches Bild abgaben. Sie waren alles andere als unauffällig. Er war so groß und von Kopf bis Fuß elegant in Schwarz gekleidet. Er wirkte wie ein Filmstar, der direkt aus einem Film mitten auf der Straße gelandet war. Neben ihm kam sie sich durchschnittlicher vor als je zuvor.

»Vielleicht sollten wir mit dem Nächstliegenden beginnen, meinem Nachnamen«, schlug sie vor. »Falls mein Dad hier noch wohnt, ist er vielleicht unter dem Namen Paine gemeldet.«

Caleb lächelte. »Glaubst du, dass seine Nummer öffentlich zugänglich ist?«

»Ich bezweifle es. Aber manchmal sind die nächstliegenden Antworten die besten. Außerdem kann es nicht schaden, wenn wir es probieren. Oder hast du einen besseren Vorschlag?«

Caleb starrte vor sich hin. Schließlich schüttelte er den Kopf.

»Dann lass es uns versuchen«, sagte sie.

Zum millionsten Mal wünschte sie, sie hätte ihr Handy noch. Doch als sie sich umsah, entdeckte sie ein Internet-Café auf der anderen Straßenseite.

* * *

Caitlin hatte jede mögliche Schreibweise von *Paine* eingegeben, die ihr einfiel, jedoch ohne Erfolg. Sie war enttäuscht. Sie hatten in sämtlichen Adress- und Geschäftsverzeichnissen von Salem gesucht. Sie hatten es mit Paine, Payne, Pain und Paiyne probiert. Nichts. Es gab keine einzige Person dieses Namens.

Caleb hatte recht gehabt, die Idee war dämlich. Falls ihr Vater tatsächlich hier lebte, würde er seine Daten nicht öffentlich machen. Außerdem hatte sie angesichts der rätselhaften Hinweise, auf die sie bisher gestoßen waren, das Gefühl, dass er es ihnen ohnehin nicht so leicht machen würde.

Seufzend drehte sie sich zu Caleb um.

»Du hattest recht. Das war reine Zeitverschwendung.«

»Die Rose und der Dorn treffen sich in Salem«, sagte Caleb immer wieder langsam vor sich hin.

Man konnte förmlich sehen, wie sein Gehirn arbeitete.

Sie hatte den Satz im Stillen auch dauernd wiederholt und hin und her überlegt. Trotzdem hatte sie noch keine Idee, was er bedeuten könnte. Eine Rose? Ein Dorn?

»Vielleicht gibt es hier irgendwo einen Rosengarten?«, dachte sie laut. »Vielleicht finden wir dort eine Art versteckten Hinweis? Oder vielleicht ist es der Name eines Hauses?«, fügte sie hinzu. »Eine Bar oder eine alte Schenke mit dem Namen ›Die Rose und der Dorn‹?«

Caitlin wandte sich wieder dem Computer zu und probierte weitere Suchbegriffe aus. Sie gab *Rose* allein ein. Dann *Dorn*. Dann *Rose und Dorn*. Unternehmen. Parks. Gärten.

Kein Ergebnis.

Enttäuscht fuhr sie den Computer schließlich herunter.

Mehrere Minuten blieben sie schweigend sitzen und dachten nach.

»Vielleicht denken wir in die falsche Richtung«, meinte Caleb plötzlich.

»Wie meinst du das?«

»Na ja, wir haben nach einer lebenden Person gesucht«, erläuterte er, »in der Gegenwart, in diesem Jahrhundert. Aber Vampire leben Tausende von Jahren. Wenn ein Vampir zu einem anderen sagt: *Besuch mich doch mal*, meint er nicht zwingend in diesem Jahrhundert. Vampire denken in Jahrhunderten, nicht in Jahren.

Es könnte also sein, dass dein Vater jetzt nicht mehr hier ist, aber einmal hier war. Vor langer Zeit. Vielleicht sollten wir nicht nach einer lebenden Person suchen, sondern nach jemandem, der irgendwann einmal hier gelebt hat. Wir sollten auch in Betracht ziehen, dass er hier gestorben sein könnte.«

Caitlin starrte ihn verständnislos an.

»Gestorben? Was redest du denn da? Ist mein Vater tot?«

»Es ist schwierig, dir das zu erklären, aber du musst es anders betrachten. Vampire durchleben mehr als ein Leben, sie leben in verschiedenen Gestalten. Viele von uns haben Grabsteine, obwohl sie noch leben. Ich selbst bin beispielsweise unter verschiedenen Namen auf vielen Friedhöfen in zahlreichen Ländern begraben. Offenkundig bin ich nicht wirklich tot oder begraben. Aber zur jeweiligen Zeit mussten die Ortsansässigen sicher sein, dass ich tot bin. Wir mussten ihnen beweisen, dass ich nicht zurückkommen würde. Eine Beerdigung und ein Grabstein waren die einzigen Dinge, die den Leuten diese Sicherheit gaben.

Wir Vampire hinterlassen nicht gerne Spuren, und wir möchten nicht, dass die Menschen wissen, dass wir zurückkehren. Das würde zu viel unerwünschte Aufmerksamkeit erregen. Manchmal lassen wir uns beerdigen, wenn es keine Alternative gibt. Dann stehlen wir uns still und leise mitten in der Nacht davon und ziehen weiter.«

Er warf ihr einen Blick zu.

»Es könnte durchaus sein, dass dein Vater hier beerdigt wurde. Wir haben nach lebenden Paines gesucht, aber wir haben uns noch nicht nach toten umgesehen.«

* * *

Caitlin war betroffen, als sie den kleinen Friedhof betraten. Die Gedanken wirbelten ihr im Kopf herum. Noch nie hatte sie einen derart alten Ort betreten. Am Eingang stand ein großes Schild mit der Aufschrift: *Friedhof, 1637*. Sie staunte über die Tatsache, dass die Menschen seit fast vierhundert Jahren hierherkamen.

Noch mehr wunderte sie sich darüber, dass einige Touristen über den Friedhof spazierten. Sie hatte angenommen, dass sie die Einzigen sein würden. Doch schließlich handelte es sich um Salem. Außerdem war dieser Friedhof eine besondere Attraktion. Die Besucher betrachteten ihn anscheinend als Museum. Caitlin stellte fest, dass es neben den Gräbern tatsächlich ein Museum gab. Sie fand das nicht in Ordnung. Ihrer Meinung nach sollte dieser Ort mit mehr Pietät behandelt werden.

Der Friedhof war klein und überschaubar, kaum größer als ein Garten. Ein Kopfsteinpflasterweg wand sich zwischen den Gräbern hindurch, und als sie den Weg entlangschlenderten, staunte sie über das Alter der Grabsteine und die seltsamen Schriftzeichen, die schon seit langer Zeit verwittert waren. Die Inschriften waren englisch, aber so altertümlich, dass sie fast wie eine andere Sprache wirkten.

Sorgfältig studierte sie die Namen, wobei sie sich insbesondere auf die Nachnamen konzentrierte.

Aber sie konnte keinen einzigen *Paine* finden, auch nicht in abgewandelter Form. Sie hatten das Ende des Weges erreicht. Es gab nichts.

Caitlin und Caleb blieben stehen, und sie las die Aufschrift auf einer Gedenktafel. Sie beschrieb einige der furchtbaren Folterungen, die die Hexen erdulden mussten. Eine der Hexen war zu Tode *gequetscht* worden, hieß es. Caitlin war entsetzt.

»Ich kann nicht fassen, was man ihnen angetan hat«, entrüstete sie sich. »Offenbar mussten alle Hexen einen furchtbaren Tod erleiden.«

»Sie waren keine Hexen«, sagte Caleb ernst.

Caitlin sah ihn an, als sie die Trauer in seiner Stimme hörte.

»Sie waren welche von uns«, fügte er hinzu.

Caitlin riss die Augen auf. »Vampire?«, fragte sie ungläubig.

Caleb nickte und blickte auf die Grabsteine.

Schweigen senkte sich über sie, während Caitlin über diese Information nachgrübelte.

»Ich verstehe nicht«, sagte sie schließlich. »Wieso waren sie hier?«

Caleb seufzte. »Es waren Puritaner. Sie wurden in England nicht wegen ihrer Reform des Christentums verfolgt. Sie wurden verfolgt, weil sie Vampire waren. Deshalb verließen sie Europa und kamen hierher. Um ungehindert leben zu können. Die europäischen Vampire versuchten, der Unterdrückung durch die alte Welt zu entfliehen. Sie wussten, dass sie eine neue Nation gründen mussten, um zu überleben. Also wanderten sie aus. Sie gehörten zu den guten Vampiren, sie wollten sich nicht mit anderen Vampiren oder mit Menschen bekriegen. Sie wollten bloß in Ruhe gelassen werden.

Aber im Laufe der Zeit folgten ihnen die bösen Vampire hierher, es wurden immer mehr. Die frühen Kriege in den Kolonien wurden nicht zwischen Menschen geführt, in Wahrheit handelte es sich um Kriege zwischen guten und bösen Vampirclans.

Die Hexenverfolgung in Salem war nur eine Fassade für die Verfolgung von Vampiren.

Wo Gutes ist, folgt Schlechtes. Es existiert ein immerwährender Kampf zwischen Licht und Dunkelheit. Die Hexen, die in Salem verfolgt und gehängt wurden, waren alle gute Vampire.

Deshalb würde es absolut Sinn ergeben, wenn dein Vater hier begraben wäre. Salem ist überhaupt naheliegend. Auch dein Kreuz ergibt Sinn. Alles deutet auf dasselbe hin, nämlich dass du die auserwählte Erbin bist. Der Schlüssel für die

Suche nach dem Schwert, das sie versteckt haben und das uns alle retten soll.«

Caitlin ließ ihren Blick erneut über den Friedhof schweifen. Ihr schwirrte der Kopf von Calebs Bericht über die Geschichte der Vampire. Sie wusste nicht, was sie davon halten sollte. Aber eine Sache war klar: Hier gab es niemanden namens *Paine*. Sie befanden sich wieder in einer Sackgasse.

»Hier ist nichts«, sagte sie schließlich.

Caleb sah sich ein weiteres Mal aufmerksam um und sagte dann enttäuscht: »Du hast recht.«

Caitlin befürchtete, dass ihre Suche diesmal endgültig gescheitert war. Aber sie konnte nicht zulassen, dass sie hier endete.

»Die Rose und der Dorn, die Rose und der Dorn«, flüsterte sie immer wieder vor sich hin und wollte die Antwort erzwingen.

Aber es funktionierte nicht.

Caleb wanderte den Weg entlang, während Caitlin eine andere Richtung einschlug und dabei vor sich hin grübelte.

Bald entdeckte sie eine weitere Gedenktafel, die an einen Baum genagelt war. Zuerst las sie bloß, um sich abzulenken, aber je mehr sie las, desto aufgeregter wurde sie.

»Caleb!«, rief sie. »Komm schnell her!«

Er eilte zu ihr.

»Hör dir das an: *Nicht alle Hexen, die verfolgt wurden, liegen auf diesem Friedhof begraben. Tatsächlich handelt es sich nur um einen Bruchteil. Auf der Liste der ›Beschuldigten‹ standen über einhundertdreißig weitere Hexen. Einige entkamen, manche wurden woanders begraben. Die vollständige Liste befindet sich in den Aufzeichnungen des Museums.*«

Sie sahen sich an und dachten beide das Gleiche. Unvermittelt drehten sie sich um und starrten auf das Museum am Rande des Friedhofs.

* * *

Die Sonne stand schon tief, als sie das Museum erreichten, und die Eingangstür wurde ihnen buchstäblich vor der Nase zugeschlagen. Caleb trat vor, streckte die Hand aus und verhinderte, dass sie ganz geschlossen wurde.

Das verdrießliche Gesicht einer alten Dame erschien im Türspalt.

»Tut mir leid, aber für heute ist Feierabend«, sagte sie. »Kommen Sie doch morgen wieder, wenn Sie möchten.«

»Entschuldigen Sie bitte«, antwortete Caleb höflich, »wir brauchen nur wenige Minuten. Leider können wir morgen nicht wiederkommen.«

»Fünf Uhr ist schon vorbei«, erwiderte sie barsch. »Wir schließen jeden Tag um fünf. Es gibt keine Ausnahmen, so sind die Regeln. Ich kann dieses Museum nicht für jeden offen halten, der später kommt. Wie ich bereits sagte, können Sie morgen wiederkommen. Guten Abend.«

Erneut wollte sie die Tür schließen, doch Caleb hinderte sie wieder daran. Zum zweiten Mal erschien ihr Gesicht im Türspalt – diesmal richtig verärgert.

»Hören Sie, wollen Sie, dass ich die Polizei rufe ...?«

Plötzlich erstarrte sie mitten im Satz, als ihr Blick und Calebs sich begegneten. Mehrere Sekunden lang starrte sie ihn an, bis sich ihr Gesichtsausdruck schließlich veränderte und sanfter wurde. Dann begann sie überraschenderweise zu lächeln.

»Hallo, Leute«, sagte sie heiter. »Wie schön, dass ihr hier

seid. Kommt doch herein.« Mit einem Lächeln öffnete sie die Tür weit und trat zur Seite.

Caitlin sah Caleb schockiert und verblüfft an. *Was hatte er bloß getan?*

Was auch immer es war, sie wollte es ebenfalls lernen.

Mach dir keine Gedanken, du wirst es lernen.

Wieder blickte Caitlin Caleb an und war noch verblüffter, als sie begriff, dass er ihr gerade einen Gedanken geschickt hatte – und sie ihn verstanden hatte.

* * *

Sie hatten das Museum für sich, als sie durch die schmalen, schwach beleuchteten Gänge spazierten. Bilder, Gedenktafeln und alle möglichen Utensilien säumten die Wände. Alle Exponate standen im Zusammenhang mit Hexen, Richtern und Hinrichtungen. Es war ein düsterer Ort.

Im weiteren Verlauf erreichten sie eine große Schautafel. Caitlin begann zu lesen und war derart fasziniert, dass sie Caleb den Text laut vorlas.

»Hör dir das mal an«, sagte sie. *»In Salem erkrankte im Jahr 1692 plötzlich eine Gruppe von Mädchen im Teenageralter an einer seltsamen Krankheit. Die meisten bekamen hysterische Anfälle und behaupteten, dass sie von Hexen heimgesucht worden wären. Viele dieser Mädchen gingen sogar so weit, die Hexen beim Namen zu nennen, die ihnen angeblich zugesetzt hatten.*

Weil die Erkrankungen so rätselhaft waren, viele der jungen Mädchen plötzlich starben und es keine andere Erklärung dafür gab, verfielen die Bewohner der Stadt in Panik. Sie machten Jagd auf die Leute, die der Hexerei beschuldigt worden waren.

Bis zum heutigen Tage konnte nicht herausgefunden werden, woran diese Mädchen erkrankt und warum sie derart hysterisch geworden waren.«

»Es lag daran, dass sie erwachsen wurden«, erklärte Caleb leise.

Caitlin sah ihn an.

»Genau wie du«, fügte er hinzu. »Sie waren welche von uns, und sie wurden von schmerzhaften Hungerattacken überrascht. Sie waren nicht krank, sondern nur hysterisch. Die Veränderungen in ihrem Körper haben sie völlig überfordert. Sie hatten keine Ahnung, wie sie damit umgehen sollten.«

Caitlin dachte scharf nach. Mädchen im Teenageralter im Jahr 1692 in Salem, die an der Schwelle zum Erwachsenwerden gestanden hatten. Mädchen, die genau das Gleiche durchlebt hatten, was sie gerade durchmachte.

Sie war überwältigt. Es gab eine Verbindung zwischen ihr und diesen historischen Ereignissen. Sie fühlte sich nicht mehr so allein, doch gleichzeitig erschreckte die Erkenntnis sie. Diese Bestätigung wollte sie gar nicht hören. Im Gegenteil, sie wollte hören, dass nichts davon der Wahrheit entsprach, alles nur ein Albtraum war und bald wieder Normalität Einzug in ihr Leben halten würde. Doch je mehr sie erfuhr, desto größer wurde ihre Furcht, dass es für sie keine Normalität mehr geben würde.

»Hier ist es«, sagte Caleb, der sich am anderen Ende des Raumes befand.

Caitlin eilte zu ihm hinüber.

»Die Liste der einhundertdreiunddreißig Beschuldigten.«

Langsam lasen sie die lange Liste der Namen, die in einer altertümlichen Handschrift verfasst war. Die Schrift war schwer zu entziffern, deshalb kamen sie nur langsam vorwärts.

Als Caitlin beinahe das Ende der Liste erreicht hatte, erstarrte sie plötzlich. Sie zeigte mit dem Finger auf das Glas.

Dort stand ihr Nachname, Paine. Er war genauso geschrieben wie ihr Name, und er befand sich auf der Liste der ›Beschuldigten‹.

»Elizabeth Paine. Der Hexerei angeklagt. 1692.«

Elizabeth? Eine Frau?

»Ich habe es gewusst«, sagte Caleb. »Ich habe gewusst, dass es eine Verbindung gibt.«

»Aber ...«, stammelte Caitlin völlig verwirrt, »... *Elizabeth*. Das ist doch eine Frau. Ich dachte, wir suchen nach meinem Dad?«

»So einfach ist das nicht. Vergiss nicht, wir haben es hier mit mehreren Generationen zu tun. Es könnte sein, dass Elizabeth die Gesuchte ist. Aber es könnte genauso gut sein, dass wir nach ihrem Vater suchen, möglicherweise auch nach ihrem Ehemann. Wir wissen nicht, wo deine Abstammung beginnt oder endet. Uns ist lediglich bekannt, dass es eine Verbindung gibt.«

»Sieh dir das an!«, rief Caitlin aufgeregt und hastete zu einem anderen Exponat ganz in der Nähe.

Beide standen davor und betrachteten die Informationstafel. Es war unglaublich – es gab ein ganzes Exponat, das Elizabeth Paine gewidmet war.

Caitlin las laut vor: »*Elizabeth Paine war einzigartig unter den Personen der Beschuldigtenliste. Sie erreichte traurige Berühmtheit, denn ihr Schicksal ist in* Der scharlachrote Buchstabe *verewigt. Es ist weithin akzeptiert, dass die Geschichte der berühmten Heldin des Romans, Hester Prynne, in Wahrheit auf dem Leben von Elizabeth Paine basiert. Sie war die Grundlage für das bedeutendste Werk von Nathaniel Hawthorne, der lange Zeit in Salem lebte.«*

Caitlin blickte Caleb mit vor Erregung geweiteten Augen an.

»Das ist es!«, stieß sie atemlos hervor. Sie war kaum in der Lage, ihre Aufregung zu zügeln.

»Was denn?«, fragte er. Er verstand immer noch nicht.

»Erkennst du es denn nicht?«, sagte sie. »Das Rätsel ist ein Wortspiel. Hawthorne. *Haw* wie Hagebutte und *Thorne* wie Dorn. Aus der Hagebutte wird eine Rose. *Die Rose und der Dorn*. Der Dorn ist Hawthorne. Und die Rose ist scharlachrot, wie in *Der Scharlachrote Buchstabe*. Damit muss Elizabeth Paine gemeint sein. Anders ausgedrückt, es geht um Hawthorne und Paine.«

In diesem Augenblick betrat die alte Frau den Raum, die offensichtlich wieder zu Sinnen kam. Sie sagte: »Es tut mir leid, aber ich muss jetzt wirklich schließen …«

Caitlin eilte zu ihr hin und ergriff ihren Arm. »Wo lebte Hawthorne?«

»Wie bitte?«

»Nathaniel Hawthorne«, wiederholte sie aufgeregt. »Es heißt, er lebte eine Zeitlang in Salem.«

»Junge Dame, wir wissen genau, wo er wohnte. Sein Haus wurde erhalten und steht immer noch hier, bis zum heutigen Tage. Es ist völlig intakt.«

Caitlin und Caleb wechselten einen Blick.

Beiden war klar, was ihr nächstes Ziel sein würde.

10. Kapitel

Die Sonne ging gerade unter, als Caitlin und Caleb sich Hawthornes Haus näherten. Das einfache rote Haus lag etwa fünfzehn Meter vom Bürgersteig zurückgesetzt und sah mit seinem Vorgarten und den Büschen aus wie jedes andere bescheidene Kleinstadthaus. Der dunkelrote Anstrich und die Fensterläden verliehen ihm einen Hauch altertümlicher Schlichtheit.

Trotzdem konnte man erkennen, dass es anders war – es strahlte Geschichte aus.

Schweigend betrachteten Caitlin und Caleb das einfache Häuschen.

»Ich habe es mir größer vorgestellt«, meinte Caitlin.

Caleb stand mit gerunzelter Stirn da.

»Was ist los?«

»Dieses Haus kommt mir bekannt vor«, antwortete Caleb. »Ich bin nicht sicher, woher, aber es scheint mir woanders gestanden zu haben.«

Caitlin betrachtete seine perfekten Gesichtszüge und staunte darüber, an wie viele Dinge er sich noch erinnern konnte. Nachdenklich fragte sie sich, wie es wohl war, so viele Erinnerungen zu haben. Hunderte von Jahren – sogar Tausende. Er trug Erfahrungen mit sich herum, von denen sie nur träumen konnte. War das ein Segen oder ein Fluch? Würde sie sich das für sich selbst wünschen?

Sie ging auf den Eisenzaun zu, der das Grundstück umgab,

und wollte das Tor öffnen. Überrascht stellte sie fest, dass es verschlossen war. Jetzt sah sie auch das Schild: *Geöffnet an Werktagen von 9 bis 17 Uhr.*

Prüfend warf sie einen Blick auf ihre Uhr. Achtzehn Uhr dreißig. Das Haus war bereits geschlossen.

»Was jetzt?«, fragte sie.

Caleb sah sich verstohlen um. Weit und breit war keine Menschenseele zu entdecken. Auf einmal begriff Caitlin, was er dachte. Als er sie ansah, nickte sie zustimmend.

Schnell streckte er die Hand nach dem Metallriegel aus und riss ihn mit einer einzigen geschmeidigen Bewegung ab. Erneut schaute er sich um. Als er niemanden sah, öffnete er das kleine Tor und gab ihr ein Zeichen, sich zu beeilen. So gut es ging, schloss er das Gartentürchen wieder und legte den Riegel behutsam ins Gras. Dann eilte er ihr hinterher.

Als Caitlin die Haustür erreichte, drehte sie am Türknauf, doch die Tür war abgeschlossen.

Also streckte Caleb die Hand aus und wollte die Tür mit Gewalt öffnen.

»Warte«, sagte Caitlin schnell.

Caleb hielt inne.

»Darf ich es versuchen?«, fragte sie verschmitzt lächelnd.

Sie wollte einfach wissen, ob sie das konnte. Zwar fühlte sie die Kraft durch ihre Adern strömen, aber sie kannte ihre Grenzen nicht. Auch wusste sie nicht, ob sie die Kraft einfach so abrufen konnte.

Lächelnd machte er ihr Platz. »Bitte, nur zu!«

Vorsichtig drehte sie an dem Knauf, doch er gab nicht nach. Sie nahm ihre ganze Kraft zusammen, aber es tat sich immer noch nichts. Entmutigt und beschämt ließ sie die Hand sinken und wollte schon aufgeben.

Doch da sagte Caleb: »Konzentrier dich! Du gehst vor wie ein Mensch. Hab Vertrauen in deine Kraft. Dreh den Knauf aus deinem Inneren heraus. Vertrau auf deinen Körper.«

Sie schloss die Augen und atmete tief durch. Dann legte sie die Hand erneut auf den Knauf, versuchte, seine Anweisungen zu befolgen, und richtete ihre Konzentration nach innen.

Diesmal war ein lautes Knacken zu hören. Als sie überrascht die Augen öffnete, stellte sie fest, dass sie den Türknauf aufgebrochen hatte. Die Tür war offen.

Stolz lächelte sie Caleb an.

»Sehr gut«, lobte er sie und forderte sie mit einer Handbewegung auf, einzutreten. »Ladys first.«

Das Haus war gemütlich, mit seinen niedrigen Decken, Sprossenfenstern und knarrenden Holzdielenböden. Draußen wurde es schnell dämmrig, daher hatten sie nicht viel Zeit für ihre Suche – sofern sie kein Licht einschalten wollten. Also drehten sie zügig eine Runde durch das Haus und versuchten, sich so schnell wie möglich einen Überblick zu verschaffen.

»Was suchen wir eigentlich?«, wollte Caitlin wissen.

»Das weiß ich genauso wenig wie du«, erwiderte er. »Trotzdem denke ich, dass wir am richtigen Ort sind.«

Am Ende des Flurs stand eine große Infotafel mit Einzelheiten über Hawthornes Leben. Sie blieb stehen und las vor: »*Nathaniel Hawthorne war nicht einfach nur ein Autor, der über Salem schrieb, wie viele andere, sondern er lebte auch in Salem. Viele seiner Erzählungen spielen in Salem. Die meisten in seinen Romanen beschriebenen Gebäude existierten tatsächlich, viele stehen sogar heute noch.*

Zudem hatte Hawthorne eine persönliche Beziehung zu ei-

nigen Ereignissen und Personen seiner Werke. Sein berühmtestes Werk beispielsweise, Der Scharlachrote Buchstabe, *erzählt die Geschichte einer Frau namens Hester Prynne, die wegen ihres ehebrecherischen Verhaltens ins Gefängnis gesteckt wurde. Hawthorne hatte eine direktere Verbindung zu jenen Ereignissen, als man meinen sollte, denn sein Großvater, John Hawthorne, war einer der Richter bei den Hexenprozessen von Salem gewesen. Er war mitverantwortlich für die Anklage, die Verurteilung und die Hinrichtung der Hexen. Seine Abstammung stellte eine schwere Bürde für Hawthorne dar.«*

Fasziniert sahen Caitlin und Caleb sich an. Hier gab es eindeutig eine enge Verbindung – sie hatten das Gefühl, dass sie auf etwas Wichtiges gestoßen waren. Trotzdem wussten sie immer noch nicht genau, was das war. Offenbar fehlte ihnen noch ein Bindeglied.

Zügig setzten sie ihren Weg durch das Haus fort, musterten aufmerksam die Einrichtung und hielten die Augen offen. Doch als sie das Erdgeschoss komplett durchkämmt hatten, standen sie immer noch mit leeren Händen da.

Zögernd blieben sie vor einer schmalen Holztreppe stehen, die mit einer Samtkordel abgesperrt war. Daran hing ein Schild mit der Aufschrift: *Privat, Zutritt nur für Angestellte*.

Caleb warf Caitlin einen Blick zu.

»Jetzt sind wir schon so weit gekommen«, meinte er und löste die Kordel.

Aufgeregt stiegen sie die Treppe hinauf. Ihre Schritte hallten auf den harten Holzstufen wider. Das ganze Haus ächzte und stöhnte, als wolle es sich über die ungebetenen Besucher beschweren.

Die Decken im Obergeschoss waren sogar noch niedriger, sodass Caleb kaum aufrecht stehen konnte. Zwar war es inzwischen deutlich dunkler geworden, doch sie konnten noch genug erkennen. Das Zimmer, in dem sie standen, war wunderschön und sehr gemütlich – es war mit breiten Holzdielen, Sprossenfenstern und geschmackvollen Stilmöbeln ausgestattet. In der Mitte befand sich eine gemauerte Feuerstelle, die offensichtlich häufig benutzt worden war. Die Rußspuren hatten bis heute überdauert.

Caitlins Blick fiel auf eine weitere Infotafel, die sich mit der Geschichte von Elizabeth Paine beschäftigte.

Wieder las Caitlin laut vor: »*Hester Prynne, die Figur, die im Mittelpunkt des Romans* Der scharlachrote Buchstabe *steht, wurde verfolgt, weil sie den Namen des Vaters ihres illegitimen Kindes nicht preisgeben wollte. Viele Gelehrte sind heute der Meinung, dass der Roman in Wahrheit auf dem Leben einer Frau basierte, die in Salem gelebt hatte: Elizabeth Paine. Keinem der Wissenschaftler ist es jedoch bislang gelungen, etwas über die Abstammung von Elizabeths Kind herauszufinden, weil sie es ablehnte, den Namen des Vaters zu verraten. Einer Legende zufolge soll er ein geheimnisvoller Fremder gewesen sein, der mit einem Schiff aus Europa gekommen war. Angeblich war Elizabeth eine verbotene Romanze mit ihm eingegangen.*

Elizabeth wurde wegen ihres Ehebruchs aus Salem verbannt und lebte allein mit ihrem Kind in einem kleinen Cottage im Wald außerhalb der Stadt. Die genaue Lage ihres Cottages ist bis dato unbekannt.«

Sprachlos sah Caitlin Caleb an.

Schließlich flüsterte sie: »Eine verbotene Romanze? Zwischen ...?«

Caleb nickte. »Ja. Eine Romanze zwischen einem Vampir

und einem Menschen. In der Geschichte geht es in Wahrheit nicht um Ehebruch, sondern um Vampire – und um das Kind, das aus dieser Beziehung hervorging. Das Kind von Elizabeth und einem Vampir. Das Kind war ein Halbblut.«

Caitlin fühlte sich, als würde ihr der Boden unter den Füßen weggezogen. Die Entdeckung überwältigte sie förmlich.

Außerdem hatte sie das Gefühl, dass die Geschichte sich wiederholte, viele Generationen später. Alles lief nach dem gleichen Muster ab: eine verbotene Romanze, zwei Rassen, sie und Caleb. Sie traten in die Fußstapfen ihrer Vorfahren. War das Leben an sich einfach eine endlose Wiederholung von Ereignissen?

Prüfend sah sie sich im Raum um. Das schwindende Licht erschwerte die Suche, obendrein wusste sie immer noch nicht, wonach sie überhaupt suchten. Aber es bestand zumindest kein Zweifel mehr daran, dass sie den richtigen Ort gefunden hatten.

Caleb spazierte neugierig durch das Zimmer und betrachtete alles ganz genau. Beide waren sich ganz sicher, dass das, was sie suchten, hier zu finden war. Vielleicht war es ja sogar das Schwert?

Doch es gab nur wenige Möbelstücke, in denen offensichtlich nichts versteckt war.

»Hier, ich hab etwas!«, rief Caleb schließlich aus.

Caitlin eilte zu ihm hinüber. Er stand neben einer kleinen antiken Truhe.

Mit der Hand tastete er die Seite des Möbelstücks ab. »Sieh dir das mal an.«

Sanft nahm er ihre Hand und führte sie an die Stelle, die er gefunden hatte. Plötzlich spürte sie es – eine kleine Einkerbung in der Form eines Kreuzes.

»Was ist das?«, wollte sie wissen.

»Ich weiß es nicht«, antwortete er. »Ich weiß nur eins: Diese Einkerbung gehört eigentlich nicht in dieses Möbelstück. Und ich habe eine Vermutung – ich wette, diese ungewöhnliche Form entspricht ganz genau der Form deines Kreuzes.«

Verständnislos erwiderte sie seinen Blick. Wovon redete er überhaupt? Doch auf einmal begriff sie und fasste nach ihrer Halskette.

»Ich glaube, dass dein Kreuz in Wahrheit ein Schlüssel ist«, erklärte er.

Schnell nahm sie die Kette ab, und dann schoben sie das Kreuz gemeinsam in die Einkerbung. Begeistert stellten sie fest, dass es ganz genau hineinpasste. Ein leises Klicken war zu hören, als sie das Kreuz vorsichtig nach rechts drehten. Plötzlich öffnete sich ein hohes, schmales Fach.

Mit klopfendem Herzen griff Caitlin hinein und zog vorsichtig eine kleine Schriftrolle heraus. Das Papier war vergilbt und brüchig. Die alte Schnur, mit der die Rolle zusammengebunden war, zerbröselte unter ihren Fingern.

Behutsam reichte sie Caleb das Dokument, dann rollten sie es gemeinsam auseinander.

Es war eine handgezeichnete Karte – offensichtlich Hunderte von Jahren alt.

Am oberen Rand war eine handschriftliche Notiz zu erkennen: *Elizabeths Cottage.*

»Ihr Cottage«, flüsterte Caleb atemlos. »Das hier ist eine Landkarte, die zeigt, wo Elizabeth gelebt hat.«

Ehrfürchtig starrte Caitlin den Plan an.

»Wer auch immer diese Karte hier versteckt hat, wollte, dass du sie findest. Deine Halskette war der Schlüssel. Und das Geheimfach wurde bis jetzt noch nie geöffnet. Ganz offensichtlich solltest nur du diesen Plan finden und Elizabeths Cottage suchen. Dort wirst du ganz bestimmt auf etwas stoßen, das für dich bestimmt ist.«

Die Nachricht war für *sie* bestimmt. Für Caitlin, ganz allein für Caitlin. Der Gedanke überwältigte sie. Zum ersten Mal in ihrem Leben hatte sie das Gefühl, dass sie erwünscht war. Sie fühlte sich geliebt und wichtig. Es gab eine Verbindung zwischen ihr und etwas Großem, das Hunderte von Jahren alt war. Denn sie war der Mittelpunkt dieses ganzen Puzzles. Es fiel ihr schwer, ihre Emotionen zu zügeln.

Doch dann passierte es. Ganz plötzlich krampfte sich ihr Magen zusammen – die Schmerzen waren unerträglich. Verstört krümmte sie sich zusammen und schnappte nach Luft.

»Bist du in Ordnung?«, fragte Caleb besorgt und legte ihr die Hand auf die Schulter.

Die Hungerattacke war zurückgekehrt. Diesmal waren die Schmerzen so intensiv, dass sie kaum atmen konnte.

Der nächste Stich durchfuhr sie so heftig, dass sie zusammenzuckte. Dann stieß sie ein schauerliches Knurren aus und lief quer durch den Raum, als könnte sie den Schmerz dadurch abschütteln. Dabei stieß sie eine große Infotafel um, deren Glas klirrend zu Bruch ging.

Doch es gelang ihr nicht, sich wieder in den Griff zu bekommen. Völlig außer Kontrolle drehte sie sich im Kreis. Wenn das so weiterging, würde sie das komplette Inventar zerstören.

Auf einmal tauchte Caleb neben ihr auf und hielt sie fest.

»Caitlin«, sagte er eindringlich. »Caitlin, hör mir zu!«

Mit seiner ganzen Kraft packte er ihre Schultern, doch er war kaum in der Lage, sie zu bändigen.

»Alles wird gut. Du hast bloß Hunger. Hörst du mich? Alles wird gut. Du brauchst nur Nahrung. Wir müssen sofort hier raus«, sagte er laut und deutlich. »Sofort!«

Gepeinigt sah sie zu ihm auf. Sie konnte ihn zwar hören, wenn auch undeutlich, doch die Schmerzen waren so stark, dass sie sie überwältigten. Das Verlangen nach Nahrung und die blinde Zerstörungswut wurden übermächtig.

Offensichtlich ahnte Caleb, was gleich geschehen würde, denn er packte ihren Arm mit festem Griff. Noch bevor sie reagieren konnte, hatte er sie die Treppe hinuntergezerrt und zur Tür hinausgeschoben.

Es war schon fast dunkel, als sie Hawthornes Haus verließen und durch den Garten zur Straße eilten. In ihrer Hast blickten sie nicht auf und bemerkten gar nicht, dass sie geradewegs in eine Falle liefen.

»Stehen bleiben!«, rief plötzlich jemand.

Vor ihnen standen mehrere Polizisten und richteten ihre Waffen auf sie.

»Hände hoch! Ganz langsam!«

Caitlin befand sich immer noch in einer Art Nebel. Die stechenden Schmerzen peinigten sie, außerdem wurde sie von Wellen der Wut überrollt. Daher hatte sie Schwierigkeiten, sich zu konzentrieren und zu verstehen, was gesprochen wurde. Sie sah die Polizisten zwar, doch sie fürchtete sich nicht. Im Gegenteil, sie wollte sich auf sie stürzen.

Calebs fester Griff an ihrer Schulter war das Einzige, was sie noch zurückhielt.

»Hände hoch, habe ich gesagt!«, brüllte ein Polizist, während die anderen beiden langsam näher kamen.

»Ruhig, Caitlin, ganz ruhig!«, flüsterte Caleb und hob ganz langsam die Hände. Mit der Schriftrolle in der Hand stupste er Caitlin an, damit sie seinem Beispiel folgte. »Sie können uns nichts tun.«

Caitlin fühlte sich jedoch alles andere als ruhig. Plötzlich sah sie rot. Als der Schmerz erneut zuschlug, konnte sie sich nicht länger beherrschen und verlor endgültig die Kontrolle. Mit starrem Blick zoomte sie die Kehle eines Polizisten heran und sah das Blut pulsieren. Sie brauchte sein Blut. Sofort.

Sie setzte zum Sprung an. Der Polizist in der Mitte war ihr Opfer – bevor er überhaupt reagieren konnte, hatte sie ihn bereits erreicht und umklammerte ihn. Sie warf den Kopf zurück, bleckte die Zähne und näherte sich seinem Hals.

Doch dann fiel auf einmal ein Schuss.

11. Kapitel

Die Uhr schlug gerade Mitternacht, als Kyle – flankiert von zwei Dutzend Vampiren – die Marmortreppe hinunterstieg. Es war eine lange Nacht gewesen, doch alles war viel besser gelaufen, als er es sich je erträumt hatte. Trotzdem fürchtete er sich davor, Rexus gegenüberzutreten, dem obersten Meister des Blacktide Clans. Da sie schon seit Tausenden von Jahren zusammen waren, wusste Kyle ganz genau, dass Rexus Dummköpfe nicht ertragen konnte. Er tolerierte keinen noch so kleinen Fehler, weshalb Kyle seit dem Tag, an dem er diese Caitlin hatte entkommen lassen, immer nervöser wurde. Rexus bestrafte selbst die geringste Verfehlung – daher war Kyle darauf vorbereitet und fragte sich nur, wann er wohl bestraft werden würde. Mit Sicherheit wartete Rexus nur auf den richtigen Zeitpunkt, denn er vergaß nie etwas.

Doch weil Kyles Arbeit in jeder Ecke der Stadt heute Abend so hervorragend funktioniert hatte, konnte er sich nicht vorstellen, dass sein Meister immer noch unzufrieden mit ihm sein würde. Seine gute Arbeit sollte den Fehler mehr als wettgemacht haben. Schließlich war das hier ein historischer Moment, und Kyle war ein wichtiger General in dem kommenden Krieg. Wie könnte sein Meister ihn ausgerechnet jetzt bestrafen?

Je mehr Kyle darüber nachdachte, desto mehr freute er sich auf die Begegnung mit seinem Meister. Es würde ihm das größte Vergnügen bereiten, über die Macht der Seuche zu berichten, über die Schnelligkeit, mit der sie sich ausbreiten würde, und über die Effizienz, mit der seine Männer und er die Erreger verbreitet hatten. Außerdem freute er sich auf Rexus' Anerkennung und auf ihre gemeinsame Freude über den Krieg, auf den sie schließlich schon seit Jahrtausenden gewartet hatten.

Kyle fühlte sich wie berauscht, als er seinen Weg unter die Erde fortsetzte, tief unter die City Hall. Immer weiter ging es durch einen mit Marmor ausgekleideten Gang und durch riesige mittelalterliche Türen. Nach diesem Tag hatte er sich jahrelang gesehnt. Wie er es liebte, seine Vampire hinter sich zu spüren – und wie unbändig er sich auf den bevorstehenden Krieg freute! Ein derart schwindelerregendes Glücksgefühl hatte er nicht mehr empfunden, seit er die Enthauptungen während der Französischen Revolution hatte miterleben dürfen.

Als Kyle schließlich die Räumlichkeiten seines Meisters erreichte und die Doppeltüren passierte, traten unvermittelt mehrere hochrangige Vampire hinter ihn und hinderten seine Begleiter daran, ihm zu folgen. Mit einem Knall schlugen sie die Türen zu, sodass Kyle allein eintreten musste. Das gefiel ihm überhaupt nicht. Aber man hatte ohnehin keine andere Wahl, wenn man es mit Rexus zu tun hatte. Und man konnte nie wissen, was er als Nächstes tun würde.

Der riesige Raum hatte Ähnlichkeit mit einer Höhle. Überrascht stellte Kyle fest, dass Hunderte von Vampiren schweigend in Reihen an beiden Seiten standen. Unter ihnen waren viele, die Kyle nicht kannte.

Trotz ihrer großen Anzahl war es der Meister, der den Raum dominierte – die schweigenden, regungslosen Gestalten bildeten lediglich eine Art Mauer. Rexus. Er saß wie immer auf seinem mächtigen Marmorthron im Zentrum des Raumes und starrte auf Kyle hinunter. Genauso wollte der Meister es haben.

Kyle trat vor und verneigte sich.

»Mein Meister«, sagte er.

Eine lastende Stille lag über der Versammlung.

Schließlich hob Kyle den Blick.

»Sicherlich wird es Euch freuen zu erfahren, mein Meister, dass unsere Arbeit zur vollsten Zufriedenheit erledigt werden konnte. Die Pest wurde in jeden Winkel der Stadt getragen. Innerhalb weniger Tage wird sie die Menschen in die Knie gezwungen haben.«

Unbehagliches Schweigen folgte auf seine Worte, während der Meister weiterhin auf Kyle hinunterstarrte. Diese eisblauen Augen – wie immer bekam Kyle eine Gänsehaut.

Schließlich senkte er den Kopf, weil er diesen Blick einfach nicht mehr aushalten konnte.

»Du hast deine Sache gut gemacht, Kyle«, sprach der Meister. Seine Stimme war tief und rau. »Andere Clans erstatten bereits Bericht. Es werden immer mehr.«

»Dieser Krieg wird großartig werden, mein Meister«, erwiderte Kyle. »Es ist mir eine große Ehre, ihn für Euch zu führen.«

Erneut entstand eine bedrückende Stille.

»Dieser Krieg wird in der Tat großartig werden«, fuhr Rexus schließlich fort. »Bereits in wenigen Tagen wird New York uns gehören, und dann ist es nur noch eine Frage von Wochen, bis alle Menschen unsere Sklaven sein werden.«

Ein Lächeln breitete sich auf seinem Gesicht aus. Dabei lief Kyle ein Schauer den Rücken hinunter, denn wenn Rexus lächelte, konnte das nur eins bedeuten: eine schlechte Nachricht.

»Leider muss ich dir mitteilen«, fuhr Rexus fort, »dass du nicht da sein wirst, um diese Freude mit uns zu teilen.«

Ein plötzlicher Schmerz durchzuckte Kyles Brust, als er voll Furcht aufsah. Er war sprachlos. Wo sollte er denn sein? Wollte Rexus ihm einen Auftrag an einem anderen Ort erteilen?

»Nicht hier?«, fragte er schließlich ratlos. Seine Stimme überschlug sich, und er schämte sich dafür. »Mein Meister, ich fürchte, ich verstehe nicht. Ich habe doch schon alles perfekt erledigt.«

»Das weiß ich. Und das ist auch der Grund, warum du überhaupt noch atmest«, erklärte Rexus kalt.

Kyle schluckte.

»Allerdings stehen deine früheren Fehler nach wie vor im Raum. Ich vergesse nie etwas, Kyle.«

Erneut schluckte Kyle und spürte, wie seine Kehle trocken wurde. Genau das war es, wovor er sich gefürchtet hatte.

»Du hast dieses Halbblut entkommen lassen. Jetzt führt sie möglicherweise einen Vampir von einem anderen Clan zu dem Schwert. Falls das so sein sollte, ist unser Krieg gefährdet.« Er beugte sich vor, sodass Kyle dem Blick aus den eisblauen Augen nicht ausweichen konnte. »*Ernsthaft* gefährdet.«

Kyle war nicht so dumm, sich zu verteidigen. Das würde die Sache nur noch schlimmer machen. Also verharrte er einfach auf den Knien und wartete. Dabei zitterte er vor Wut und Angst. Man hatte ihn hereingelegt – er hatte ihren Krieg perfekt vorbereitet, und trotzdem würde man ihn bestrafen.

In den nachfolgenden Sekunden des Schweigen fragte Kyle sich nervös, wie seine Zukunft wohl aussehen würde.

»Kyle aus dem Blacktide Clan, du hast deine Pflichten vernachlässigt und unseren heiligen Schwur gebrochen. Hiermit verurteile ich dich dazu, mit Weihwasser übergossen zu werden. Danach wirst du aus unserem Clan verbannt werden und nicht mehr zu uns gehören. Du wirst leben, doch es wird ein einsames Leben sein. Du wirst für immer ein Ausgestoßener sein. Für immer.«

Kyle riss voller Furcht und Verblüffung die Augen auf, als sofort Dutzende von Vampiren neben ihm auftauchten, seine Arme packten und ihn wegzerrten. Diese Strafe war einfach zu hart. Sie war unfair.

»Aber mein Meister, das könnt Ihr nicht machen. Ich habe Euch so viele Jahrhunderte lang als unermüdlicher Krieger gedient!«

Verzweifelt wehrte sich Kyle, doch immer mehr Hände griffen zu und schleppten ihn weg.

»Ich kann sie finden!«, schrie er. »Ich kann sie zurückbringen! Ich bin der Einzige, der sie finden kann. Ihr müsst mir diese Chance geben!«

»Du hast bereits zu viele Chancen gehabt«, erwiderte der Meister mit einem eisigen Lächeln. »Ich werde sie selbst finden. Schließlich habe ich genug gute Soldaten in meiner Armee.«

Das war das Letzte, was Kyle hörte, bevor er durch die Flügeltüren aus dem Raum geschleift wurde.

»Mein Meister!«, schrie Kyle wieder, doch bevor er fortfahren konnte, wurde ihm schon die Tür vor der Nase zugeschlagen.

Überall um ihn herum waren Arme, und bevor er sichs versah, lag er flach auf dem Rücken auf einer Steinplatte.

Immer mehr Vampire beugten sich über ihn und hielten ihn fest. Sie alle sannen auf Rache. Kyle dachte an all die Fehden, die er im Laufe der Jahrtausende ausgefochten hatte. Um das zu erreichen, was er schließlich erreicht hatte, war er vielen auf die Füße getreten. Jetzt war die Zeit für Vergeltung gekommen.

Höhnisch grinsend trat ein Vampir mit einem Eimer in der Hand näher.

»NEEEIIINNN!«, schrie Kyle panisch. Da er diese Art der Bestrafung schon öfter miterlebt hatte, konnte er die furchtbaren Schmerzen erahnen, die ihn erwarteten.

Als er aufsah, neigte sich der Eimer, dann ergoss sich die Flüssigkeit über sein Gesicht.

Seine entsetzlichen Schreie hallten in den Gängen wider.

12. Kapitel

Während Caitlin sich an Caleb festklammerte und mit ihm durch die kalte Luft flog, ließ die schmerzhafte Hungerattacke allmählich nach, und sie konnte wieder klar denken. Als sie an sich hinuntersah und entdeckte, dass sie beide voller Blut waren, versuchte sie sich zu erinnern, was eigentlich passiert war.

Nach und nach kehrte die Erinnerung zurück: Sie hatten Hawthornes Haus verlassen. Die Polizei war aufgetaucht, dann hatte Caitlin die Kontrolle über sich verloren. Ein Schuss war gefallen. Genau, jetzt wusste sie es wieder: Als sie gerade ihre Zähne in den Hals des Polizisten hatte bohren wollen, hatte Caleb sie weggezogen. Mit Lichtgeschwindigkeit hatte er sie weggerissen und sie so davor bewahrt, einen weiteren Menschen anzugreifen.

Doch er hatte dafür bezahlt, denn der Polizist hatte geschossen und Caleb am Arm getroffen. Sein Blut war überall gewesen, aber offensichtlich hatte die Verletzung ihn nicht beeinträchtigt. Stattdessen war es ihm irgendwie gelungen, alle drei Polizisten auszuschalten, bevor sie überhaupt hatten reagieren können. Dann hatte er Caitlin mit einer einzigen geschmeidigen Bewegung hochgehoben und war mit ihr davongeflogen. Sie bewunderte seine Selbstbeherrschung und die Art und Weise, wie er jede schwierige Situation meisterte. Schließlich hatte er es geschafft, sie dort herauszuholen, ohne dass jemand ernsthaft verletzt worden war – mal abgesehen von seiner eigenen Verletzung. Es war ihr peinlich, dass sie derart unbeherrscht war und schwierige Situationen nicht im Griff hatte. Sie hatte ihn schon wieder in Gefahr gebracht.

Es war bereits dunkel, als Caitlin und Caleb über die Wälder am Rande von Salem flogen. Allmählich beruhigte sie sich wieder. Caleb hielt sie fest, und nach und nach löste sich ihre Anspannung. Auch ihr Hunger und ihre Wut ließen nach.

Als sie schließlich irgendwo mitten im Wald landeten, fühlte sie sich wieder ganz normal. Rückblickend kamen ihr die Ereignisse der vergangenen Stunde jetzt wild und verrückt vor – sie konnte einfach nicht nachvollziehen, warum sie sich derart aufgeführt hatte. Woher war diese plötzliche Wut gekommen? Warum hatte sie die Kontrolle verloren?

Natürlich wusste sie, dass diese Fragen nicht mit Logik zu beantworten waren: Wenn die furchtbaren Schmerzen sie überfielen, drehte sie einfach völlig durch. Dann war sie ihren animalischen Instinkten ausgeliefert – als wäre sie in dem Zustand ein anderer Mensch. Gott sei Dank hatte Caleb eingegriffen, denn sonst hätte sie jetzt diesen Polizisten auf dem Gewissen. Er hatte sie vor einer Riesendummheit bewahrt.

Als sie das Blut an seinem Arm sah, hatte sie wieder ein schlechtes Gewissen. Wegen ihr war er angeschossen worden.

Impulsiv streckte sie die Hand aus und legte sie auf seinen Arm.

»Es tut mir so leid«, entschuldigte sie sich. »Bist du okay?«

»Ja, absolut«, beruhigte er sie. »Vampire sind anders als

Menschen: Unsere Haut verheilt sehr schnell. In ein paar Stunden wird nichts mehr davon zu sehen sein. Zum Glück war das nur eine ganz normale Kugel – bei einer Kugel aus Silber hätte die Sache ganz anders ausgesehen. Aber so musst du dir wirklich keine Gedanken machen«, fügte er beschwichtigend hinzu.

Prüfend musterte sie seinen Arm und stellte fest, dass die Wunde tatsächlich schon gut verheilt war. Zu ihrer Verblüffung sah sie nur noch wie ein großer blauer Fleck aus, der vor ihren Augen kleiner zu werden schien.

Ob sie wohl auch über diese Eigenschaft verfügte? Wahrscheinlich nicht, denn schließlich war sie ja nur ein Halbblut. Bestimmt hatten nur richtige Vampire diese erstaunliche Fähigkeit zur Schnellheilung. Ein Teil von ihr wünschte sich, sie wäre eine von ihnen. Unsterblichkeit. Übermenschliche Kräfte. Unverwundbarkeit gegenüber den meisten Waffen. Über einige dieser Eigenschaften verfügte sie, jedoch offensichtlich nicht über alle. Sie hing zwischen zwei Welten, und sie hatte keine Ahnung, für welche sie sich entscheiden sollte.

Nicht, dass sie es sich aussuchen könnte. Die einzige Möglichkeit, ein echter Vampir zu werden, bestand darin, von einem Vampir verwandelt zu werden. Aber Caleb war nicht dazu bereit, denn das war verboten. Außerdem hatte sie das Gefühl, dass er ihr die Verwandlung auch dann nicht nahelegen würde, wenn es erlaubt wäre. Seine Unsterblichkeit machte ihm offensichtlich zu schaffen – er schien Caitlin regelrecht um ihre Sterblichkeit zu beneiden. Sie hatte den Eindruck, dass er es ihr in ihrem eigenen Interesse nicht wünschte, unsterblich zu sein.

»Hast du sie noch?«, wollte er wissen.

Verständnislos sah sie ihn an.

»Die Karte, die ich dir vorhin gegeben habe.«

Natürlich, die war schließlich der Grund, warum sie genau hier gelandet waren.

Schnell steckte sie die Hand in die Tasche und stellte erleichtert fest, dass der Plan noch da war. Zum Glück gab es Reißverschlusstaschen.

Nachdem sie Caleb die Rolle gegeben hatte, rollte er sie auseinander und starrte darauf.

»Wir sind nicht weit weg«, bemerkte er, ließ das Papier sinken und schaute nachdenklich in den Wald. »Das Cottage müsste ganz in der Nähe sein.«

Caitlin sah sich um und kniff die Augen zusammen. Außer Bäumen konnte sie nichts erkennen.

»Ich sehe nichts«, erwiderte sie.

»Die Karte ist ziemlich alt«, erklärte er. »Sie wurde mit der Hand gezeichnet und ist sicherlich nicht besonders genau. Aber die Markierungen deuten auf diese Gegend hin.«

Erneut sahen sie sich um, jedoch ohne Erfolg.

Schließlich meinte Caitlin: »Dieses Cottage stand hier irgendwo vor Hunderten von Jahren. Könnte es nicht vielleicht sein, dass es gar nicht mehr existiert?«

Wieder ließ Caleb prüfend den Blick schweifen. Dann steuerte er durch das raschelnde Laub in eine bestimmte Richtung, und sie folgte ihm.

»Ja«, entgegnete er, »das könnte sein, vor allem, wenn es aus Holz erbaut wurde. Dann existiert es höchstwahrscheinlich nicht mehr. Aber ich hoffe einfach, dass es ein Steincottage ist. Die meisten Cottages, die von Vampiren erbaut wurden, waren aus Stein. Dann könnte es nämlich noch stehen, zumindest teilweise.«

»Selbst wenn es so wäre, glaubst du nicht, dass es inzwischen entdeckt oder auch mutwillig zerstört worden sein könnte?«, fragte sie.

»Das ist gut möglich. Es sei denn …«

Sie wartete. »Es sei denn?«

»Es sei denn, dass es von der Vegetation überwuchert wurde. Unter Vampiren gibt es eine Tradition, die eine Möglichkeit darstellt, bestimmte Hinweise über Generationen hinweg weiterzugeben. Wir erbauen ein Cottage aus Stein an einem abgelegenen Ort und bepflanzen es dann rundherum mit Glyzinien, Dornensträuchern und dichtem Gestrüpp. Wenn das Häuschen eine Weile sich selbst überlassen bleibt, wuchern die Pflanzen derart schnell und dicht, dass es für Menschen praktisch nicht mehr aufzuspüren ist. Auf diese Weise können eingeweihte Vampire es noch Jahrhunderte später wiederfinden.«

Erneut sah er sich um.

»Der Vorteil an diesem Wald hier besteht darin, dass er so abgeschieden ist. Das gibt mir Hoffnung.«

»Vorausgesetzt, diese Karte ist keine Fälschung«, überlegte Caitlin laut. »Möglicherweise handelt es sich ja um eine falsche Spur.«

Lächelnd sah Caleb sie an.

»Du hast einen wachen Verstand«, erwiderte er. »Aber vielleicht denkst du zu viel. Es wäre zwar möglich, aber ich glaube nicht daran. Diese Schriftrolle ist echt.«

Als sie weiter in den Wald vordrangen, nahm er sie an der Hand. Das einzige Geräusch, das zu hören war, war das Rascheln des trockenen Laubs. Die Kälte ging ihr durch Mark und Bein.

Auf einmal schlüpfte Caleb aus seinem Ledermantel und

legte ihn ihr fürsorglich um die Schultern. Wieder einmal war sie verblüfft darüber, wie er ihre Gedanken lesen konnte. Seine Fürsorge rührte sie.

»Nein«, protestierte sie, »ich kann doch nicht deinen Mantel ...«

»Nimm ihn ruhig, ich friere gar nicht.«

Der Mantel fühlte sich wundervoll an. Er war erstaunlich schwer, und Calebs Körperwärme hing noch darin. Caitlin liebte den Ledergeruch. Irgendwie hatte sie den Eindruck, als hätte er das Kleidungsstück schon seit Jahrhunderten getragen. Natürlich war ihr der Mantel viel zu groß, doch trotzdem schien er ihr perfekt zu passen. Außerdem hatte sie darin das Gefühl, zu Caleb zu gehören – so, als wäre sie seine Freundin. Sie liebte dieses Gefühl.

Prüfend schaute Caleb auf die Schriftrolle und wieder in den Wald. Immer noch nichts. Caitlin drehte sich langsam im Kreis und spähte mit zusammengekniffenen Augen in den dämmrigen Wald. Als ihre Augen sich angepasst hatten, glaubte sie auf einmal, etwas entdeckt zu haben.

»Caleb«, rief sie.

Als er sich zu ihr umdrehte, zeigte sie mit dem Finger in den Wald.

»Siehst du das? Ganz da hinten. Das sieht aus wie ein Dickicht, findest du nicht auch?«

Angestrengt blickte er in die angegebene Richtung, dann nahm er ihre Hand und ging mit ihr auf das Gestrüpp zu. »Schließlich haben wir nichts zu verlieren«, meinte er.

Je näher sie kamen, desto optimistischer wurde Caitlin. Das Dickicht war riesengroß und bestand aus einem Wust von undurchdringlichen Zweigen und Dornenranken. Der Gedanke an eine Mauer drängte sich auf. Als sie das Gestrüpp umrundeten, stellten sie fest, dass es um die dreißig Meter tief sein musste. Außerdem war es tatsächlich undurchdringlich. Wenn Calebs Beschreibung auf irgendetwas passte, dann war es das hier. Niemand konnte dieses Dickicht durchdringen – es sei denn, er hätte eine Machete dabei und wäre bereit, in tagelanger Arbeit einen Weg freizuschlagen. Was auch immer sich in der Mitte befinden mochte – falls dort überhaupt etwas war –, es wäre mit hoher Wahrscheinlichkeit unberührt.

Genauso gut konnte es sich natürlich auch einfach um ein ganz normales Dornengestrüpp handeln, in dem sie als Ergebnis ihrer Bemühungen nichts als weitere Dornen vorfinden würden.

Langsam nickte Caleb. »Tatsächlich«, murmelte er. »Das könnte es sein.«

Nachdem er die Stelle eine Weile nachdenklich gemustert hatte, forderte er sie schließlich auf: »Geh mal bitte ein Stück zurück.«

Caitlin fragte sich, was er wohl vorhatte, folgte aber gehorsam seiner Anweisung.

Sorgfältig zog er seine Ärmel bis über die Hände hinunter, um sie zu schützen, und riss dann mit seiner unglaublichen Kraft an dem Dornengestrüpp. Es war, als würde man einer Kettensäge bei der Arbeit zusehen.

Innerhalb weniger Sekunden hatte er bereits einen schmalen Durchgang gerodet, gerade eben breit genug für eine Person. Er steckte schon tief in der Dornenhecke, als sie ihn plötzlich rufen hörte: »Hier!«

Caitlin folgte ihm auf dem schmalen Weg durch das Astwerk und holte ihn schließlich nach gut zehn Metern ein.

Über seine Schulter hinweg erhaschte sie einen Blick auf eine niedrige Steinmauer.

»Du hast es tatsächlich gefunden«, jubelte er.

Nachdem Caleb weitere Äste beiseitegeräumt hatte, kam ein kleines gemauertes Häuschen zum Vorschein. Gemeinsam traten sie durch die niedrige Tür.

Drinnen war es dunkel, und es roch ziemlich muffig. Nach einigen zögernden Schritten blieb er plötzlich stehen. Vor ihren Füßen rollte etwas zur Seite. Vorsichtig bückte Caleb sich und hob es auf.

»Was ist das?«, wollte Caitlin wissen.

Er hielt den Gegenstand in die Höhe, aber sie konnte ihn in der Dunkelheit nicht erkennen. Schließlich klärte er sie auf: »Eine alte Kerze. Ich glaube, sie ist noch intakt. Nimm sie bitte mal.«

Caitlin hielt die Kerze, während er seine Hände mit Lichtgeschwindigkeit gegeneinanderrieb – die Bewegung war derart schnell, dass sie die Wärme spüren konnte, die von seinen Händen ausstrahlte. Dann legte er die Handflächen über den Kerzendocht und wartete einen Moment. Als er sie wegzog, stellte Caitlin verblüfft fest, dass die Kerze brannte. Ehrfürchtig sah sie zu ihm auf. Sie wünschte, sie könnte das auch.

»Das musst du mir unbedingt beibringen«, sagte sie lächelnd.

Im Kerzenschein konnte sie erkennen, wie er ihr Lächeln erwiderte. Vorsichtig beleuchtete sie den Boden vor ihren Füßen und entdeckte weitere Kerzen. Daher also stammte das rollende Geräusch, das sie zuvor gehört hatten. Caleb hob eine zweite Kerze auf und bog den Docht zurecht, damit Caitlin ihn mit ihrer Flamme anzünden konnte. Nun verfügten sie über ausreichend Licht, um das Cottage zu erkunden.

Es war winzig und so niedrig, dass Caitlin gerade noch

aufrecht stehen konnte, wohingegen Caleb sich ducken musste. Der einzige Raum maß ungefähr drei mal drei Meter. Die Steinwände waren nicht perfekt gemauert, boten aber trotzdem auf den ersten Blick keine geeignete Stelle, an der man etwas verstecken könnte. An einer Wand befand sich eine kleine Feuerstelle, auf der Äste und Blätter lagen, die wohl im Laufe der Jahrhunderte durch den Schornstein gefallen waren.

Die Holzdielen waren bemerkenswert gut erhalten, was aber auch einleuchtend war. Das Cottage hatte keine Fenster, und da es abgesehen von dem Kamin und der Tür keine Öffnung gab, hatten die Witterungseinflüsse dem Inneren kaum etwas anhaben können. Außerdem war das kleine Haus derart überwuchert, dass die Elemente schon seit Jahrhunderten keine Chance mehr gehabt hatten.

Ansonsten war nicht viel zu sehen. Es schien keinerlei Versteckmöglichkeiten zu geben, die Hütte war komplett leer. Leider sah es so aus, als wären sie erneut in eine Sackgasse geraten.

Immerhin war der Raum trocken, gemütlich und bot Schutz. Sie könnten also wenigstens die Nacht hier verbringen, sich ein wenig aufwärmen und ausruhen.

»Glaubst du, du kannst ein Feuer in Gang bringen?«, fragte sie.

Prüfend musterte er den offenen Kamin. »Ich sehe keinen Grund, warum das nicht funktionieren sollte.«

Nachdem er ihr seine Kerze gereicht hatte, räumte er zügig die Äste und Blätter zur Seite. Der Staub ließ Caitlin niesen.

Caleb zog weitere Äste aus dem Kamin, sammelte alles ein und trug es aus dem Cottage.

Caitlin hörte, wie er aufs Dach kletterte und den Kamin auch von oben reinigte. Plötzlich spürte sie einen Luftzug und begriff, dass der Schornstein jetzt frei war. Sekunden später tauchte Caleb wieder auf und brachte einen Armvoll trockenes Feuerholz mit. Wie schnell er war! Die Schnelligkeit von Vampiren war erstaunlich. Im Vergleich dazu fühlte sie sich ziemlich langsam und schwerfällig.

Nachdem er das Holz auf der Feuerstelle aufgeschichtet hatte, nahm er eine Kerze und entzündete das Holz an mehreren Stellen gleichzeitig. Innerhalb weniger Minuten prasselte in dem kleinen Cottage ein gemütliches Feuer. Dankbar stellte sie sich davor und genoss die Wärme.

Sie steckte die beiden Kerzen weit oben in die Steinmauer, sodass der Raum jetzt ziemlich warm und hell war. Dann setzte sie sich nahe ans Feuer, lehnte sich mit dem Rücken gegen die Wand und rieb sich die Hände. Allmählich fühlte sie sich besser.

Caleb folgte ihrem Beispiel und ließ sich an der anderen Seite des Feuers nieder. Der Raum war so klein, dass sich ihre Füße fast berührten.

Aufmerksam musterte Caleb das Zimmer – den Boden, die Wände, die Ziegel des gemauerten Kamins und dann die Decke. Dabei unterzog er jede Einzelheit einer intensiven Prüfung. Auch Caitlin sah sich ganz genau um. Beide hatten nur einen Gedanken: Was konnte hier versteckt sein? Und wo?

»Das ist definitiv der richtige Ort«, meinte Caleb nachdenklich. »Hier hat Elizabeth gelebt. Die Frage ist bloß, warum die Karte uns hierhergeschickt hat. Ich sehe jedenfalls nichts«, fügte er schließlich niedergeschlagen hinzu.

»Ich auch nicht«, musste Caitlin zugeben.

Ungezwungenes Schweigen senkte sich über sie. Nach dem

Strudel der Ereignisse im Laufe des Tages fühlte Caitlin sich erschöpft. Sie war einfach froh, dass sie für die Nacht ein Dach über dem Kopf hatten, und konnte allmählich an nichts anderes mehr denken. Sie liebte das Gefühl von Calebs Mantel um ihre Schultern. In der Tasche ihrer Jeans spürte sie ihr Tagebuch und hätte es gerne herausgenommen, um einen Eintrag zu machen – aber sie war schlicht und ergreifend zu müde.

Sie sah zu Caleb hinüber und betrachtete ihn versonnen. Es war erstaunlich, wie immun er gegenüber Kälte, Müdigkeit und offensichtlich sogar Hunger war. In der Nacht schien seine Energie sogar noch zuzunehmen. Trotz all dem, was sie durchgemacht hatten, wirkte er absolut frisch – und das, obwohl man auf ihn geschossen hatte. Ein Blick auf seinen Arm zeigte ihr, dass die Wunde bereits vollständig verheilt war.

Gedankenverloren starrte er ins Feuer, und seine braunen Augen leuchteten. Caitlin empfand das dringende Bedürfnis, mehr über ihn zu erfahren.

»Erzähl mir etwas von dir«, forderte sie ihn auf. »Bitte.«

»Was willst du denn wissen?«, fragte er und sah weiter ins Feuer.

»Alles«, erwiderte sie. »Die Dinge, die du erlebt hast ... Ich kann all das nur schwer begreifen. Woran kannst du dich am besten erinnern?«

Ein langes Schweigen senkte sich über den Raum, während Caleb mit gerunzelter Stirn nachdachte.

»Schwer zu sagen«, begann er schließlich leise. »An Anfang war ich absolut begeistert von der Vorstellung, immer weiterzuleben, Jahrhundert für Jahrhundert. Dann starben nach und nach alle Menschen, die mir etwas bedeutet hatten – Freunde, Verwandte und andere geliebte Menschen.

Das ist es, was am meisten wehtut. Man fühlt sich sehr, sehr einsam.

Nach den ersten hundert Jahren baut man allmählich eher eine Bindung zu Orten als zu Menschen auf: zu Dörfern, Städten, Gebäuden, Bergen. Daran hält man sich fest.

Doch im Laufe der Jahrhunderte verschwinden sogar diese Orte von der Bildfläche. Ortschaften verfallen, neue entstehen. Länder schließen sich zusammen. Kriege löschen ganze Kulturen aus, die man einst geliebt hat. Sprachen gehen verloren. Also lernt man, sein Herz auch nicht mehr an Orte zu hängen.«

Caleb räusperte sich.

»Wenn Orte, die man liebt, von der Bildfläche verschwinden, wendet man sich schließlich Besitztümern zu. Über viele Jahrhunderte habe ich Kunstgegenstände gesammelt und einen unschätzbaren Schatz angehäuft. Das hat mir große Freude bereitet. Aber nach einigen Hundert Jahren hat das ebenfalls seinen Reiz eingebüßt. Das Sammeln wird irgendwann bedeutungslos.

Nach Tausenden von Jahren schließlich betrachtet man das Leben mit anderen Augen. Man bindet sich nicht mehr an Menschen, Orte oder Besitztümer. Man bindet sich an gar nichts mehr.«

»Was bleibt denn dann noch übrig?«, wollte Caitlin wissen. »Was bedeutet dir etwas? Es muss doch noch irgendetwas geben.«

Grübelnd starrte Caleb vor sich hin.

»Ich nehme an«, antwortete er nach einer Weile, »dass nur noch Eindrücke übrigbleiben, wenn alles andere wegfällt.«

»Eindrücke?«

»Genau, Eindrücke von bestimmten Menschen. Erinnerungen an Zeiten, die man miteinander verbracht hat. Wie sie einen beeinflusst haben.«

Caitlin wählte ihre nächsten Worte mit Bedacht.

»Meinst du ... Beziehungen? Liebesbeziehungen?«

Schweigen legte sich über den Raum. Sie spürte, dass auch er sich Mühe bei der Wahl seiner Worte gab.

»Es gibt alle möglichen Arten von Beziehungen, die eine Rolle spielen, aber im Endeffekt wird eine Liebesbeziehung wahrscheinlich den tiefsten Eindruck hinterlassen«, erwiderte er schließlich. »Aber es steckt mehr dahinter. Am Anfang geht es um die Liebesgeschichte, doch im Laufe der Zeit nimmt die Person einen kleinen Teil von dir in Besitz. Ich weiß nicht, wie ich es sonst erklären soll. Aber es ist das, was einem nach all den Jahrhunderten bleibt.«

Calebs Ehrlichkeit rührte Caitlin. Sie hatte damit gerechnet, dass er ihr erzählen würde, wo er geboren wurde und aufgewachsen war. Aber wie üblich war er weit darüber hinausgegangen. Seine Worte beeindruckten sie sehr. Sie wusste nicht, was sie dazu sagen sollte.

»Nach so langer Zeit«, fuhr er fort, »versucht man automatisch, alle Menschen, die man kennenlernt, einzuordnen und herauszufinden, ob man sie schon in einem anderen Leben gekannt hat. Ich habe festgestellt, dass ich eigentlich jeden, den ich jetzt treffe, bereits in einem anderen Leben kannte. Die anderen erinnern sich nie daran, ich aber schon. Daher warte ich immer auf den Moment, in dem ich begreife, woher ich sie kenne. Irgendwann kommt dieser Moment, und dann ergibt alles einen Sinn.«

Caitlin zögerte mit der nächsten Frage, denn sie fürchtete sich vor der Antwort.

»Was ist denn ... mit uns?«

Mit gerunzelter Stirn schaute Caleb ins Feuer, während Caitlin nervös auf seine Antwort wartete. Es dauerte lange, bis er weitersprach.

»Du bist die Einzige, bei der alles irgendwie im Dunkeln bleibt. Ich bin mir sicher, dass wir uns irgendwo schon mal begegnet sind – aber bisher weiß ich nicht, wann und wo das war. Irgendetwas wird vor mir zurückgehalten, und ich verstehe nicht, warum das so ist. Daher kann ich nur vermuten, dass es etwas über dich – über uns – gibt, das ich nicht erfahren soll.«

Wieder war Caitlin sprachlos. Ihre Gefühle für ihn überwältigten sie derart, dass alles, was sie sagen würde, nur falsch verstanden werden konnte.

Völlig verwirrt erhob sie sich und hob mit zitternder Hand ein Holzscheit auf, um es ins Feuer zu werfen. Aber weil sie so nervös war, glitt es ihr aus der Hand und landete mit einem dumpfen Geräusch auf dem Boden.

Caitlin und Caleb erstarrten und sahen sich an. Der Aufprall des Holzscheits hatte irgendwie hohl geklungen. Die Dielenbretter – unter den Dielenbrettern musste sich ein Hohlraum befinden!

Gleichzeitig eilten die beiden zu der Stelle, an der das Stück Holz gelandet war. Als Caleb es zur Seite schob, wirbelte jahrhundertealter Staub auf und legte das blanke Holz frei. Mit den Fingerknöcheln klopfte er auf das Dielenbrett, und erneut war ein hohles Geräusch zu hören.

»Geh mal ein Stück zurück«, forderte er sie auf.

Dann hob er den Arm und schlug mit der Faust kräftig auf das Brett. Das Holz zersplitterte mit einem lauten Krachen. Nun griff er in das Loch und riss mehrere Dielen heraus.

Schließlich nahm Caitlin eine Kerze und hielt sie in den Hohlraum. Das Loch war nicht tief, sie konnten die Erde auf dem Grund erkennen. Obwohl Caitlin die Höhlung sorgfältig ausleuchtete, fanden sie zuerst nichts. Doch als sie die Kerze in eine Ecke hielt, entdeckte sie plötzlich doch etwas. »Da!«

Vorsichtig griff sie danach und zog es langsam heraus. Dann hielt sie den Gegenstand in die Höhe und befreite ihn von zentimeterdickem Staub.

Es war ein kleiner roter Beutel aus Satin, der mit einer Schnur zugebunden war. Was mochte bloß darin sein? Eine Münze? Ein Schmuckstück? Ihr Herz pochte heftig vor Aufregung, als es ihr endlich gelang, die Schnur zu lösen. Vorsichtig griff sie in den Beutel und fühlte kaltes Metall.

Verblüfft starrten beide auf den Gegenstand in ihrer Hand.

Es war ein kleiner Schlüssel.

Sie vergewisserte sich, dass sonst nichts mehr in dem Beutel steckte. Nur dieser Schlüssel.

Caleb nahm ihn ihr aus der Hand, ging dichter ans Feuer und betrachtete ihn ganz genau.

»Kannst du etwas damit anfangen?«, wollte sie wissen.

Er schüttelte den Kopf.

Nachdenklich setzten sie sich wieder ans Feuer und betrachteten den Schlüssel. Als Caitlin ihn umdrehte, fiel ihr auf einmal etwas auf. Sie befeuchtete ihre Fingerspitze und fuhr damit über das Metall. Eine feine Schmutzschicht löste sich und enthüllte eine winzige Gravur: *The Vincent House*.

Fragend sah Caitlin Caleb an. »Kennst du das?«

Seufzend lehnte er sich zurück und schüttelte den Kopf.

»Ich nehme an, unsere Suche ist noch nicht vorüber«, sagte er schließlich.

Seine Stimme klang enttäuscht. Offensichtlich hatte er

damit gerechnet, in diesem Cottage das Schwert zu finden. Er tat ihr leid, und sie fühlte sich irgendwie schuldig, obwohl sie ebenfalls frustriert war. Anscheinend mussten sie sich auf eine noch längere Suche einstellen. Aber zumindest waren sie auf einen weiteren Hinweis gestoßen. Sie steckten nicht in einer Sackgasse, sondern hatten immerhin einen Schlüssel gefunden. Aber wozu passte er?

Bevor sie ihren Gedanken zu Ende führen konnte, krümmte sie sich plötzlich vor Schmerz zusammen. Eine extrem schmerzhafte Hungerattacke überfiel sie, schlimmer als je zuvor. Sie konnte kaum noch atmen.

Plötzlich spürte sie eine Hand auf der Schulter. »Caitlin?«

Er wartete nicht erst auf eine Antwort. Eine starke Hand fasste sie unter einem Arm, dann wurde sie hochgehoben und in Windeseile aus dem Cottage getragen. In hohem Tempo ging es durch das Dickicht in den Wald hinein.

Während die Schmerzen ihr immer wieder durch den Körper schossen, flogen die Bäume rasend schnell an ihr vorüber.

Sie spürte, wie die bekannte Wut sich in ihr aufbaute. Das Verlangen nach Nahrung wuchs. Und das Verlangen, zu töten. Ihr Körper veränderte sich zusehends, während sie sich in Calebs Armen wand und nicht wusste, wie lange sie sich noch im Griff haben würde.

Endlich blieb Caleb stehen und stellte sie auf ihre Füße. Mit kraftvollem Griff hielt er sie an den Schultern fest und sah ihr direkt in die Augen.

»Du musst mir zuhören. Ich weiß, dass dir das jetzt schwerfällt, aber du musst dich konzentrieren.«

Also gab sie sich die größte Mühe, sich auf seine Worte und seine Augen zu konzentrieren. Ihre Welt verschwand in einem roten Nebel, während der Drang zu töten immer größer wurde.

»Du hast einfach bloß Hunger. Du brauchst Blut, und zwar sofort. Wir sind in einem Wald und können zusammen auf die Jagd gehen – ich kann dir beibringen, wie es geht.«

Beibringen. Beibringen. Sie versuchte, sich an seine Worte zu klammern.

Dann spürte sie, wie er sie mit sich zog, und ehe sie sichs versah, waren sie schon in der Nacht verschwunden.

12. Kapitel

Samantha erwachte bei Tagesanbruch und warf einen Blick neben sich. Da lag dieser Typ bei ihr im Bett, Sam. Es war so einfach gewesen, ihn zu verführen, dass sie beinahe schon ein schlechtes Gewissen hatte. Natürlich wusste sie, dass sie gegen ein Gesetz verstoßen hatte, indem sie mit einem Menschen schlief, aber weil dieses Exemplar so jung und knackig war, hatte sie beschlossen, es nicht zu genau zu nehmen. Warum auch? Niemand würde je davon erfahren. Selbstverständlich würde sie selbst es niemandem erzählen, und diesen Sam würde sie einfach nicht lange genug leben lassen, als dass er es jemandem verraten könnte. Dann und wann – etwa alle hundert Jahre – musste sie sich das gönnen. Diesen Luxus nahm sie sich einfach heraus.

Außerdem hatte er etwas an sich, etwas Besonderes, das ihn für einen Menschen fast erträglich machte. Sogar mehr als erträglich, wenn sie ehrlich zu sich selbst war. Doch sie konnte nicht genau sagen, was es war – das machte ihr mehr zu schaffen als alles andere.

Innerlich aufgewühlt setzte sie sich auf, immer noch nackt, und sprang mit einer einzigen geschmeidigen Bewegung aus dem Bett. Leise spazierte sie durchs Zimmer, sammelte ihre Kleider ein und zog sich schnell an. Als sie durch die Glasschiebetüren nach draußen sah, dämmerte gerade der Morgen. *Welch eine Ironie,* dachte sie. *Nachts zu schlafen und morgens aufzuwachen. Genau wie ein Mensch.* Der Gedanke verursachte ihr Übelkeit, aber manchmal musste man eben Zugeständnisse machen.

Ein Blick über die Schulter zeigte ihr, dass der Junge immer noch tief und fest schlief. Sie war der Grund dafür, dass er so erschöpft war, so viel war sicher. Ihr war klar, dass er so etwas wie mit ihr noch nie erlebt hatte und wohl auch nie wieder erleben würde. Schließlich konnte sie auf zweitausend Jahre Erfahrung zurückblicken. Er konnte sich glücklich schätzen, fürs Erste zumindest. In den kommenden Wochen würde er unglücklich sein, wenn sie genug von ihm hatte und alles erfahren haben würde, was sie über seinen Vater wissen musste. Denn dann würde sie sich seiner entledigen. Doch einstweilen war er ein amüsantes Spielzeug. Sogar ausgesprochen amüsant.

Sie bewegte sich geschmeidig und lautlos wie eine Katze, sodass er selig weiterschlief. Sie könnte durch das ganze Haus tanzen, ohne dass er auch nur einen Ton hören würde – es sei denn, sie wollte gehört werden. Das war einer der zahlreichen Vorteile des Vampirdaseins.

Wie leichtgläubig und naiv er doch war: Er hatte ihr tatsächlich geglaubt, dass das Haus ihr gehörte. Außerdem hatte sie sich Gedanken gemacht, weil weder Decken noch Laken noch Kissen vorhanden waren – auch sonst gab es natürlich keine persönlichen Gegenstände –, aber zu ihrer Überraschung hatte er nicht einmal nachgefragt. Zumindest war das Haus teilmöbliert; wahrscheinlich war das das Werk eines verzweifelten Maklers, der die Immobilie für potenzielle Besichtigungen besser in Szene setzen wollte. Wenigstens hatte sie einen Vorteil daraus ziehen können.

Hitze breitete sich abermals in ihren Adern aus, und sie

begriff, dass sie nicht länger warten konnte. Sie brauchte Nahrung. Es war ihr schwergefallen, nur mit ihm zu schlafen und am Ende nicht, wie sie es gewöhnlich tat, sein Blut zu trinken. Doch sie brauchte ihn lebend. Schließlich war er der Schlüssel, deshalb musste sie sich unbedingt zusammenreißen. Aber das stillte ihren Hunger nicht. Während sie durch das Haus wanderte und müßig zum Fenster auf die leere Landstraße hinaussah, hoffte sie, dass ein ahnungsloser Mensch des Weges kommen würde. Vielleicht ein kleines Kind, das zu früh aufgestanden war. Das wäre perfekt.

Kaum hatte sie diesen Gedanken zu Ende gedacht, da fuhr schon ein glänzender BMW die Straße entlang und bog in die Einfahrt ein. Der Kies knirschte, als die Reifen mit den blitzblanken Felgen langsam auf das Haus zurollten. Wer um Himmels willen tauchte um diese Tageszeit hier auf? Wer konnte wissen, dass sie hier war?

Ihr Herzschlag setzte kurz aus, als sie sich fragte, ob es sich um ein Mitglied ihres Clans handeln könnte. Hatte etwa jemand beobachtet, wie sie mit einem Menschen geschlafen hatte? Hatte ein konkurrierender Vampir ihr Fehlverhalten gemeldet, und kamen sie jetzt, um sie zu bestrafen?

Die Autotür öffnete sich und ein Mann in einem billigen Anzug stieg aus. Unter dem Arm trug er ein *Zu-Verkaufen*-Schild, mit dem er auf die Haustür zuging.

Samantha war so erleichtert, dass sie laut auflachte. Er war nur ein erbärmlicher Mensch, zudem ein Immobilienmakler. Das waren die Schlimmsten überhaupt.

Natürlich, jetzt verstand sie. Wahrscheinlich wollte er jemandem das Haus zeigen – vielleicht veranstaltete er auch einen Tag der offenen Tür – und jetzt war er in aller Frühe gekommen, um sich zu vergewissern, dass alles in Ordnung war. Voll Übereifer und verzweifelt auf einen Abschluss hoffend.

Als er näherkam, sah sie, wie er verwirrt die Stirn runzelte. Die Verwirrung schlug in Besorgnis um, als er Anzeichen dafür entdeckte, dass das Gebäude bewohnt war. In der Zufahrt stand Sams Pick-up. Im Haus brannte Licht. Zuerst wirkte der Mann äußerst irritiert, als würde er sich den Kopf zerbrechen, ob er vielleicht das Licht angelassen hatte und wessen Auto das sein könnte. Als er dann offensichtlich begriff, dass mehr dahintersteckte, war er verärgert.

Samantha lächelte. Seine Verärgerung gefiel ihr, und sie freute sich, dass es für ihn noch viel schlimmer kommen würde. Sie konnte es kaum erwarten.

Schwungvoll öffnete sie die Haustür und ging geradewegs auf ihn zu.

Sein Gesichtsausdruck veränderte sich schlagartig, als sein Ärger in Wut umschlug.

»Was zum Teufel tust du in diesem Haus?«, schrie er quer über den Rasen und ging schnell auf sie zu. »Ist dir eigentlich klar, dass das Hausfriedensbruch ist? Ihr jungen Leute haltet alles für einen großen Spaß – ihr glaubt, dass ihr einfach so irgendwo eindringen könnt, gerade wie es euch gefällt. Ich habe das gründlich satt! Aber diesmal wirst du nicht ungestraft davonkommen. Ich habe genug davon!«, brüllte er hektisch, während er sein Handy aus der Tasche zog.

Ihr Lächeln wurde noch breiter, was ihn erst so richtig auf die Palme brachte.

»Du hältst das wohl immer noch für einen Spaß, was?«, zischte er. Dabei hielt er sein Handy ans Ohr und verdoppelte sein Tempo.

Als er sie erreicht hatte, packte er sie grob am Arm. Dann drehte er sich um und wollte sie mitzerren.

Schockiert stellte er fest, dass sie andere Pläne hatte. Noch bevor seine Finger sich ganz um ihren Arm schließen konnten, hatte sie ihm schon mit einer einzigen geschmeidigen Bewegung die Schulter ausgekugelt. Als Nächstes brach sie ihm scheinbar mühelos den Arm.

Mit schmerzverzerrtem Gesicht begann er zu schreien. Doch bevor er auch nur einen Laut von sich geben konnte, hatte sie schon seinen Kopf gepackt. Ein lautes Knacken war zu hören, und dann nichts mehr. Sein Körper erschlaffte.

Als er zu Boden fiel, stürzte sie sich auf ihn und bohrte ihre Zähne in seinen Hals. Ihre Augen waren geschlossen, während sie trank und trank – sie war wie berauscht von seinem Blut, das in ihren Körper strömte.

Nachdem sie ihre Mahlzeit schließlich beendet hatte, hob sie den leblosen Körper auf, trug ihn zu seinem Auto, öffnete den Kofferraum und warf ihn hinein. Bevor sie die Heckklappe zuknallte, angelte sie noch die Autoschlüssel aus der Hosentasche des Unglücklichen.

Danach kehrte sie zum Haus zurück, wischte sich gleichmütig die letzten Blutspuren vom Mund und bewunderte den Morgenhimmel.

Es würde ein richtig schöner Tag werden.

14. Kapitel

Caitlin rannte. Wieder einmal war sie auf der Wiese und lief durch kniehohes Gras. Der Tag brach gerade an, und während sie lief, schien die Welt sich um sich selbst zu drehen. Sie hatte das Gefühl, sich direkt auf die riesige, strahlende Sonne zuzubewegen.

Weit hinten am Horizont stand ihr Vater – seine Silhouette wurde von der Sonne angestrahlt. Mit weit ausgebreiteten Armen wartete er darauf, sie zu umarmen. Zwar konnte sie seine Gesichtszüge nicht erkennen, aber sie wusste trotzdem, dass er voll Vorfreude lächelte. Wenn sie doch nur schneller laufen könnte!

Doch so sehr sie sich auch anstrengte, der Abstand wurde einfach nicht kleiner.

Das überraschte sie nicht. So verlief dieser Traum immer – das wusste sie, noch während sie träumte.

Doch diesmal war es anders. Diesmal gewann sie plötzlich Boden unter den Füßen und kam tatsächlich näher heran.

Jetzt waren es noch fünfzig Meter, dann zwanzig, schließlich nur noch zehn. Zum ersten Mal sah sie ihn richtig: Er war groß und stolz und stand dort in all seiner Pracht, angestrahlt von der Sonne. Ein gut aussehender Mann. Ein Kämpfer. Irgendwie sah er Caleb ähnlich.

Caitlin sprang geradewegs in seine Arme, und er erwiderte

ihre Umarmung. Es fühlte sich so gut an, endlich bei ihm zu sein.

»Daddy!«, rief sie überglücklich.

»Mein Kind«, antwortete er mit seiner tiefen, wunderschönen und beruhigenden Stimme. »Ich habe dich so vermisst. Die ganze Zeit habe ich auf dich hinuntergeschaut. Und ich bin so stolz auf dich.«

Dann packte er sie an den Schultern, schob sie auf Armeslänge weg und sah ihr tief in die Augen.

Seine Augen waren so leuchtend gelb wie die Sonne und strahlten sie förmlich an.

Sie konnte es kaum ertragen, ihn anzusehen, aber gleichzeitig konnte sie ihren Blick nicht von ihm lösen. Diese Augen strahlten so viel Wärme und Liebe aus.

»Erinnerst du dich noch, Caitlin?«, fragte er. »Erinnerst du dich an die Zeit, als du noch klein warst? Weißt du noch, wohin wir da immer gegangen sind? Zu den Klippen, den roten Klippen.«

Vor ihrem inneren Auge tauchte ein Bild von gigantischen roten Klippen und riesigen Felsen auf, die hoch über einem Strand aufragten und steil bis ins Wasser abfielen. Ein magischer Ort. Ja, sie erinnerte sich tatsächlich – die Erinnerung kam zurück.

»Dort wirst du mich finden«, verkündete er. »Setze deine Suche fort und triff mich dort.«

Als sie die Hand ausstreckte, um ihn festzuhalten, war er auf einmal verschwunden.

Abrupt schreckte sie aus dem Schlaf auf.

Sie stellte fest, dass sie auf dem Rücken lag und in die Baumwipfel blickte. Zwischen den Bäumen erkannte sie einen Wolkenfetzen, der über den Himmel segelte.

Sie hatte nicht die geringste Ahnung, wo sie sich befand, doch sie hatte das Gefühl, immer noch zu träumen. Der Wind bewegte die leise rauschenden, kahlen Äste – die ganze Welt schien lebendig zu sein, zu schwanken und Geräusche zu machen.

Obwohl sie unter freiem Himmel auf dem Boden lag, fühlte sie sich wohl. Sie sah sich um und entdeckte, dass sie auf einem Haufen weicher Tannennadeln ruhte. Dicht neben ihr schlief Caleb auf dem Waldboden. Ihr Herz schlug höher, weil es sich verdammt gut anfühlte, so dicht neben ihm zu liegen. Hoffentlich würde er nicht so bald aufwachen – sie könnte noch eine Ewigkeit neben ihm liegen. Die Welt fühlte sich einfach richtig an.

Während sie in den Himmel hinaufsah, versuchte sie sich zu erinnern, wie sie eigentlich hierhergekommen waren und was am Vorabend geschehen war.

Sie erinnerte sich daran, wie sie das Blut getrunken hatte. Eine kleine Gruppe Rehe war aufgetaucht, und Caleb hatte ihr beigebracht, die Ruhe zu bewahren und auf den richtigen Moment zu warten. Er hatte ihr gezeigt, wie sie ihren Hunger zügeln konnte.

Als sie den Rehen schließlich nachjagte, hatte ihr Körper sie überrascht, denn er hatte ihr gesagt, was sie zu tun hatte. Sie hatte über ihre eigene Geschwindigkeit gestaunt, mit der sie sich durch den Wald bewegte.

Schließlich hatte sie die Arme um den Hals eines Rehs geschlungen und war mitgezogen worden. Das Tier war schneller gelaufen, als sie es sich hätte vorstellen können. Dann hatte sie die Vene gefunden und ihre Zähne hineingebohrt. Sie war wie elektrisiert gewesen.

Nie zuvor hatte sie sich so lebendig gefühlt wie in dem

Augenblick, als das Blut des Rehs durch ihren Körper floss. Wie neugeboren.

Noch während sie ihren Durst gestillt hatte, waren die Schmerzen langsam abgeebbt, bis sie sich stärker fühlte als je zuvor. Sie hatte das Gefühl, die ganze Welt würde ihr gehören.

Caleb war letzte Nacht ebenfalls auf der Jagd gewesen. Als sie sich danach wiedergetroffen hatten, waren sie beide absolut beschwingt gewesen, aber gleichzeitig auch sehr müde. Schließlich hatten sie sich auf den Waldboden gelegt, in die schwankenden Bäume aufgesehen und dem Rauschen des Windes gelauscht.

Innerhalb kürzester Zeit waren sie beide fest eingeschlafen.

Jetzt schob sie sich zentimeterweise näher an ihn heran, um auszuprobieren, wie sich das anfühlte. Sie trug immer noch seinen Ledermantel, dessen Ärmel bis zu ihren Fingerspitzen reichten. Vorsichtig streckte sie die Hand aus und streichelte mit dem Handrücken seine Wange; sie war ganz glatt und weich. Caitlin stellte sich vor, sie wären ein Paar.

Plötzlich hörte sie in der Nähe ein Rascheln und setzte sich abrupt auf.

Direkt vor ihnen war ein Rudel Wölfe aufgetaucht und pirschte sich langsam näher heran. Da sie noch nie einem Wolf begegnet war, hatte sie keine Ahnung, wie sie reagieren sollte. Seltsamerweise fürchtete sie sich nicht. Stattdessen war sie völlig fasziniert und wie hypnotisiert. In gewisser Weise fühlte sie sich den Wölfen sogar merkwürdig verwandt.

Langsam streckte sie die Hand nach Caleb aus und schüttelte ihn leicht.

Alarmiert schreckte er aus dem Schlaf auf. Das Wolfsrudel kam immer näher und war jetzt nur noch wenige Schritte entfernt. Schnüffelnd umkreisten die Tiere Caitlin und Caleb.

»Hab keine Angst«, sagte Caleb leise. »Ich kann ihre Gedanken spüren. Sie sind bloß neugierig. Verhalte dich einfach ganz ruhig.«

Caitlin blieb still sitzen und beobachtete, wie der Anführer auf sie zukam, die Nase hob und beinahe ihre Wange berührte.

Angespannt fragte sie sich, was sie jetzt tun sollte. Ihr Herz pochte heftig, und am liebsten hätte sie den Wolf weggestoßen. Stattdessen befolgte sie Calebs Anweisung und rührte sich nicht.

Plötzlich drehte der Wolf sich um und spazierte davon.

Sofort folgten die übrigen Wölfe seinem Beispiel.

Alle außer einem. Ein kleiner Wolf – noch ein Welpe, der kaum größer war als ein kleiner Hund – zögerte und blieb zurück. Er hinkte ein wenig und sah dem Rudel nach. Dann drehte er sich um, blickte Caitlin an und kam direkt auf sie zu.

Unvermittelt sprang er auf ihren Schoß und senkte den Kopf. Offensichtlich wollte er nicht mit den anderen gehen.

»Es ist ein Weibchen, das von seinem Rudel verstoßen wurde«, erklärte Caleb. »Sie wollen sie nicht mehr bei sich haben, weil sie verletzt ist. Sie stellt eine Belastung dar, und die anderen sind zu hungrig, um Geduld zu haben. Deshalb haben sie sich von ihr abgewendet.«

Angestrengt versuchte Caitlin, sich zu konzentrieren und die Gedanken des Tieres zu lesen, wie Caleb es tat. Es gelang ihr nicht ganz, aber sie spürte die Energie und die Gefühle des kleinen Wolfes. Er war sehr einsam und hatte Angst.

Caitlin hob ihn hoch und nahm ihn in die Arme. Als sie seinen Kopf streichelte, leckte das Tier ihr das Gesicht ab.

Sie lächelte.

»Du hast eine neue Freundin«, meinte Caleb.

»Können wir sie mitnehmen?«, fragte sie.

Nachdenklich runzelte Caleb die Stirn.

»Das wäre keine gute Idee«, erwiderte er schließlich. »Der Geruch ... könnte andere Dinge anziehen.«

»Aber wir können sie doch nicht einfach sich selbst überlassen«, sagte Caitlin bittend. Ihr Beschützerinstinkt war auf einmal erwacht.

»Dort, wo wir hingehen, wird es sehr gefährlich werden. Sie könnte zwischen die Fronten geraten.«

»Wäre sie hier denn nicht in Gefahr?«, fragte sie. »Sie würde sterben, wenn wir sie allein lassen.«

Erneut dachte Caleb nach.

»Das stimmt. Gut, ich denke, wir können sie mitnehmen ...«

Als hätte das Tier ihn genau verstanden, rannte es zu Caleb, sprang auf seinen Schoß und leckte ihm das Gesicht.

Caleb grinste breit und streichelte das weiche Fell des Wolfes. »Okay, okay, es reicht, du kleiner Kerl«, wehrte er ihn lachend ab.

»Wie sollen wir sie nennen?«, fragte Caitlin.

»Ich habe keine Ahnung.«

Plötzlich hatte sie eine Idee. Die Rose und der Dorn.

»Rose, wir können sie Rose nennen.«

Zustimmend nickte Caleb. »Rose«, wiederholte er. »Ja, das klingt perfekt.«

Als würde sie bereits auf ihren neuen Namen hören, kehrte Rose zu Caitlin zurück und machte es sich wieder auf ihrem Schoß bequem.

»Ein Wolfsrudel ist ein sehr machtvolles Zeichen«, erläuterte Caleb. »Es bedeutet, dass die Energie der Natur uns unterstützt. Das heißt, dass wir bei unserer Suche nicht allein sind.«

»Jetzt fällt es mir wieder ein: Letzte Nacht hatte ich einen Traum«, erzählte Caitlin. »Er war so anders, so klar. Es war, als hätte ich ... Besuch gehabt. Von meinem Vater.«

Caleb drehte sich um und starrte sie an.

»In dem Traum habe ich mich plötzlich an Dinge erinnert, die ich vergessen hatte. In einem Sommer hat mein Vater mich auf eine Insel mitgenommen. Riesige Felsen stiegen aus dem Meer auf, und da waren diese steilen Klippen, rote Klippen, die in der Sonne leuchteten ...«

Calebs Miene erhellte sich auf einmal. »Du hast von den Aquinnah-Klippen geträumt«, sagte er langsam. »Ja, das macht absolut Sinn.«

»In meinem Traum hat er mir gesagt, ich soll dorthin zurückkehren. Er hat gesagt, dass ich ihn dort ... *treffen* soll.«

»Das war kein Traum«, rief Caleb und richtete sich aufgeregt auf. »Vampire statten manchmal in Morgenträumen Besuche ab. Dein Vater will, dass wir zu diesen Klippen gehen.«

»Aber was ist mit dem Schlüssel, den wir gerade gefunden haben?«, wollte Caitlin wissen.

»Bislang haben wir doch überhaupt keine Ahnung, wofür der bestimmt ist«, erwiderte Caleb. »Dieses Vincent House könnte überall sein. Das ist quasi eine Sackgasse. Wir wissen also ohnehin nicht, wohin wir als Nächstes gehen sollen.«

Er stand auf. »Lass uns sofort zu den Klippen aufbrechen.«

15. Kapitel

Als Sam in einem fremden Schlafzimmer erwachte, schaute er sich erstaunt um und versuchte sich zu erinnern, wo er war. Das Bett war bequem – viel bequemer als die Betten, in denen er in letzter Zeit geschlafen hatte. Trotzdem konnte er sich nicht erinnern, wessen Schlafzimmer das war oder was er hier zu suchen hatte.

Doch schließlich fiel es ihm wieder ein: Samantha.

Er drehte sich suchend um, aber sie war nicht mehr da. War all das wirklich passiert, oder hatte er bloß geträumt?

Als er sich aufsetzte und sich die Augen rieb, stellte er fest, dass er nackt war und ohne Bettzeug auf einer bloßen Matratze lag. Seine Klamotten waren auf dem Boden verstreut. Er war erschöpft, fühlte sich aber trotzdem richtig gut. Er war ein anderer. Ein Mann, das war das Schlüsselwort. Zum ersten Mal in seinem Leben fühlte er sich wie ein richtiger Mann. Eine Nacht wie diese hatte er noch nie erlebt, und er hegte schon jetzt die Vermutung, dass sie einzigartig bleiben würde. Samantha war einfach unglaublich.

Schwungvoll sprang Sam aus dem Bett, zog sich an und spazierte durch das leere Haus. Als er durch die Glastüren hinausblickte, stellte er fest, dass der Tag gerade erst anbrach. Auch das war verrückt, denn er hatte schon seit einer halben Ewigkeit keinen Sonnenaufgang mehr erlebt. In letzter Zeit war er nur selten vor zwölf Uhr aufgestanden.

Er war hungrig und durstig, aber vor allem erschöpft.

»Samantha?«, rief er und lief suchend durch das ganze Haus.

Er sah in jedem Zimmer nach, konnte sie aber nirgendwo finden. Allmählich fragte er sich, ob das Ganze nicht doch ein Produkt seiner Fantasie gewesen sein könnte.

Schließlich landete er im Wohnzimmer und warf einen Blick aus dem großen Panoramafenster. In der Einfahrt stand sein Pick-up – und dahinter parkte ein glänzender BMW. Ob das ihrer war? Warum hatte er ihn nicht schon früher gesehen? Dieses Mädel steckte voller Überraschungen.

Aber das war ihm nicht wichtig. Nicht einmal die Tatsache, dass er hier übernachten konnte, spielte eine Rolle. Er begriff, dass er einfach gerne mit ihr zusammen war. Er mochte ihren Geruch, den Klang ihrer Stimme, die Art, wie sie sich bewegte. Und dann war da natürlich noch die letzte Nacht. Das Mädel war einfach eine Wucht.

Aber der wesentlichste Punkt war, dass er es außerordentlich genoss, jemanden zum Reden zu haben. Jemanden, der zuhörte, sich Gedanken machte und ihn auch wirklich zu verstehen schien. Tatsächlich war er drauf und dran, sich in dieses Mädchen zu verlieben. Er konnte es kaum glauben, aber es war so. War sie etwa nach all dem, was geschehen war, einfach gegangen?

Als er die Haustür öffnete, stand sie auf einmal vor ihm. Samantha. Sie hatte die Tür gleichzeitig von der anderen Seite geöffnet.

»Hey«, sagte Sam und versuchte, gelassen zu wirken, obwohl er in Wahrheit völlig begeistert war, sie zu sehen. Sein Herz klopfte heftig, sobald er sie auch nur ansah. Heute Morgen war sie noch hübscher als gestern Abend. Ihre langen roten Haare waren ein wenig zerzaust, und sie starrte ihn aus ihren leuchtend grünen Augen an. Sie war so blass. Das war er selbst zwar auch – aber sie war definitiv der hellhäutigste Mensch, dem er je begegnet war.

»Hey«, antwortete sie lässig. Sie wirkte verlegen, als hätte er sie bei irgendetwas überrascht.

Hastig schob sie sich an ihm vorbei und verschwand im Haus.

Verwirrt ging er ihr hinterher und fragte sich dabei, ob er etwas falsch gemacht hatte. Vielleicht war er ihr einfach nicht gut genug. Ob sie wohl wollte, dass er ging?

Befangen folgte er ihr zum Badezimmer.

Er hörte Wasser laufen und sah durch die offene Tür, wie sie sich die Hände wusch und sich Wasser ins Gesicht spritzte. Wahrscheinlich war sie auch erst vor Kurzem aufgewacht und kehrte gerade von einem Morgenspaziergang zurück.

»Du bist aber früh auf«, sagte er lächelnd, während sie sich noch mal das Gesicht wusch.

Sie machte eine Pause und nahm sich Zeit, bevor sie nach einem Handtuch griff und sich das Gesicht abtrocknete. Dann strich sie sich die Haare zurück und atmete tief durch.

»Ja«, antwortete sie, »ich war joggen. Ich bin eine Frühaufsteherin.«

»Ohne Schuhe?«, fragte er verblüfft.

Samantha blickte an sich hinunter und stellte fest, dass sie barfuß war. Sie wurde rot – dieser Junge war ganz schön aufmerksam.

»Das ist besser für die Füße«, entgegnete sie, drehte sich schnell um und verließ das Badezimmer.

Sam war überrascht, als sie so hastig an ihm vorüberstürmte, und fragte sich erneut, ob sie ihm aus dem Weg ging. Vielleicht hatte sie ihre Meinung geändert. Wahrscheinlich hatte er es einfach vermasselt. Das war ja klar: Jedes Mal, wenn er etwas super fand, musste er es irgendwie vermasseln.

Verunsichert folgte Sam ihr ins Wohnzimmer. Er hatte das Gefühl, mit ihr reden zu müssen, um reinen Tisch zu machen.

Sie war gerade dabei, ihre langen roten Haare zu einem Pferdeschwanz zurückzubinden. Ihre Wangen waren gerötet – von ihrer vorherigen Blässe war nichts mehr zu sehen. *Sie muss wirklich schnell gelaufen sein*, dachte er.

»Samantha«, begann er zögernd, »ich fand die letzte Nacht einfach toll.«

Als sie sich umdrehte und ihn ansah, wurden ihre Gesichtszüge weicher. Langsam kam sie zu ihm, legte ihm eine Hand an die Wange und küsste ihn ausgiebig.

Sams Herz schlug höher: Sie war seiner also nicht überdrüssig. Anscheinend hatte er die Sache doch nicht vermasselt. Es machte sich wieder Optimismus in ihm breit. Er wollte sie.

Doch bevor er sie umarmen konnte, wich sie zurück, ging zur Couch und warf sich ihren schwarzen Ledermantel über.

»Ich fühle mich irgendwie rastlos«, verkündete sie. »Lass uns von hier verschwinden.« Sie drehte sich zu ihm um. »Hast du Lust auf eine kleine Spritztour?«

»Eine Spritztour?«, fragte er und warf einen Blick auf seine Uhr. »So früh?«

»Ich hasse es, einfach so herumzusitzen«, erklärte sie. »Ich muss hier raus. Lass uns ein bisschen frische Luft schnappen. Was ist, bist du dabei?« Ihre grünen Augen hielten seinen Blick fest.

Als sich ihre Blicke trafen, spürte er, wie seine Gedanken sich veränderten – beinahe so, als würde er unter einem Bann stehen. Plötzlich stellte er fest, dass ihm ihr Plan gefiel: Er fand ihn absolut sinnvoll. Warum sollten sie in diesem Haus bleiben? Das wäre doch langweilig. Auf einmal wollte er auch hier raus, und zwar sofort.

»Ja, klar bin ich dabei«, hörte er sich sagen, »aber wohin sollen wir denn fahren?«

»Schreib eine E-Mail an deinen Dad«, schlug sie vor. »Sag ihm, wir kommen ihn besuchen.«

Überrascht zog Sam die Augenbrauen hoch. »Meinen Dad? Du meinst, jetzt sofort?«

»Warum nicht? Ihr wolltet euch doch ohnehin treffen. Warum nicht jetzt gleich? Er wohnt in Connecticut, nicht wahr? Das wäre doch ein schöner Ausflug.«

Sam versuchte nachzudenken. Der Vorschlag kam so plötzlich.

»Na ja, ich weiß ja nicht, ob er so kurzfristig auch will und Zeit hat ...«

»Sam«, sagte sie entschlossen, »er schreibt dir E-Mails, und er will dich unbedingt sehen. Frag ihn doch einfach! Besser noch, lass uns auf jeden Fall hinfahren. Falls er nicht kann, machen wir zumindest eine coole Spritztour.«

Erneut stellte er fest, dass seine Meinung sich änderte. Er begriff auf einmal, dass sie völlig recht hatte. Natürlich. Warum war ihm das eigentlich nicht selbst eingefallen? Eine schöne, lange Fahrt nach Connecticut. Eine E-Mail an seinen Dad. Ja, das war perfekt.

Also zückte er sein Handy, loggte sich bei Facebook ein und begann zu schreiben: *Lieber Dad, ich möchte dich heute gerne besuchen. Ich breche gerade auf, ich bin nur ein paar*

Stunden entfernt. Bitte schick mir deine Adresse. Ich hoffe, du hast so kurzfristig Zeit. Liebe Grüße, Sam.

Nachdem Sam das Handy wieder eingesteckt hatte, nahm er seine Schlüssel und eilte zur Haustür. Sie wartete bereits draußen.

Als sie über den Rasen auf den BMW zusteuerten, sagte Sam: »Deine Karre gefällt mir.«

Sie ließ die Schlüssel vor seiner Nase baumeln und lächelte.

»Danke«, erwiderte sie. »Dafür habe ich lange gespart.«

16.
Kapitel

Während Caitlin und Caleb an der Reling standen und aufs Meer hinaussahen, kündigte die Schiffssirene das Ablegen der Fähre nach Martha's Vineyard an. Aufgeregt blickte Caitlin in das aufgewühlte Wasser hinunter. Sie liebte es, mit dem Schiff zu fahren, sie fühlte sich dabei immer so glücklich und frei. Als sie das Auf und Ab der Wellen beobachtete, dachte sie daran, dass sie normalerweise jetzt in einem blöden Klassenzimmer sitzen und dem langweiligen Gerede eines Lehrers lauschen würde. Stattdessen fühlte sie sich erwachsen und unabhängig. Die Welt gehörte ihr.

Dann warf sie Caleb einen Blick zu, in der Erwartung, ihn ebenfalls glücklich und zufrieden zu sehen, doch zu ihrem Erstaunen wirkte er ausgesprochen nervös. So hatte sie ihn noch nie erlebt.

Er war noch blasser als sonst, sodass sie sich fragte, ob ihm auf See übel wurde oder ob er vielleicht nicht schwimmen konnte.

Um ihn zu beruhigen, legte sie ihre Hand auf seine. »Bist du okay?«

Zögernd nickte er und schluckte, während er die Reling umklammerte und ins Wasser hinuntersah, als wäre es ein Feind.

»Was ist denn los?«, wollte sie wissen.

Erneut schluckte er.

»Wasser«, antwortete er bloß und umklammerte die Reling noch fester. »Vampire mögen kein Wasser, vor allem nicht, wenn sie es überqueren müssen. Die meisten von uns würden es nicht einmal versuchen.«

Prüfend horchte Caitlin in sich hinein, stellte aber erneut fest, dass sie sich absolut wohlfühlte. Das lag wahrscheinlich daran, dass sie kein richtiger Vampir war.

»Warum ist das so?«, fragte sie.

»Das Wasser schwächt uns«, erklärte er. »Eine größere Wasserfläche ist ein Energiefeld, das beim Überqueren unsere Sinne schwächt. Wir können nicht mehr so gut Gedanken lesen und andere Personen nicht mehr so gut beeinflussen. Unsere Wahrnehmung ist beeinträchtigt. Gewissermaßen ist das wie ein Neustart – wir verlieren die Macht und die Sicherheit, die wir auf festem Boden hatten.«

Plötzlich spürte Caitlin, wie Rose sich tiefer in ihre Jacke zurückzog. Sie zitterte und hatte ganz offensichtlich ebenfalls Angst. Beruhigend kraulte Caitlin ihr den Kopf.

Auf der großen Fähre befanden sich nur wenige Fahrgäste, an Deck war praktisch niemand. Sie konnten sich glücklich schätzen, dass die Fähre zu dieser Jahreszeit überhaupt in Betrieb war. Die kalte Märzluft in Verbindung mit den Nebelschwaden über dem Wasser lud nicht gerade zu einem Ausflug ein.

»Möchtest du hineingehen?«, fragte sie.

Er sah aufs Wasser hinaus.

»Wenn es dir nichts ausmacht«, antwortete er schließlich.

»Überhaupt nicht, mir ist ohnehin kalt.«

Also gingen sie hinein und spazierten zwischen den leeren Sitzreihen hindurch. Sie entschieden sich für zwei Plätze nebeneinander direkt an einem Fenster.

Neugierig streckte Rose den Kopf aus Caitlins Jacke, dann jaulte sie leise.

»Ich glaube, sie hat Hunger«, meinte Caitlin. »Was fressen kleine Wolfswelpen eigentlich?«

Caleb grinste. »Keine Ahnung. Vielleicht Gummibärchen?«

Caitlin erwiderte sein Lächeln. »Dann werde ich mal sehen, was es im Kiosk zu kaufen gibt. Willst du auch etwas?«

Abwehrend schüttelte Caleb den Kopf; er sah immer noch ein bisschen seekrank aus.

Caitlin überflog das Angebot an Knabberzeug und Süßigkeiten im Kiosk. Dann bestellte sie einen Hotdog für Rose, ein Snickers für sich selbst und auch eins für Caleb, für den Fall, dass er es sich anders überlegen sollte.

Als sie gezahlt hatte und gerade zurückgehen wollte, hielt sie plötzlich inne. Eine Broschüre, die an der Wand hing, hatte ihre Aufmerksamkeit erregt. Beim Lesen erstarrte sie vor Verblüffung – sie konnte kaum glauben, was dort stand.

Kurzerhand riss sie die Broschüre ab und eilte die Sitzreihen entlang.

Atemlos hielt sie Caleb das Faltblatt vor die Nase.

Er warf einen Blick darauf, stutzte und sah genauer hin. Dann klappte ihm die Kinnlade herunter.

Die Broschüre war ein Werbeprospekt für Martha's Vineyard, und unter den Sehenswürdigkeiten war unter anderem auch das Vincent House aufgelistet.

17. Kapitel

Sam saß auf dem Beifahrersitz des BMW, während sie die Interstate entlangrasten. Da fuhr er nun in einem neuen BMW durch die Gegend und lehnte sich bequem zurück, neben sich eine scharfe Braut – er fühlte sich wie in einem Traum. Und es war *ihr* Auto, und *sie* fuhr. Sie war ja ohnehin schon sexy, aber das hier machte sie so richtig sexy. Wie in einem James-Bond-Film. Solche Sachen passierten ihm normalerweise einfach nicht. Die Mädchen wollten sonst nicht einmal mit ihm reden. Und die wenigen Versuche, die er unternommen hatte, um eine abzuschleppen, waren nicht sonderlich gut gelaufen.

Mit ihr dagegen wurde es immer besser, denn sie besaß nicht nur ein tolles Haus und einen heißen Schlitten, sondern liebte es offensichtlich, einfach draufloszufahren – genau wie er. Beide hatten sie die Fenster geöffnet, und es versprach ein warmer Märztag zu werden. Als im Radio Coldplay lief, streckte Sam die Hand aus und drehte die Lautstärke hoch. Gespannt wartete er, ob sie das Radio leiser stellen oder den Sender wechseln würde, doch stattdessen machte sie die Musik bloß noch lauter. Er konnte sein Glück kaum fassen.

Während er aus dem Fenster sah und die Bäume beobachtete, die draußen vorbeiflogen, fragte er sich, wie das Treffen mit seinem Dad wohl verlaufen würde. Irgendwie war es unfassbar, dass das hier tatsächlich passierte. Nach der jahrelangen Suche würde er ihn nun endlich in wenigen Stunden wiedersehen. Kaum zu glauben, dass sein Dad all die Jahre so nahe gewesen war. In Connecticut, nur ein paar Autostunden entfernt. Seine Adresse hatte er ihm mittlerweile geschickt, er schien sich auf den Besuch zu freuen.

Wie er wohl aussah? Wahrscheinlich war er ein cooler Typ, groß, unrasiert, mit längeren Haaren und einem Motorrad. Vielleicht war er tätowiert, vielleicht hatte er sogar Piercings. Sam fragte sich, wie das Haus aussehen mochte, in dem er wohnte. Bestimmt war es ein tolles großes Haus, möglicherweise sogar direkt am Wasser gelegen. In Sams Vorstellung könnte er auch ein ehemaliger Rockstar sein.

Er malte sich aus, wie sie eine lange, von Bäumen gesäumte Zufahrt entlangfuhren und vor der Haustür hielten. Sein Dad würde die Tür öffnen, hinauseilen und strahlen, wenn er Sam entdecken würde. Als Nächstes würde sein Dad ihn fest in die Arme schließen. Und um Verzeihung bitten.

Es tut mir so leid, mein Sohn. In all den Jahren habe ich ständig versucht, dich aufzuspüren, doch ich konnte dich nicht finden. Jetzt wird alles anders. Du wirst hier bei mir wohnen.

Bei diesen Gedanken musste Sam unwillkürlich lächeln. Er konnte seine Begeisterung kaum noch zügeln. Ob der heutige Tag wohl einen Neubeginn für ihn bedeuten würde? Ja, je mehr er darüber nachdachte, desto wahrscheinlicher erschien es ihm. Vielleicht würde er gar nicht mehr nach Oakville zurückkehren. Vielleicht würde er direkt dort bleiben und bei seinem Vater einziehen. Endlich würde er Halt finden, und jemanden, der ihn wirklich gernhatte und sich um ihn kümmerte, tagein, tagaus. Das würde super werden. Heute war der erste Tag seines neuen Lebens.

Schließlich richtete er seine Aufmerksamkeit wieder auf Samantha – sie hatte das Fenster heruntergelassen, und ihre langen, roten Haare wehten ihm Fahrtwind. Sie war so sexy, so cool. Was sie wohl an ihm fand? Warum machte sie sich Gedanken um ihn und um seinen Dad, warum fuhr sie mit ihm dorthin? Vermutlich war sie einfach unternehmungslustig, genau wie er, immer auf der Suche nach etwas Neuem.

Ob es wohl passend war, in ihrer Begleitung aufzukreuzen? Doch je länger er darüber nachgrübelte, desto toller fand er die Vorstellung. Er würde dadurch cooler wirken, als er eigentlich war. Sein Dad wäre bestimmt beeindruckt, wenn er mit einem so attraktiven Mädchen auftauchte. Vielleicht würde er ihm sogar anerkennend zunicken.

Dann fragte er sich, was Samantha wohl tun würde, nachdem er bei seinem Dad eingezogen war. Würde sie in der Nähe bleiben? Oder würde sie wieder fahren? Natürlich würde sie fahren, schließlich hatte sie ja gerade erst dieses Haus in Oakville gekauft. Sie musste zurückkehren. Was würde dann aus ihnen beiden werden?

Nervös biss Sam sich auf die Unterlippe und fragte sich, wie die Dinge sich wohl entwickeln würden. Wenn sein Dad wollte, dass er zu ihm zog, würde er auf jeden Fall zustimmen. Doch eigentlich wollte er Samantha nicht so bald wieder verlieren.

Nun gut, darum würde er sich kümmern, wenn es so weit war. Im Moment war ihm einfach alles zu viel, deshalb würde er jetzt einfach die Autofahrt und diesen Moment genießen.

Der Wagen brummte kraftvoll, als Samantha in den sechsten Gang schaltete. Der Tacho zeigte mehr als einhundertsiebzig Stundenkilometer an. Sam war begeistert und absolut fasziniert. Ob sie ihn wohl auch einmal fahren lassen würde? Zwar hatte er noch keinen Führerschein, aber irgendetwas sagte ihm, dass ihr das ohnehin egal wäre.

Schließlich fasste er sich ein Herz und fragte: »Meinst du, ich könnte auch mal fahren?«

Samantha warf ihm einen Blick zu und lächelte. Ihre perfekten Zähnen leuchteten.

»Meinst du, du kriegst das hin?«

18. Kapitel

In Edgartown, einem kleinen Städtchen im Südosten von Martha's Vineyard, verließen Caleb und Caitlin die Fähre. Als sie die Gangway hinuntergingen, fiel Caitlin auf, dass sowohl Caleb als auch Rose erleichtert waren, wieder festen Boden unter den Füßen zu haben. Vorsichtig streckte der kleine Wolf seinen Kopf heraus, schnüffelte und sah sich neugierig um.

Erneut betrachtete Caitlin die Broschüre, die sie in der Hand hielt. Darin wurden die Touristen eingeladen, historische Sehenswürdigkeiten auf der Insel Martha's Vineyard zu erkunden. Gegen Ende der Liste war aufgeführt: *The Vincent House, erbaut 1672*.

Nach dieser Entdeckung hatten sie beschlossen, ihren Plan zu ändern und zuerst dem Vincent House einen Besuch abzustatten. Die Aquinnah-Klippen konnten warten. Schließlich lautete die Gravur auf dem Schlüssel *Vincent House*, also war diese Spur konkreter als die Klippen – vielleicht müssten sie die Klippen nun auch gar nicht mehr aufsuchen. Den Schlüssel bewahrte Caitlin sicher in ihrer Tasche auf. Zum wiederholten Mal tastete sie danach, spürte das Metall unter ihren Fingern und war beruhigt.

Caleb und Caitlin spazierten die lange Mole entlang, die fast menschenleer war. Sie hatten die Insel praktisch für sich. Trotz der kühlen Jahreszeit war es während der Überfahrt spürbar wärmer geworden, und inzwischen war es sogar ungewöhnlich warm, knapp zwanzig Grad. Caitlin schwitzte und hätte gerne eine Schicht ihrer warmen Kleidung ausgezogen.

Als sie an sich hinuntersah, stellte sie peinlich berührt fest, dass sie immer noch die Sachen trug, die sie vor einigen Tagen bei der Heilsarmee erstanden hatte. Sie hätte liebend gern etwas anderes angezogen, doch sie hatte kein Geld. Und Caleb konnte sie nicht fragen.

Offensichtlich fand Caleb es ebenfalls warm, denn er zerrte an seinem Kragen herum. Die Temperatur fühlte sich nach Spätfrühling an, nicht nach März. Die Sonne strahlte vom Himmel und wurde vom Wasser reflektiert.

Plötzlich sah Caleb sie an und schlug vor, als hätte er ihre Gedanken gelesen: »Lass uns ein paar neue Klamotten für dich kaufen.« Noch bevor sie etwas erwidern konnte, fügte er hinzu: »Mach dir keine Gedanken. Ich habe eine Kreditkarte mit unbeschränktem Kreditrahmen.« Dann grinste er ein bisschen verlegen. »Das ist einer der Vorteile, wenn man Tausende von Jahren lebt: Man häuft ein Vermögen an.«

Erneut staunte Caitlin darüber, wie er immer wieder ihre Gedanken erraten konnte. Einerseits fand sie das angenehm, andererseits machte sie sich Sorgen darüber, wie viel er eigentlich wusste. Kannte er etwa auch ihre tiefsten Gedanken und Gefühle? Hoffentlich nicht. Selbst wenn es so sein sollte, hatte sie jedoch das Gefühl, dass er in der Lage wäre, seine Fähigkeit zu steuern. Er würde sie bestimmt nicht ausspionieren.

»Wenn du meinst …«, erwiderte Caitlin zögernd. »Und wenn du mich den Betrag eines Tages zurückzahlen lässt.«

Er nahm ihre Hand, und sie gingen die Hauptstraße des malerischen Städtchens entlang. Trotz des wunderschönen Wetters waren kaum Menschen unterwegs – Caitlin vermutete, dass das an der Jahreszeit lag. Offensichtlich war das Touristengeschäft saisonabhängig, sodass sie praktisch die ganze Stadt für sich hatten.

Sie hatte noch nie einen schöneren Ort gesehen. Alles war so sauber und perfekt instand gehalten. Die kleinen, historischen Häuser waren entzückend. Man fühlte sich in die Anfangsjahre des neunzehnten Jahrhunderts zurückversetzt. Das Städtchen wirkte wie ein stilles Kunstwerk.

Das Einzige, was diese Illusion zerstörte, waren die modernen Geschäfte. Caitlin nahm an, dass im Sommer bestimmt alle Läden geöffnet waren und sich jede Menge wohlhabende Käufer darin drängten. Wahrscheinlich könnte sie es sich normalerweise gar nicht leisten, hier einzukaufen. Sie hatte wirklich Glück, jetzt mit Caleb hier zu sein, noch dazu an einem so wunderschönen Tag!

Verzückt schloss sie die Augen und atmete die Frühlingsluft ein. Beinahe konnte sie sich vorstellen, mit Caleb irgendwann in einem vergangenen Jahrhundert hier gelebt zu haben. Wie schön wäre es, sich hier niederzulassen und ein ganz normales Leben zu führen. Aber sie wusste, dass das nicht möglich war.

»Sollen wir das Vincent House suchen?«, fragte sie schließlich.

»Ja, später«, entgegnete er. »Erst mal kleiden wir dich neu ein.«

Caleb führte sie in das einzige Geschäft, das geöffnet hatte: Lily Pulitzer.

Die Glocke über der alten Tür bimmelte, als sie eintraten,

und die Verkäuferin freute sich ganz offensichtlich, endlich Kunden zu haben. Schnell legte sie ihre Zeitung zur Seite, eilte herbei und begrüßte sie ausgesprochen liebenswürdig.

Bevor Caitlin herumstöberte, reichte sie Rose an Caleb weiter. Die Verkäuferin war entzückt.

»Was für ein süßer Welpe!«, staunte sie mit großen Augen. »Ist das ein Husky?«

Amüsiert lächelte Caleb ihr zu. »So etwas in der Art«, antwortete er.

Zehn Minuten später verließen sie das Geschäft. Caitlin war von Kopf bis Fuß neu eingekleidet und fühlte sich wie ein neuer Mensch. Als sie an sich hinuntersah, musste sie fast laut lachen. Die Kleidung war absolut untypisch für sie. Jetzt war sie von einem Extrem ins andere gefallen: von der Heilsarmeekleidung hin zu einem Traum in Pastelltönen. Sie war herausgeputzt mit einer lindgrünen Jeans, einem rosa T-Shirt, einem blasslila Kaschmirpulli und einem lindgrünen Mantel. Nicht, dass sie es sich groß hätte aussuchen können – nur dieses eine Geschäft war geöffnet, und in ihrer Größe war sonst nichts mehr da gewesen. Aber der Mantel passte ihr gut und besaß eine Innentasche, die gerade eben groß genug für ihr Tagebuch war. Zu dem Outfit hatten sie Ballerinas erstanden, die mit goldenen Pailletten besetzt waren. Jetzt sah Caitlin aus, als wäre sie einem Lily-Pulitzer-Katalog entstiegen.

Nun ja, wenn sie schon mitten in einen Vampirkrieg geraten würde, wäre sie zumindest modisch gekleidet. Und wahrscheinlich wäre sie der einzige Vampir, der *nicht* schwarz gekleidet war.

Lächelnd dachte sie an den überraschten Gesichtsausdruck der Verkäuferin, als sie sie gebeten hatte, ihre alten

Klamotten einfach zu entsorgen. Bestimmt kam so etwas nicht jeden Tag vor.

Irgendwie gefiel sie sich. Zwar war es nicht die Kleidung, die sie ausgewählt hätte, um diese Reise mit Caleb zu unternehmen. Dafür hätte sie schwarze Kleidung vorgezogen, vielleicht eine Lederjacke mit hohem Kragen im Gothic-Stil. Aber es war trotzdem in Ordnung. Ihre Kleidung war neu, und dafür war sie dankbar.

»Vielen Dank, Caleb«, sagte sie, als sie das Geschäft verließen. Das meinte sie absolut ernst. Noch nie in ihrem Leben hatte ein Mann ihr Kleider gekauft, und schon gar nicht so hübsche. Er hatte keine Ahnung, wie dankbar sie ihm war und wie gut es sich anfühlte, dass jemand sich so um sie kümmerte und sorgte.

Während sie die Straße entlangschlenderten, nahm er lächelnd ihre Hand. Ihr war ein wenig warm in ihrem neuen Outfit, aber bei den milden Temperaturen war das ja auch nicht verwunderlich. Lieber ein bisschen zu warm als zu kalt.

Sie hatten die Verkäuferin nach dem Vincent House gefragt und waren freudig überrascht gewesen, dass die Frau nicht nur wusste, wo es sich befand, sondern dass ihr nächstes Ziel sogar nur eine Straße entfernt war.

Zum ersten Mal hatten sie es nicht eilig, als sie in die angewiesene Richtung spazierten. Ausnahmsweise ließen sie sich Zeit – sie hatten beide das Gefühl, dass die Dinge sich ohnehin wieder zuspitzen würden, sobald sie das Haus erreichen und den nächsten Hinweis finden würden. Außerdem waren sie so müde, dass sie gar keine Lust hatten, sich zu beeilen. Einerseits waren sie natürlich neugierig auf den nächsten Hinweis, andererseits war ihnen jedoch bewusst, dass sich ihr Leben dadurch bald schon unwiderruflich verändern würde. Und das würde wahrscheinlich mit sich bringen, dass sich ihre Wege trennen würden.

Caitlin setzte Rose auf den Boden und erlaubte ihr, neben ihnen herzulaufen. Zufrieden stellte sie fest, dass der kleine Wolf brav bei ihnen blieb und nicht davonlief. Einmal rannte er zu einem kleinen Grasfleck und erleichterte sich, kehrte jedoch gleich wieder zu ihnen zurück. Seine Wunde schien zu verheilen, er hinkte kaum noch. Als Caitlin sich bückte, um Rose ein kleines Stück Hotdog zu geben, fraß sie es vergnügt auf.

Sie passierten eine große, historische Kirche, gingen einen weißen Palisadenzaun entlang und bogen dann in einen Fußweg ein, der durch tadellos gepflegte Parkanlagen führte. Trotz der Jahreszeit war der Rasen grün und kräftig. Auf einer Seite lag eine prachtvolle Walfang-Kirche, auf der anderen Seite eine riesige Walfänger-Villa aus der Mitte des neunzehnten Jahrhunderts, an deren Rückseite sich eine große Veranda befand. Auf dem Schild stand: *The Daniel Fisher House*. Noch nie hatte Caitlin ein schöneres Haus gesehen. Wie schön wäre es, hier zu wohnen! Als sie mit Caleb Hand in Hand durch den Park schlenderte, während Rose neben ihnen herlief, fühlte es sich fast so an, als wären sie nach Hause gekommen.

Nachdem sie dem Fußweg noch hundert Meter weiter gefolgt waren, stießen sie schließlich auf ein kleines, historisches Gebäude, das ein wenig zurückversetzt lag. Auf der Hinweistafel war zu lesen: *The Vincent House, 1672*.

Caleb und Caitlin starrten auf das Haus. Es machte nicht viel her – es war klein und niedrig, hatte nur wenige winzige Fenster und sah wie ein typisches Bauwerk aus dem siebzehnten Jahrhundert aus. In dem bescheidenen Holzbau konnten kaum mehr als ein oder zwei Schlafzimmer Platz finden. Damit entsprach es nicht gerade Caitlins Erwartungen.

Gespannt gingen sie auf die Haustür zu. Caleb streckte die Hand aus und drehte am Türknauf, doch die Tür war verschlossen.

»Hallo?«, rief jemand. »Kann ich Ihnen helfen?«

Als sie sich umdrehten, entdeckten sie eine Frau in den Sechzigern, die tadellos gekleidet war und sich ihnen geschäftsmäßig mit strengem Blick näherte.

Caleb stieß Caitlin an und sagte: »Diesmal bist du an der Reihe. Versuch, ihr Denken zu manipulieren. Du kannst es. Diese Fähigkeit haben die Vampire den Menschen voraus. Bei dir ist sie noch nicht vollständig entwickelt, aber du hast definitiv einige Macht. Übe an dieser Frau. Beeinflusse sie. Bleib ganz ruhig und lass zu, dass ihre Gedanken zu deinen Gedanken werden. Lass zu, dass deine Gedanken zu ihren werden. Leg ihr nahe, was sie tun muss. Sie muss es aussprechen. Du musst es einfach nur zulassen.«

Die Frau kam näher und rief ihnen erneut etwas zu: »Das Haus ist momentan geschlossen, wie es auch auf der Tafel steht. Ich fürchte, Sie müssen während der Saison wiederkommen. Bis dahin gibt es keine Führungen, weil Restaurierungsarbeiten durchgeführt werden.« Dann warf sie einen Blick auf Rose. »Und Hunde dürfen sowieso auf gar keinen Fall in das Haus.«

Inzwischen war die Frau bis auf wenige Schritte herangekommen, stemmte die Hände in die Hüften und sah sie streng an. Dabei wirkte sie wie eine unnachgiebige Lehrerin.

Rose blickte zu ihr auf und knurrte leise.

Auffordernd sah Caleb Caitlin an.

Caitlin wiederum drehte sich etwas nervös zu der Frau um.

Da sie das hier noch nie ausprobiert hatte, war sie sich nicht sicher, ob sie es konnte.

Okay, dachte sie, *dann mal los*.

Konzentriert starrte sie die Frau an und versuchte, ihre Gedanken zu erspüren. Sie erkannte ihren starken Willen und ein hohes Maß an Unnachgiebigkeit. Diese Person war nicht leicht zu kontrollieren. Sie spürte ihre Entrüstung und ihre Verärgerung, ihr Beharren auf ein Einhalten der Vorschriften. Caitlin ließ zu, dass die Gedanken zu ihren wurden.

Als Nächstes versuchte sie, ihr einen Gedanken zuzusenden. Dabei schlug sie vor, dass es in Ordnung sei, die Vorschriften auch mal ab und zu außer Kraft zu setzen und ein Auge zuzudrücken. Und dass sie die beiden Besucher ruhig einlassen könnte.

Gespannt fragte sich Caitlin, ob es wohl funktionieren würde. Doch die Frau erwiderte ihren Blick weiterhin mit einem verärgerten Gesichtsausdruck. Anscheinend klappte der Versuch nicht.

»Vielen Dank«, sagte Caitlin sehr freundlich. »Es war nett, Sie kennenzulernen. Wir sind Ihnen so dankbar, dass Sie für uns eine Ausnahme machen, nur dieses eine Mal, und dass wir uns das Haus allein ansehen dürfen.«

Streng erwiderte die Frau ihren Blick.

»Das habe ich nicht gesagt!«, widersprach sie mit Nachdruck.

Doch Caitlin atmete tief ein, schloss die Augen und konzentrierte sich.

Dann schlug sie die Augen wieder auf und sah die Frau erneut an.

Nach vollen zwei Sekunden wurden die Augen der Frau allmählich glasig. Schließlich sagte sie: »Wissen Sie was … Ich denke, es kann nicht schaden, wenn ich mal eine Ausnahme mache. Ich wünsche Ihnen viel Spaß.«

Damit machte sie auf dem Absatz kehrt und ging davon.

Freudig erregt drehte Caitlin sich zu Caleb um. Ihre eigenen Fähigkeiten verblüfften sie, sie war richtig stolz auf sich. Caleb schenkte ihr ein anerkennendes Lächeln.

»Wende diese Fähigkeit nur an, wenn es unbedingt sein muss«, ermahnte er sie, »und auch nur auf eine Weise, die anderen keinen Schaden zufügt. Das ist es nämlich, was die guten Vampire von den bösen unterscheidet.«

Aufgeregt zog Caitlin den kleinen silbernen Schlüssel aus der Tasche. Doch als sie ihn in das Haustürschloss stecken wollte, stellte sie enttäuscht fest, dass er nicht passte.

»Er passt nicht«, seufzte sie.

Auch Caleb probierte es, aber ebenfalls erfolglos.

Schließlich runzelte er frustriert die Stirn. »Du hast recht.« Dann sah er sich suchend um. »Vielleicht gibt es noch einen Eingang.«

Als sie ums Haus gingen, fanden sie eine weitere Tür. Erneut probierte Caleb den Schlüssel aus, aber wieder passte er nicht.

»Vielleicht ist das gar kein Türschlüssel«, meinte Caitlin. »Vielleicht gehört er zu etwas anderem, etwas, das sich *im* Haus befindet.«

»Nun, ich denke, wir haben keine Wahl«, erklärte er. Verstohlen sah er sich um und brach dann schnell das Schloss auf.

Hastig betraten sie das Haus und schlossen die Tür hinter sich.

Im Haus war es ziemlich düster, denn durch die kleinen Fenster drang nur wenig Licht. Die Decken waren niedrig, sodass Caleb beinahe den Kopf einziehen musste. Alles war aus Holz: Holzdecken, Holzpfosten, Holzdeckenbalken und Holzdielen. Mitten im Raum befand sich eine riesige, gemauerte Feuerstelle. Das Haus war in einem perfekten Zustand – sie hatten das Gefühl, eine Zeitreise ins Jahr 1672 unternommen zu haben.

Die Holzdielen knarrten, als sie durch das ganze Haus wanderten und in jede Ecke und jeden Winkel blickten. Auch das Mobiliar unterzogen sie einer genauen Prüfung. Allerdings fanden sie nichts, wozu der Schlüssel passen könnte. Vielmehr war es so, dass sie überhaupt keine Verstecke finden konnten.

Die beiden machten nochmals einen Rundgang und trafen sich dann in der Mitte wieder.

»Hast du etwas gefunden?«, fragte Caleb.

Sie schüttelte den Kopf. »Und du?«

Er schüttelte ebenfalls den Kopf.

Plötzlich hörten sie ein Geräusch und fuhren aufgeschreckt herum.

Die Haustür ging auf, und ein großer, schwarz gekleideter Mann in den Fünfzigern stand auf der Schwelle. Dann kam er ins Haus.

Kurz vor Caleb blieb er schließlich stehen und starrte ihn an.

Caleb erwiderte seinen Blick.

»Caleb?«, fragte der Mann nach einer Weile.

Calebs Gesichtsausdruck wurde weicher.

»Roger?«, fragte er zurück.

Auf einmal lächelten die beiden Männer und umarmten sich herzlich. Es dauerte mehrere Sekunden, bis sie sich wieder losließen.

Wer ist das denn?, dachte Caitlin.

Roger fing an zu lachen – ein tiefes, warmes und freundliches Lachen. Nun hielt er Caleb an den Schultern fest und betrachtete ihn genau. Obwohl Caleb groß war, überragte Roger ihn deutlich.

»Verdammt noch mal!«, rief Roger. »Wie lange haben wir uns schon nicht mehr gesehen ... hundertfünfzig Jahre?«

»Eher um die zweihundert«, erwiderte Caleb.

Wer auch immer dieser Mann sein mochte, er hatte ganz offensichtlich eine wichtige Rolle in Calebs Leben gespielt.

Jetzt drehte Caleb sich um und streckte die Hand nach Caitlin aus. »Entschuldige bitte meine Unhöflichkeit«, sagte er. »Roger, darf ich dir Caitlin Paine vorstellen?«

Roger verbeugte sich leicht. »Nett, dich kennenzulernen, Caitlin.«

Caitlin erwiderte sein Lächeln. »Ganz meinerseits. Woher kennt ihr euch denn, ihr zwei?«

»Oh«, entgegnete Roger grinsend, »sagen wir einfach, wir kennen uns schon sehr lange.«

»Roger gehört zu meinen ältesten Freunden«, warf Caleb ein. »Er hat mir schon ein- oder zweimal das Leben gerettet.«

»Schon öfter«, lachte Roger.

In dem Moment streckte Rose den Kopf aus Caitlins Jacke hervor, und Rogers Augen leuchteten auf. »Hallo, du kleines Kerlchen«, sagte er, trat näher und streichelte Rose sanft.

Begeistert leckte der kleine Wolf ihm die Hand.

»Woher hast du gewusst, dass wir hier sind?«, wollte Caleb wissen.

»Caleb, ich bitte dich«, erwiderte Roger, als läge die Antwort auf der Hand. »Das hier ist eine Insel. Ich habe dich schon von Weitem gerochen.«

»Also hast du schon Bescheid gewusst, sobald wir die Fähre verlassen hatten«, meinte Caleb mit einem Lächeln. »Und du hast abgewartet, wohin ich gehen würde.«

»Natürlich«, bestätigte Roger. »Hättest du es nicht genauso gemacht? Allerdings habe ich mir schon gedacht, dass du hierherkommen würdest.«

Bedächtig blickte Caleb sich in dem Raum um. »Warum?«

»Es gibt nur einen einzigen Grund, warum einer von uns zum Vincent House kommen würde. Das Schwert, habe ich recht? Du bist doch hinter dem Schwert her, oder etwa nicht?«

Zögernd wechselten Caitlin und Caleb einen Blick.

»Gut möglich«, antwortete Caleb vorsichtig.

»Weißt du«, erklärte Roger dann, »die Sache mit dem Schwert ist die: Nur die Person, der es vorherbestimmt ist, das Schwert zu finden, wird es auch tatsächlich finden. Also der oder die *Auserwählte*. Zufällig weiß ich, dass du das nicht bist. Und was deine Freundin angeht, bei allem Respekt ... Na ja, ich will nicht vorschnell urteilen, aber wenn sie nicht ...«

Schnell griff Caitlin in die Tasche und zog den kleinen, silbernen Schlüssel heraus.

Sprachlos starrte Roger ihn einige Sekunden lang an.

»Mein Gott«, flüsterte er dann.

Als bräuchte er eine Bestätigung, blickte er Caleb fragend an. Caleb nickte.

Roger atmete tief ein.

»Nun«, fuhr er in einem ganz anderen Ton fort, »das ändert natürlich alles.«

Kopfschüttelnd musterte er Caitlin.

»Das hätte ich nie gedacht«, meinte er dann.

»Dann weißt du also, wo es sich befindet?«, fragte Caleb.

Roger nickte. »Nicht hier«, antwortete er.

Erneut wechselten Caitlin und Caleb einen Blick.

»Dieser Schlüssel«, erklärte Roger, »war einmal richtig, aber jetzt nicht mehr. Er ist ein Köder. Das Schwert ist nicht mehr im Vincent Haus. Dieses Haus ist jetzt nur noch ein Ort, den man aufsuchen muss.«

Völlig verwirrt sah Caitlin ihn an.

»Aber ...«, setzte sie an.

»Das Vincent House wurde an diesem Ort wiederaufgebaut, es wurde umgezogen«, fuhr Roger fort. »Kennt ihr denn seine Geschichte nicht?«

Caitlin schüttelte den Kopf.

»Caleb, ich bin ehrlich enttäuscht von dir – du lässt nach«, sagte Roger tadelnd. »Das Vincent House stand ursprünglich an einem anderen Ort. Erst vor zweihundert Jahren haben wir es hier wieder aufgebaut. Der Rat hatte sich Sorgen wegen der Sicherheit gemacht. Also haben sie den Gegenstand aus dem Haus herausgeholt und an einen sichereren Ort gebracht. Und sie haben jemanden beauftragt, ihn zu bewachen. Dieser Jemand bin ich.«

Aufmerksam musterte Caleb seinen Freund.

»Seit fast zweihundert Jahren warte ich darauf, dass jemand mit diesem Schlüssel hier auftaucht«, fuhr Roger fort. Erneut schüttelte er den Kopf. »Nie hätte ich gedacht, dass du das sein könntest.«

»Wirst du uns den Ort zeigen?«, fragte Caleb.

Der Mann warf ihm einen langen, harten Blick zu, dann sah er Caitlin an.

Schließlich hielt er ihr seine große Hand hin.

»Darf ich mal sehen?«, bat er.

Fragend schaute Caitlin Caleb an. Der nickte.

Vorsichtig legte sie den kleinen, silbernen Schlüssel in Rogers Handfläche.

Staunend starrte er darauf. Dann hielt er den Schlüssel ans Licht und drehte ihn um, um die Gravur auf der Rückseite zu lesen. Schließlich schüttelte er zum wiederholten Male den Kopf.

»Verdammt«, sagte er dann. »Ich hätte geschworen, dass er größer ist.«

19. Kapitel

Inzwischen saß Samantha auf dem Beifahrersitz. Sie war beeindruckt, wie gut Sam mit dem Wagen zurechtkam – nicht schlecht für sein Alter. Überrascht stellte sie fest, wie gut er mit der Schaltung umgehen konnte, und verzieh ihm schnell das anfängliche Knirschen beim Einlegen der Gänge. Sobald er in den dritten geschaltet hatte, war er sogar richtig gut. Seine Aggressivität gefiel ihr, insbesondere als der Tacho hundertneunzig anzeigte. Er hatte die richtige Einstellung, das musste man ihm lassen.

Entspannt lehnte sie sich zurück und genoss die Fahrt. Natürlich waren sie viel langsamer, als wenn sie geflogen wären, aber für Menschen war die Reisegeschwindigkeit gar nicht so übel. Bei dem Gedanken an den Besitzer des Autos, diesen Immobilienmakler – ihr Frühstück –, lächelte sie zufrieden. Sein Blut floss immer noch durch ihre Adern, und es fühlte sich gut an. Sie war erst einmal für eine Weile satt.

Natürlich hätte sie den Jungen eigentlich nicht fahren lassen müssen, aber warum sollte er sich nicht ein bisschen amüsieren? Seine Tage waren ohnehin gezählt. Es war nur noch eine Frage von Stunden, bis sie seinen Vater treffen und herausfinden würde, wo sich dieses Schwert befand. Danach könnte sie die beiden aus dem Weg räumen.

Doch irgendetwas nagte an ihr – unerklärlicherweise mochte sie diesen Jungen. Und das beunruhigte sie mehr als alles andere, denn sie konnte sich nicht entsinnen, in Hunderten von Jahren auch nur einen einzigen Menschen wirklich gemocht zu haben. Ganz zu schweigen von einem kleinen, dummen Teenager. Widerwillig musste sie zugeben, dass Sam etwas Besonderes war. Irgendwie schien eine Seelenverwandtschaft zwischen ihnen zu bestehen, etwas, das sie wiedererkannte. Schon bald hatte sie gespürt, dass er trotz seiner Jugend bereits viel herumgeschubst worden war. Wahrscheinlich resultierte daraus seine draufgängerische Art, seine Gleichgültigkeit gegenüber der Welt – so als wüsste er, dass seine Tage gezählt waren, als wäre er bereit, stilvoll abzutreten. Und genau das gefiel ihr. Es erinnerte sie an eine Affäre, die sie mit einem jungen Prinzen in Bulgarien gehabt hatte, irgendwann im vierzehnten Jahrhundert …

Vielleicht musste sie ihn ja nicht sofort umbringen, vielleicht könnte sie ihn noch ein bisschen länger leben lassen. Vielleicht sogar dann noch, wenn sie das Schwert gefunden hatte. Er könnte ihr Sklave sein, ein Spielzeug, mit dem sie tun konnte, was sie wollte. Vielleicht könnten sie sogar …

Abrupt brach sie ihren Gedankengang ab – sie war wütend auf sich selbst. Wurde sie etwa allmählich sentimental?

Das kam nicht in Frage, schließlich musste sie sich auf die Aufgabe konzentrieren, die vor ihr lag. Auf seinen Vater. In Kürze würden sie ihr Ziel erreichen, in weniger als einer Stunde. Falls der Vater ein Vampir war, musste sie sich möglicherweise auf einen Kampf einstellen, da er ihre Anwesenheit sofort spüren würde. Höchste Wachsamkeit war gefragt.

Sie würde tun, was getan werden musste; falls erforderlich würde sie sich auch auf einen Kampf um Leben und Tod einlassen. Dieser Mann war der Schlüssel zum Schwert, der Schlüssel zum Sieg ihres Clans. Und um diesen Sieg zu erringen, würde sie alles tun, gleichgültig, ob sie im Himmel oder in der Hölle landen würde.

* * *

Während Sam sich vom Navigationsgerät des Wagens zur Adresse seines Vaters leiten ließ und sie ihrem Ziel immer näher kamen, war er zunehmend irritiert. Er hatte sich vorgestellt, dass sein Vater in einem vornehmen Stadtteil an einer schönen Straße wohnte, natürlich in einem tollen Haus mit einem riesigen Grundstück.

Jetzt hatte er allerdings das Gefühl, dass irgendetwas nicht stimmen konnte, denn das Navi verkündete, sie würden ihr Ziel nach etwa einer Meile erreichen. Sie fuhren gerade durch ein richtiges Kaff – eigentlich war es nicht einmal ein Dorf, sondern bloß eine lang gezogene, langweilige Landstraße, an der hier und da Wohnwagen standen.

Als das Navi ihnen schließlich mitteilte, dass sie nun ein letztes Mal abbiegen müssten, traute Sam seinen eigenen Augen nicht. Auf einem großen Schild stand: *Homestead Trailer Park*.

Hier also lebte sein Dad. In einer Wohnwagensiedlung.

Während sie langsam die unbefestigte Straße zwischen den Wohnwagen entlangrollten, von denen einer schäbiger aussah als der andere, spürte er, wie sich ein ungutes Gefühl in seinem Magen ausbreitete. Das Gefühl war ihm vertraut – es trat immer dann auf, wenn seine Träume platzten. Wie blöd von ihm, sich Hoffnungen zu machen. Was war er doch für ein Idiot!

Je weiter sie fuhren, desto geringer wurde die Anzahl der Wohnwagen. Als sie das Ende der Sackgasse erreichten, entdeckte er die gesuchte Nummer auf einem hellblauen Camper. Das winzige Gefährt war völlig heruntergekommen. Die Fliegengittertür hing schief in den Angeln, die kleinen Eingangsstufen waren kaputt, und das Unkraut rund um den Trailer wucherte kniehoch. Er lag etwas versteckt hinter einigen Sträuchern, aber das war nicht die Art von Privatsphäre, die Sam sich vorgestellt hatte.

Auf einmal war er sehr verlegen. Es war ihm schrecklich peinlich, dass er Samantha an diesen Ort gebracht hatte. Er wünschte, er könnte einfach abhauen – oder sich zusammenrollen und sterben.

Er hielt an und schaltete die Zündung aus. Die beiden blieben erst einmal im Wagen sitzen und sahen sich an. Mindestens zum zehnten Mal überprüfte Sam das Navi, um sicherzugehen, dass die Adresse tatsächlich richtig war. Sie war es.

»Sollen wir aussteigen?«, fragte Samantha schließlich.

Sam wusste nicht, was er jetzt tun sollte. Was war das für ein Mann, der an einem derartigen Ort lebte? Was für ein Mensch war sein Dad bloß?

Am liebsten hätte er den Motor gestartet und wäre einfach davongebraust. Doch irgendwie konnte er nicht.

Schließlich schluckte er, öffnete die Tür und stieg aus. Samantha folgte seinem Beispiel.

Langsam näherten sie sich dem Trailer. Nachdem sie die verrotteten Holzstufen hinaufgestiegen waren, öffnete Sam die quietschende Fliegengittertür.

Er atmete tief durch, hob die Hand und klopfte an.

Von drinnen kamen raschelnde Geräusche. Sekunden später ging die Tür auf.

Und dann stand er vor ihm, sein Vater.

20. Kapitel

Roger führte sie zurück auf den Weg, der durch die gepflegten Parkanlagen verlief, vorbei am Daniel Fisher House. Dann kehrten sie auf die Straße zurück, bogen einmal ab und erreichten die große, historische Walfang-Kirche.

Als sie die Eingangsstufen hinaufstiegen, sahen sich Caleb und Caitlin verblüfft an. Genau an dieser Kirche waren sie erst kurz zuvor vorbeigegangen.

Das Portal war verschlossen, doch Roger hatte einen Schlüssel. Nachdem er aufgesperrt hatte, hielt er die Tür auf und ließ sie eintreten.

»Wir haben das Schwert nicht weit weggebracht«, sagte er lächelnd und zwinkerte ihnen zu.

Als sie in der Kirche standen, schloss er das Portal wieder ab.

Caitlin war sprachlos. Die Kirche war atemberaubend, so hell und luftig, so wunderschön in ihrer Schlichtheit – ganz anders als alle anderen Kirchen, die sie bisher betreten hatte. Es gab keine Kreuze, keine Heiligenfiguren, keine Dekoration, nicht einmal Säulen oder Balken: Der Raum wirkte einfach dadurch, dass er so riesig und offen war und an allen Seiten große, alte Fenster besaß. Es gab zahlreiche Reihen schlichter Holzbänke, die Hunderte von Menschen fassen konnten. Der Ort strahlte Ruhe und Frieden aus.

»Das hier ist der größte Raum Amerikas mit einer hohen,

offenen Decke«, erklärte Roger. »Keine Säulen, keine Balken. Die Kirche wurde von meisterhaften Schiffsbauern erbaut. Und sie steht heute noch genauso sicher wie damals.«

»So verbringst du also jetzt deine Tage, Roger?«, fragte Caleb lächelnd. »Indem du dich um eine alte Kirche kümmerst?«

Roger erwiderte sein Lächeln. »Das ist auf jeden Fall besser, als dich ständig aus allen möglichen schwierigen Situationen rauszuhauen«, entgegnete er. Dann seufzte er tief und lange. »Ich bin müde, Caleb. Schließlich lebe ich schon viel länger als du, und ich habe es einfach gründlich satt. Dieser Ort gefällt mir. Er ist ruhig. Ich störe niemanden, und niemand stört mich. Ständig diese verdammten Kriege – ich habe genug davon. Clans, Politik ... Ich ziehe es vor, allein zu leben. Mir gefällt es hier. Ganz ehrlich, ich hätte nie geglaubt, dass nach all den Jahren noch jemand kommen würde. Inzwischen dachte ich schon, dass es überhaupt keinen Auserwählten gibt. Aber ganz offensichtlich habe ich mich geirrt.« Roger warf Caitlin einen Blick zu. »Und jetzt macht ihr mich arbeitslos.«

Er wandte sich an Caleb. »Bevor ich euch hinbringe, habe ich noch eine Bitte an dich.«

Caitlin fragte sich, was das wohl sein könnte. Wie hoch war der Preis für den Zugang zu solch einem wertvollen Gegenstand, den dieser Mann sein ganzes Leben lang bewacht hatte?

»Was immer du möchtest, mein alter Freund«, erwiderte Caleb.

»Es ist schon so lange her, seit ich dich zuletzt spielen gehört habe«, sagte Roger leise.

Er deutete auf einen großen alten Flügel in einer Ecke der Kirche.

»Spiel die Pathétique, die 8. Klaviersonate von Beethoven. Den zweiten Satz, genau wie damals in Wien.«

»Das ist so lange her, Roger.«

Roger lächelte über das ganze Gesicht. »Ich bin mir ganz sicher, dass du es nicht verlernt hast!«

Schlagartig wurde Caitlin bewusst, dass es noch sehr vieles gab, was sie von Caleb nicht wusste – und was sie wahrscheinlich auch nie erfahren würde. Ihm gegenüber kam sie sich so jung vor. Caleb und Roger hatten im Laufe der Jahrhunderte viel mehr miteinander erlebt, als Caleb und sie je erleben konnten. Dieser Gedanke stimmte sie traurig. Sie wünschte sich so sehr, unsterblich zu sein – ein richtiger Vampir, genau wie er –, damit sie für immer an seiner Seite bleiben konnte.

Gespannt beobachtete sie, wie Caleb langsam die leere Kirche durchquerte. Die Holzdielen knarrten unter seinen Füßen. Dann stieg er die drei Stufen zu dem Holzpodium hinauf und näherte sich dem Instrument. Vorsichtig zog er die Abdeckung von dem Steinway und nahm auf der Sitzbank Platz.

Nachdem er den Deckel aufgeklappt hatte, blieb er ganz still sitzen und starrte auf die Tasten.

Schließlich schloss er die Augen. Caitlin fragte sich, was er wohl dachte, welche Erinnerungen jetzt gerade in ihm wach wurden. Nach einer Weile dachte sie, er hätte seine Meinung geändert und würde überhaupt nicht spielen.

Doch dann legte er die Hände auf die Tasten und begann.

Er spielte wunderschön.

Die Töne stiegen in der großen, leeren Kirche auf, wurden von den Wänden zurückgeworfen und erfüllten den ganzen Raum.

So eine Musik hatte Caitlin noch nie gehört. Ihr kamen die Tränen, am liebsten hätte sie den Moment festgehalten.

Der Gedanke, dass Caleb so viele Facetten besaß, die sie wahrscheinlich niemals kennenlernen würde, machte sie unendlich traurig. Doch es blieb ihr nichts anderes übrig, als diese Tatsache zu akzeptieren. Sie musste lernen, die kurze Zeit mit ihm zu nutzen und glücklich zu sein.

Das Klavierspiel ließ sie plötzlich an Jonah denken – sie hatte schon lange nicht mehr an ihn gedacht, und auch das machte sie traurig. Wenn sie mit Caleb zusammen war, war kein Platz mehr für Jonah. Doch tief in ihrem Unterbewusstsein war er immer da, obwohl sie so wenig Zeit miteinander verbracht hatten. Es tat ihr leid, dass ihre Freundschaft so abrupt hatte enden müssen. Aber irgendwie hatte sie es im Gefühl, dass sie sich eines Tages wiedersehen würden. Sie wusste es einfach.

Im Moment wollte sie jedoch nicht einmal daran denken. Vor allem nicht in diesem Augenblick – sie fühlte sich voll und ganz mit Caleb verbunden und hoffte, dass dieser Zustand nie enden würde.

Die Musik erfüllte ihre Seele, während sie eine gefühlte Ewigkeit dort stand und zuhörte. Weder sie noch Roger rührten sich, wie gebannt lauschten sie Calebs perfektem Spiel.

Schließlich war es vorüber. Der letzte Ton hing noch mehrere Sekunden lang in der Luft. Als Caitlin zu Roger hinübersah, öffnete er gerade langsam die Augen.

Caleb erhob sich bedächtig, ging über das Podium, stieg die Treppe hinunter und kehrte zu ihnen zurück. Direkt vor Roger blieb er stehen und sah ihn an.

Roger atmete tief durch und wischte sich eine Träne aus dem Augenwinkel.

»Das war genau so, wie ich es in Erinnerung hatte«, sagte er leise.

Erneut holte er tief Luft, dann drehte er sich um und durchquerte den Raum mit schnellen Schritten.

»Kommt mit«, forderte er sie auf.

* * *

Caitlin und Caleb folgten Roger, der sie eine alte Holzwendeltreppe hinaufführte. Als sie eine Zwischenetage erreichten, warf Caitlin einen Blick hinunter und bewunderte staunend die Schönheit der Kirche aus diesem Blickwinkel.

Dann ging Roger einen Gang entlang, verschwand durch eine verborgene Tür und stieg eine weitere Wendeltreppe hinauf. Die beiden folgten ihm immer höher hinauf. Caitlin hatte das Gefühl, dass hier oben schon jahrelang niemand mehr gewesen war.

Die Treppe endete in einer kleinen Kuppel ganz oben in der Kirche. Hier gab es kaum genug Platz für die drei.

Roger streckte die Hand aus und zog leicht an einem versteckten Riegel. Als sich ein Geheimfach öffnete, nahm er vorsichtig eine kleine, juwelenbesetzte Kiste heraus.

Melancholisch betrachtete er die kleine Truhe.

»Ich habe sie nie selbst geöffnet«, erklärte er. »Und ich hätte nie geglaubt, dass ich das je erleben würde – bis ich deinen Schlüssel gesehen habe.«

Dabei blickte er Caitlin in die Augen. In dem kleinen Raum war es heiß und stickig, und allmählich bekam sie Platzangst, sie fühlte sich ganz benommen. All das war so unwirklich, und es schien gar nicht mehr aufzuhören.

»Ich habe deinen Vater gut gekannt«, sagte Roger plötzlich.

Caitlin klappte die Kinnlade herunter. Sprachlos starrte sie ihn an. Sie hatte so viele Fragen, dass sie gar nicht wusste, womit sie anfangen sollte.

»Wie war er?«, stieß sie schließlich hervor.

»Er war ein guter Mann, ein großartiger Mann. Ich habe ihn geliebt. Er war größer als wir alle. Und er wäre sehr stolz auf dich, dass du es so weit gebracht hast«, fügte er hinzu und hielt ihr mit beiden Händen die Truhe hin.

Vorsichtig schob Caitlin den silbernen Schlüssel in das Schloss und betete, dass er passen möge. Er passte. Mit einem sanften Klicken drehte sie ihn rechtsherum, und der Deckel sprang auf.

Alle drei beugten sich gespannt darüber und spähten in die Truhe.

Doch was sie sahen, bestürzte sie zutiefst.

21. Kapitel

He Kumpel, steh auf und verschwinde!«, rief jemand schroff.

Kyle spürte, wie er erst leicht getreten und dann mit einem Stock angestoßen wurde.

Mühsam öffnete er ein wenig die Augen.

Er lag auf einer kalten, harten Fläche, aber er hatte keine Ahnung, wo er sich befand. Langsam ging am Horizont die Sonne auf, und sofort brannte ihm das Licht in den Augen und auf der Haut.

»He Kumpel, hörst du mich? Ich habe gesagt, du sollst verschwinden!«, rief ein Polizist.

Jetzt schlug Kyle die Augen ganz auf und erkannte, dass er auf einem Marmorboden lag. Ja, das waren die kalten Marmorstufen der City Hall. Wie ein Penner lag er bei Tagesanbruch draußen vor dem Rathaus. Als er aufblickte, sah er zwei uniformierte Polizisten, die ihn grinsend mit ihren Schlagstöcken anstupsten.

Angestrengt versuchte Kyle sich zu erinnern, wie er hierhergelangt war. Jetzt fiel es ihm wieder ein: Er hatte Rexus Bericht erstattet. Dann hatten sie ihn gepackt und gefesselt. Oh, und als Nächstes war das Weihwasser gekommen. Unwillkürlich hob er die Hand und betastete die eine Seite seines Gesichtes – alles normal. Als er die andere Seite untersuchte, kehrten sofort die Schmerzen zurück. Er fühlte die Umrisse, die schrecklichen Wunden, die Entstellung. Sie hatten ihn mit Weihwasser geschändet. Das war eine Bestrafung, die traditionell bei Verrätern angewendet wurde. Man hatte ihn, Kyle, als Verräter gebrandmarkt – den Mann, der seinem Clan Tausende von Jahren treu ergeben gewesen war. Wegen eines einzigen kleinen Fehlers. Das war unvorstellbar.

Wieder spürte Kyle den Schmerz in der einen Gesichtshälfte, und unglaubliche Wut stieg in ihm auf.

»Sollen wir ihn aufs Revier bringen?«, fragte der eine Polizist seinen Kollegen.

»Nö. Zu viel Papierkram. Ersparen wir uns den Ärger und kümmern wir uns selbst darum.«

Einer der Polizisten hob seinen Schlagstock mit der Absicht, diesmal hart zuzuschlagen.

»Bring ihn auf die Beine«, forderte er seinen Kollegen auf.

Der andere zerrte grob an Kyles Arm und zog ihn hoch. Dabei wurde Kyles andere Gesichtshälfte sichtbar. Beim Anblick der entstellten Gesichtszüge schreckten die Polizisten beide zurück.

»Heilige Scheiße! Was zum Teufel ist das denn?«

Blinde Wut überkam Kyle, und bevor die beiden Männer auch nur reagieren konnten, packte er jeden von ihnen mit einer Hand und hob sie hoch über seinen Kopf. Sie waren ziemlich groß, aber Kyle war größer – viel größer – und viel, viel stärker. Dann knallte er die beiden mit voller Wucht mit den Köpfen zusammen.

Als sie auf den Stufen zusammenbrachen, trampelte Kyle sie mit gezielten Tritten gegen ihre Köpfe zu Tode.

Aber seine Wut war noch nicht abgeebbt. Seine eigenen Leute hatten ihn ausgestoßen, als wäre er ein Niemand. Nach all dem, was er für sie getan hatte. Nachdem er den Krieg entfacht hatte. Und all das nur wegen eines winzigen

Fehlers, wegen dieses blöden Mädchens. Caitlin. Dafür würde er sie büßen lassen.

Doch zuerst würde er seinen eigenen Clan dafür bezahlen lassen. Niemand hatte das Recht, ihn so zu behandeln. Niemand. Sie hatten ihn zwar verbannt, aber er musste das ja nicht akzeptieren. Schließlich gab es immer noch genug Vampire, die ihm treu ergeben waren. Mit seinen Fähigkeiten könnte er sogar selbst der oberste Meister des Clans werden.

Und als er zitternd vor Wut dort stand, schoss ihm plötzlich etwas durch den Kopf – das war die zündende Idee! Ein Plan, ein Weg, wie er seine Rache bekommen und die Kontrolle zurückgewinnen konnte. Ein Weg, wie er selbst oberster Meister werden konnte.

Es war das Schwert, an das er dachte. Wenn er das hätte, wenn er es vor den anderen finden könnte, dann wäre die Macht in seinen Händen. Nicht in ihren. Und dann könnte er zurückkehren und sie zerstören. Zumindest diejenigen, die ihn verraten hatten. Diejenigen dagegen, die ihm gegenüber loyal geblieben waren, würde er als Soldaten aufnehmen.

Ja, es würde ein Blutbad geben, wie sie es noch nie erlebt hatten. Wenn er das Heft erst wieder in der Hand hielt, würde er sich um die Menschen kümmern und den Krieg höchstpersönlich zu Ende bringen. Bis dahin würde die Pest ganze Arbeit geleistet haben, und er, Kyle, hätte das Sagen. Mit diesem Schwert könnte er New York regieren. Alle Räte und alle Clans überall auf der Welt würden ihm unterstehen und sich ihm gegenüber verantworten müssen.

Dieser Plan gefiel ihm. Allerdings musste er das Mädchen finden, wenn er das Schwert haben wollte. Um sie zu finden, würde er Hilfe brauchen – diesen jungen Russen, den Sänger, den sie verwandelt hatte und der immer noch ihren Geruch in seinen Adern hatte.

Ja, der Plan war wirklich gut.

Schnell drehte Kyle sich um und stürmte die Treppen der City Hall hinauf, riss mit einer Hand das Metallschloss heraus und trat die Tür ein. So früh am Morgen war die Eingangshalle noch leer. Er sprintete den Flur entlang, erreichte das andere Ende und zog an einem versteckten Hebel. Als die Wand zurückschwang, eilte er die Steintreppe hinunter und verschwand in der Dunkelheit.

Kyle wusste, dass er sich im schlimmsten Fall mit einer ganzen Armee konfrontiert sehen würde. Deshalb rannte er mit voller Geschwindigkeit. Allerdings würden sie bestimmt nie damit rechnen, dass er sie ganz allein angreifen würde. Außerdem wusste er, dass sie mit dem Krieg beschäftigt waren – wenn er sich beeilte, könnte es ihm gelingen, sich zu holen, was er brauchte. Vor allem bei Tagesanbruch standen seine Karten gut, wenn viele von ihnen sich gerade schlafen legten.

Er erreichte die niedrigeren Ebenen und lief zügig einen breiten Korridor entlang, bis er die große Tür fand, die er gesucht hatte. Wie er schon vermutet hatte, stand nur eine Wache davor, ein junger, schwächerer Vampir, der erst wenige hundert Jahre alt war. Bevor dieser überhaupt reagieren konnte, hatte Kyle ihm bereits einen sauberen Kinnhaken verpasst, der ihm das Bewusstsein raubte.

Jetzt stemmte Kyle die Schulter gegen die Tür und drückte sie ein. Schnell durchquerte er den Raum – da war er ja, der junge Russe. Man hatte ihn mit ausgestreckten Armen an die Wand gekettet und geknebelt. Seine Augen waren vor Furcht und Schrecken weit aufgerissen. Da er schon tagelang hier gefangen gehalten wurde, war er psychisch gebrochen. Kyle verschwendete keine Zeit, sondern zeriss sofort die Ketten an seinen Händen und Füßen. Der Russe zog sich das Klebeband vom Mund und begann sofort zu schreien.

»Wer sind Sie? Warum bin ich hier? Wohin bringen Sie mich? Warum haben ...«

Ohne viel Federlesens schlug Kyle ihm mit dem Handrücken so kräftig ins Gesicht, dass er ohnmächtig wurde. Dann warf er sich den schlaffen Körper über die Schulter und trug ihn aus dem Raum. Die Ketten schleiften hinter ihnen her.

Zügig lief er dieselbe Strecke zurück, und ehe er es sich versah, war er wieder in der City Hall und trat ins Tageslicht hinaus. Mit ganzer Kraft rannte er weiter; dabei stellte er erfreut fest, dass niemand ihm gefolgt war.

Allmählich entspannte er sich innerlich ein bisschen. Jetzt hatte er das, was er brauchte. Dieser junge Mann, in dessen Adern immer noch Caitlins Blut floss, konnte ihn direkt zu ihr führen. Und wenn er sie erst gefunden hatte, dann würde er auch das Schwert bekommen.

Zufrieden lächelte er vor sich hin. Jetzt war es nur noch eine Frage der Zeit, bis er das Schwert besitzen würde.

22. Kapitel

Caitlin und Caleb flogen über Martha's Vineyard und überquerten dabei viele Meilen dunklen Waldes. Die Spätnachmittagssonne strahlte vom Himmel. Caitlin staunte, wie groß die Insel war. Die Aquinnah-Klippen, die jetzt ihr Ziel waren, befanden sich auf der anderen Seite der Insel. Trotz Calebs hoher Fluggeschwindigkeit würden sie eine ganze Weile brauchen.

Caleb flog nicht gerne, wenn Leute in der Nähe waren, weil er nicht unnötig Aufmerksamkeit auf sich oder überhaupt auf die Vampire lenken wollte. Jetzt hatte er allerdings keine Bedenken, weil zu dieser Jahreszeit kaum Menschen unterwegs waren. Außerdem flogen sie größtenteils über ausgedehnte Wälder.

In Caitlins Kopf drehte sich alles, als sie an die Walfang-Kirche und den neuesten Hinweis zurückdachte, den sie dort gefunden hatten. Damit hatte sie nun wirklich nicht gerechnet. Sie hatte vermutet, es könnte vielleicht noch ein weiterer Schlüssel sein, aber stattdessen hatten sie eine kleine Schriftrolle vorgefunden, ein brüchiges, vergilbtes Stück Pergament, das in der Mitte durchgerissen worden war. Schon der erste Blick hatte ihnen gezeigt, dass eine Hälfte fehlte. Und ohne die andere Hälfte war auch die erste nutzlos. Was sie nun also hatten, war die Hälfte eines Rätsels. Angesichts des Zustandes der Schriftrolle war es ohnehin erstaunlich, dass sie so lange überlebt hatte. Hätte sie nicht in einem schmalen, luftdichten Metallröhrchen gesteckt, wäre bestimmt nichts mehr davon übrig gewesen. Das Röhrchen ruhte inzwischen sicher in Caitlins Tasche.

Zu dritt hatten sie die mysteriöse Nachricht auf der halben Schriftrolle studiert, aber allen war klar gewesen, dass sie nutzlos war. Die Worte und Sätze waren in der Mitte durchgerissen worden. Ihnen blieben nur Bruchstücke, Teile eines Rätsels.

Es lautete wie folgt:

Die vier Reiter ...
Sie verlassen ...
betreten einen Ring ...
versammeln sich ...
und finden die ...
neben der vierten ...

Immer wieder hatten sie versucht, die Sätze zu vervollständigen. Aber so sehr sie sich auch bemüht hatten, ohne die andere Hälfte war es ihnen nicht gelungen.

Ernüchtert hatten sie schließlich aufgegeben. Roger hatte ein wenig kleinlaut gewirkt, obwohl er natürlich nichts dafürkonnte. Es gab keinerlei Spuren oder Hinweise darauf, wo sich die zweite Hälfte befinden könnte.

Also hatten Caitlin und Caleb beschlossen, der einzigen anderen Spur nachzugehen, die sie noch hatten: die Aquinnah-Klippen, von denen Caitlin geträumt hatte.

Sie hatte Mühe, sich den Traum wieder ins Gedächtnis zu rufen. Er kam ihr bereits fern und undeutlich vor, als hätte sie ihn schon vor Monaten geträumt. Allmählich fragte sie sich sogar, ob sie es überhaupt geträumt hatte. Sie wollte Caleb nicht enttäuschen und ihn nicht noch tiefer in dieses scheinbar aussichtslose Unterfangen verstricken.

Schließlich ließen sie die Wälder hinter sich und erreichten eine wunderschöne Graslandschaft. Die Gräser schwankten im Wind und wurden von der Spätnachmittagssonne angestrahlt, die sie in einem sanften Rot leuchten ließ. Die Aussicht war wunderschön. Unter ihnen erkannte Caitlin eine Farm, Schafe und Kühe weideten auf den weiten Wiesen.

Schon bald konnte man den Salzgeruch des Meeres riechen. Erneut veränderte sich die Landschaft, jetzt flogen sie über Dünengras, das dann allmählich in Sand überging.

Schließlich kamen die Klippen in Sicht.

Sie waren schlichtweg atemberaubend. Hoch ragten sie in den Himmel auf, die Felsen leuchteten in einem geheimnisvollen Rot. Vor allem jetzt in der Spätnachmittagssonne wirkten die riesigen Klippen so lebendig, als stünden sie in Flammen.

Am Fuß der Felswand befand sich ein Sandstrand, der mit Felsbrocken jeglicher Größe und Form übersät war. Das Ganze hatte etwas Prähistorisches und Märchenhaftes, es schien so unwirklich wie ein Strand auf dem Mars. Caitlin konnte nicht fassen, dass es so etwas überhaupt gab.

Rose musste das Mystische auch gespürt haben, denn sie streckte ihren kleinen Kopf aus Caitlins Jacke und schnupperte die salzige Luft.

Als sie über den Klippen kreisten und dann zur Landung ansetzten, kam ihr der Ort plötzlich seltsam vertraut vor. Sie hatte eindeutig das Gefühl, als hätte sie ihn schon einmal gesehen. Ganz genau. Irgendwann einmal musste sie mit ihrem Dad hier gewesen sein.

Sie hatte keine Ahnung, ob sie etwas finden würden, aber offenbar waren sie genau an dem Ort, an dem sie sein sollten.

Der Strand war menschenleer. Nachdem Caleb sanft auf dem Sand gelandet war, setzte Caitlin Rose auf den Boden. Sofort rannte der kleine Wolf los, sprang ins Wasser und schwamm mit den Wellen ans Ufer zurück.

Caitlin und Caleb mussten unwillkürlich lächeln.

Langsam gingen sie den Strand entlang und ließen die Umgebung auf sich wirken. Schweigend nahm Caleb ihre Hand.

Der Strand wurde von dem Geräusch der sich brechenden Wellen und vom Geruch der Salzluft beherrscht. Caitlin schloss die Augen und atmete tief durch. Die frische Luft tat gut.

Aufmerksam ließ Caleb die Blicke über den Strand und die Felsen schweifen.

»Das hier ist definitiv der richtige Ort«, erklärte Caitlin schließlich. »Ich spüre, dass ich mit ihm hier gewesen bin.«

Caleb nickte. »Das kann gut sein. Für uns Vampire ist das ein sehr bedeutender Ort.«

Überrascht sah Caitlin ihn an. »Warst du denn schon mal hier?«

»Schon oft«, antwortete er. »Die Aquinnah-Klippen gehören zu unseren heiligen Orten; sie sind eins der ältesten Energiefelder der Erde. Die roten Felsen und der Sand speichern die uralte Energie, die wir brauchen, und geben sie wieder an uns ab.

Menschen merken das natürlich nicht, sie haben die tiefe Bedeutung dieses Ortes nie begriffen. Doch wir Vampire wissen seit Tausenden von Jahren davon. Es ist ein machtvoller und mystischer Ort, den unsere Ahnen geschaffen haben.

Es wäre also nachvollziehbar, wenn dein Vater dir diesen Ort gezeigt hätte. Unter Vampiren ist es ein alter Brauch, junge beziehungsweise frisch verwandelte Vampire an diesen Ort zu bringen. In erster Line jedoch ist es ein Ort der Liebe.«

Fragend sah Caitlin ihn an. »Ein Ort der Liebe?«

»Vampirhochzeiten sind zwar ausgesprochen selten«, fuhr er fort, »weil wir uns nicht fortpflanzen können und weil wir uns nicht leichtfertig dazu entschließen, uns für alle Ewigkeit zu binden. Aber wenn zwei Vampire dennoch heiraten, sind die entsprechenden Zeremonien sehr aufwendig und feierlich. Sie können tagelang dauern. Und fast immer findet eine solche Hochzeit genau hier statt.«

Ehrfürchtig blickte Caitlin sich um.

»Wenn wir nachts bei Vollmond herkommen würden«, erklärte er, »könnte es durchaus sein, dass wir eine Vampirhochzeit miterleben würden. Diese Klippen symbolisieren die Ewigkeit, sie gehören zu den ältesten Werken der Natur auf diesem Planeten. Man glaubt, dass ihre Energie eine Verbindung unterstützt, die nie wieder zerstört werden kann.«

Das Herz wurde Caitlin weit. Obwohl sie erst so kurze Zeit zusammen waren, hatte sie das Gefühl, Caleb schon ewig zu kennen. Als er von Eheschließung sprach, wurde ihr klar, dass sie sich nichts mehr wünschte, als den Rest ihres Lebens mit ihm verbringen zu können. Der Gedanke, dass ihr Leben vor seinem enden würde, weil sie verschiedenen Rassen angehörten und ihre Liebe verboten war, erschien ihr absolut deprimierend. Bald würde sie nur noch eine weitere Erinnerung für ihn sein.

Am liebsten hätte sie ihm von ihren Befürchtungen erzählt, aber sie wusste nicht, wie sie sich ausdrücken sollte.

Außerdem war sie sich nicht sicher, ob er für sie das Gleiche empfand. Daher ging sie einfach nur schweigend weiter.

Alles fühlte sich so vollkommen an. Warum konnte es nicht so bleiben, wie es gerade war? Sie liebte diese Insel und diesen Strand und konnte sich durchaus vorstellen, sich zusammen mit Caleb hier niederzulassen. Vor ihrem inneren Auge sah sie, wie sie sich ein gemeinsames Leben aufbauten, in Sicherheit vor dem Rest der Welt. Vielleicht würden sie hoch oben auf den Klippen ein kleines Haus mit Blick über das Meer bauen und ihre Vergangenheit einfach hinter sich lassen. Aber wäre das überhaupt möglich?

Im Laufe der vergangenen Tage hatte Caitlin das Gefühl gehabt, dass ihr Leben immer mehr aus den Fugen geriet. Ständig war um sie herum etwas passiert, und sie war in alles mit hineingezogen worden. Doch nachdem die Dinge sich nun ein wenig beruhigt hatten und sie ganz offensichtlich in einer Sackgasse steckten, fragte sie sich, ob sie die Suche nicht einfach abbrechen sollten, damit sie wieder eine Art normales Leben führen könnte.

Doch tief in ihrem Inneren wusste sie, dass das nicht möglich war. Sie würden ihrer Bestimmung folgen und das Schicksal erfüllen. Sehr bald würde sich alles zwischen ihnen für immer verändern. Der Gedanke war niederschmetternd.

Sie musste an Calebs Klavierspiel denken. Die Musik war so wunderschön gewesen, im Geiste hörte sie ihn immer noch spielen.

»Ich wusste gar nicht, dass du Klavier spielen kannst«, sagte sie leise.

Er seufzte tief. »Das ist lange her. Ich fürchte, ich bin dem Stück nicht gerecht geworden. Du hättest mal hören sollen, wie Ludwig es gespielt hat!«

Verblüfft starrte sie ihn an. »Du meinst doch nicht etwa Ludwig van Beethoven?«

Doch er nickte.

»Du hast Beethoven tatsächlich spielen hören, Beethoven höchstpersönlich?«

»Ja, gegen Ende seines Lebens.«

Sprachlos und mit offenem Mund sah Caitlin ihn an. Wieder einmal fand sie es erschreckend, was er alles gesehen und erlebt haben musste.

»Du meinst, du ... hast ihn richtig kennengelernt?«, fragte sie schließlich ungläubig.

»Ja«, antwortete Caleb, »wir waren eng befreundet. Er war einer von uns.«

»Ein *Vampir*?« Jetzt war Caitlin richtig schockiert.

Wieder nickte er bloß.

Natürlich hätte Caitlin gerne mehr erfahren – am liebsten alles – doch sie merkte, dass Caleb nicht darüber reden wollte. Was auch immer geschehen war, er verband tiefe Gefühle damit.

»Es muss unglaublich faszinierend sein, Menschen wie ihn persönlich getroffen zu haben. Sich an so etwas zu erinnern«, murmelte sie.

»Ja, manchmal schon«, erwiderte er. »Aber meistens ist es eher eine Last.«

»Warum?«

»Irgendwann fangen die Erinnerungen an, dich herunterzuziehen. Man verliert sich so sehr in der Vergangenheit, dass es einem schwerfällt, in der Gegenwart zu leben. Man kann es mit einem Haus vergleichen, das mit alten Dingen angefüllt ist. Ab einem gewissen Punkt bleibt kein Platz mehr für etwas Neues.«

Schweigend gingen sie einige Minuten nebeneinander her. Die Sonne schickte sich an unterzugehen und tauchte alles in ein sanftes Licht. Die Wellen brachen sich krachend, Rose lief kläffend vor ihnen her, und über ihren Köpfen kreischten Seemöwen.

Erneut sah Caitlin sich um und suchte nach einem Hinweis auf ihren Vater, nach etwas, woran sie sich erinnerte. Doch sie fand nichts.

Plötzlich hörte sie ein lautes Geräusch und spürte einen Luftzug, dann rasten zwei weiße Pferde an ihnen vorüber. Automatisch drehte sie sich um, um zu sehen, woher sie kamen, konnte aber nichts entdecken. Es mussten wilde Pferde sein. Jetzt galoppierten sie den Strand hinunter ins flache Wasser hinein.

Caleb und Caitlin drehten gleichzeitig den Kopf und sahen sich an. So etwas hatte Caitlin noch nie gesehen.

»Wildpferde«, erklärte Caleb. »Auch noch weiße Wildpferde. Das ist ein sehr gutes Zeichen. Komm, fangen wir sie!«, rief er und sprintete los.

Zuerst dachte Caitlin, er wäre verrückt geworden: Wie sollten sie bloß ein Pferd einholen? Doch dann fiel ihr ihre neu entdeckte Schnelligkeit wieder ein, und sie rannte los.

Es fühlte sich an, als würden ihre Beine von ganz allein laufen. Bevor sie wusste, wie ihr geschah, lief sie schneller als jemals zuvor. Bald hatte sie Caleb eingeholt, und innerhalb weniger Sekunden liefen sie neben den Pferden her. Rose folgte ihnen auf dem Fuße.

Ein breites Grinsen erhellte Calebs Gesicht. »Lass uns reiten!«, rief er.

Dann schwang er sich auf den Rücken des einen Pferdes, und Caitlin sprang so schnell, wie sie konnte, auf das andere

Pferd. Sie konnte es kaum fassen, dass sie jetzt auf dem Rücken eines Pferdes saß und neben Caleb hergaloppierte. Sein Haar wehte wild im Wind, und er lachte übermütig. Seite an Seite rasten sie den Strand entlang, immer weiter dem Sonnenuntergang entgegen. Es fühlte sich absolut unwirklich an.

Der Ritt führte meilenweit den Strand entlang. Die Klippen, die Felsen und der Sand flogen an ihnen vorüber. Überrascht stellte Caitlin fest, wie lang dieser Strand doch war. Endlos dehnte er sich vor ihnen aus.

Und dann blieben die Pferde ganz plötzlich ohne Vorwarnung stehen.

Caleb und Caitlin gelang es nicht, sie zum Weiterlaufen zu bewegen – sie weigerten sich einfach.

Verwirrt wechselten sie einen Blick.

»Ich glaube, sie wollen, dass wir hier absteigen!«, rief Caleb schließlich lachend.

Caitlin sah nach unten und stellte fest, dass sie im knietiefen Wasser standen.

Calebs Grinsen wurde noch breiter. »Da werden wir wohl nasse Füße bekommen!«

Und schon sprang er vom Pferderücken und landete im Wasser.

Schnell zog Caitlin die Schuhe aus, nahm sie in eine Hand und folgte Calebs Beispiel.

Das Wasser an ihren nackten Füßen war eiskalt, doch es reichte ihr nur bis zu den Schienbeinen, als die Welle sich zurückzog. Eigentlich war es sogar regelrecht erfrischend. Und der weiche Sand fühlte sich wunderbar an.

Als sie aufsah, galoppierten die Pferde davon, den leeren Strand entlang der Sonne entgegen.

Rose rannte ins Wasser, spielte mit den Wellen und jaulte übermütig.

Caleb kam näher und hob Caitlin spielerisch hoch, damit sie nicht nass wurde, als die nächste Welle heranrollte. Er schwankte nicht einmal, er war so stark wie ein Fels in der Brandung. Lachend wirbelte er sie im Kreis und hielt sie fest an sich gedrückt.

Das Herz wurde ihr weit.

Langsam setzte er sie ab, hielt sie aber immer noch im Arm. Ihre Blicke begegneten sich. Allmählich verblasste sein Lächeln, und sein Gesicht wurde ernst.

Seine Augen wechselten die Farbe, von Braun zu Meeresgrün. Wie gebannt starrte er auf sie hinunter.

Ihr Herz klopfte heftig, als er sich schließlich vorbeugte und sie küsste.

* * *

Der Kuss war wie ein Feuerwerk. Eine grenzenlose Wärme und ein unglaubliches Prickeln breiteten sich in ihrem ganzen Körper aus – anders als alles, was sie bisher erlebt hatte. Sie erwiderte seinen Kuss, erst vorsichtig, dann mutiger, bis er sie schließlich aus dem Wasser hob und Richtung Strand trug.

Dort legte er sie in den trockenen Sand und ließ sich neben ihr nieder. Der Strand war nach wie vor leer, und die ganze Welt schien ihnen zu gehören. Caitlin hob die Hand und fuhr ihm durch die Haare, und ihre Küsse wurden immer leidenschaftlicher.

Von diesem Augenblick hatte sie geträumt, seit sie ihn zum ersten Mal gesehen hatte.

Noch nie hatte sie jemanden so sehr geliebt.

23. Kapitel

Sam wurde das Herz schwer, als er endlich seinem Vater gegenüberstand. Er traute seinen Augen nicht. Er war schon enttäuscht gewesen, als er die Wohnwagensiedlung mit dem verwahrlosten Trailer und die heruntergekommene Umgebung gesehen hatte, doch das war gar nichts gegen die Enttäuschung, als er jetzt vor seinem Vater stand. All seine Träume lösten sich auf einen Schlag in Luft auf.

Sein Dad war ein kleiner, dünner, schwächlicher Mann, fünfzig bis sechzig Jahre alt, und er wurde bereits kahl. Seine langen, strähnigen Haare hatte er seitlich über die kahle Stelle gekämmt. Seit Tagen schon hatte er sich nicht mehr rasiert, und seine Kleidung sah aus, als hätte er darin geschlafen. Seine Haut war mit Warzen übersät und wies böse Aknenarben auf. Seine kleinen, schwarzen Knopfaugen huschten ständig hin und her – als er Sam anstarrte, drängte sich ihm der Vergleich mit einer Ratte auf. Ja, dieser Mann wirkte durch und durch schmierig und fies.

Zudem sah er Sam nicht im Geringsten ähnlich. Und er glich in keiner Weise dem Dad, den Sam sich in seiner Fantasie vorgestellt hatte.

Sam konnte nicht begreifen, dass er von so einem Menschen abstammen sollte. Dadurch fühlte er sich noch minderwertiger, als es ohnehin schon immer der Fall gewesen war.

Vielleicht war es doch die falsche Adresse. Er betete, dass es so wäre.

Bitte, lieber Gott, lass ihn nicht mein Vater sein.

»Sam?«, fragte der Mann plötzlich.

Dieses eine Wort lieferte die Bestätigung, dass die Adresse tatsächlich stimmte. Sam fühlte sich absolut elend. Er war es also tatsächlich.

Sam suchte verzweifelt nach Worten. »Ähm, sind Sie ...«

»Ob ich dein Dad bin?«, unterbrach ihn der Mann und versuchte sich an einem Lächeln. Dabei enthüllte er zwei Reihen kleiner, orangegelber Zähne. »Ja, der bin ich.«

Dann ließ der Mann den Blick von Sam zu Samantha wandern und musterte sie abschätzend von Kopf bis Fuß. Dabei leckte er sich die Lippen.

»Ich dachte, du würdest allein kommen?«, fragte er Sam, ohne die Augen von Samantha zu lassen.

»Ich ...«, begann Sam, »na ja, ich, äh ...«

»Wer ist das?«, fiel er ihm ungeduldig ins Wort.

»Das ist Samantha«, sagte Sam schließlich. »Sie ist meine ...« Sam verstummte, weil er nicht wusste, wie er sie nennen sollte.

»Freundin«, ergänzte Samantha liebenswürdig.

Dankbar warf Sam ihr einen Blick zu. Er liebte den Klang dieses Wortes, vor allem aus ihrem Mund.

»Na gut, dann ...« Der seltsame Mann drehte sich um und ging hinein.

Sam und Samantha sahen sich an. Die seltsame Begrüßung hatte sie beide überrascht, sie wussten nicht so richtig, was sie davon halten sollten.

War das eine Einladung gewesen, ihm in den Trailer zu folgen?

Zögernd trat Sam ein, Samantha folgte ihm und machte die Tür hinter sich zu.

* * *

Prüfend sah Samantha sich in dem kleinen, düsteren Wohnwagen um. Der Tag war schön und sonnig, aber da alle Fensterrollos heruntergezogen waren, merkte man hier drin nichts davon – der Raum wurde nur durch eine kleine Lampe in einer Ecke erhellt. Es war düster, und überall stand Gerümpel herum.

Samantha hatte beim Anblick dieses Mannes gleich gespürt, dass er keiner von ihnen war, kein Vampir. Das hätte sie sofort gewusst. Daraus schloss sie, dass Sams *Mutter* der Vampir sein musste. Also hatten sie auf der falschen Seite seiner Abstammungslinie gesucht. Mit diesem Mann verschwendeten sie nur ihre Zeit – es sei denn, er könnte sie zu Sams richtiger Mutter führen.

Die Enttäuschung in Sams Gesicht war ziemlich offensichtlich, und sie hatte tatsächlich Mitleid mit ihm. Wie lange war es her, seit sie zuletzt Mitleid für einen Menschen empfunden hatte? Sie ärgerte sich über sich selbst. Dieser Junge brachte sie aus dem Gleichgewicht.

»Nun, na ja ...«, murmelte der Mann. Offensichtlich war er nicht an soziale Kontakte gewöhnt. Er ging auf und ab und gönnte ihnen kaum einen Blick. »Was wollt ihr trinken?«, fragte er schließlich. »Wie wär's mit einem Bier?«

Sam zögerte. »Äh, ja ... ein Bier wäre okay«, antwortete er dann.

Der Mann verschwand in der winzigen Küche und kehrte kurz darauf mit zwei großen Dosen mit warmem Bier wieder, die er auf dem Tisch abstellte. Weder Sam noch Samantha griffen danach.

Sam trat nervös von einem Fuß auf den anderen und wusste nicht, was er sagen sollte. Seinem Dad schien es genauso zu gehen.

Unbehagliches Schweigen senkte sich über den Raum. Irgendetwas war seltsam. Sein Dad schien sich gar nicht richtig zu freuen, ihn zu sehen. Oder aber er konnte es einfach nur nicht richtig zeigen.

Aufmerksam sah Samantha sich um. Überall herrschte Unordnung, der Raum sah völlig verwahrlost aus. Leere Wasserflaschen lagen auf dem Boden herum, daneben stapelten sich alte Zeitungen und Zeitschriften. In einer Ecke stand ein kleiner Schreibtisch, auf dem ein offener Laptop stand.

Samantha spürte irgendetwas, und mithilfe ihrer scharfen Vampiraugen zoomte sie die Einzelheiten auf dem Computerbildschirm heran. Dabei erkannte sie, dass er bei Facebook eingeloggt war – allerdings unter einem anderen Namen.

»Äh, habt ihr irgendjemandem davon erzählt, dass ihr mich besucht?«, wollte sein Dad schließlich wissen.

Verwirrt erwiderte Sam seinen forschenden Blick. »Äh, was …«

»Hast du zum Beispiel deiner Mutter davon erzählt?«

»Nein«, entgegnete Sam. »Ich habe schon eine ganze Weile nicht mehr mit ihr gesprochen. Das hier war ein spontaner Entschluss. Irgendwie habe ich einfach gedacht, es wäre cool, wenn wir uns treffen könnten.«

Daraufhin nickte der Mann zustimmend und entspannte sich augenscheinlich ein wenig.

»Gut«, sagte er. Dann zog er eine zerknitterte Zigarettenpackung aus der Tasche, zündete sich eine Zigarette an und inhalierte tief. Der kleine Raum füllte sich mit Qualm. »Also, worauf steht ihr denn so?«

Sam und Samantha wechselten einen fragenden Blick – sie wussten beide nicht, worauf er hinauswollte.

»Äh, was meinst du denn?«, fragte Sam.

Samantha blickte erneut zu dem Laptop und betrachtete wieder die Facebook-Seite. Irgendetwas daran störte sie. Diesmal entdeckte sie, dass mehrere Tabs geöffnet waren. Alle auf Facebook. Und jeder Tab unter einem anderen Benutzernamen.

Sein Dad musste ihren Blick bemerkt haben, denn er ging plötzlich zu dem Laptop und klappte ihn zu. Dann kehrte er zu ihnen zurück.

»Ich meine«, fuhr er fort, »habt ihr Sex miteinander?«

Plötzlich nahm er mit einer schnellen Bewegung etwas vom Tisch.

Samantha sah die Verwirrung in Sams Gesicht, die gerade in Verärgerung umschlug.

In dem Moment begriff sie, was los war. Dieser Mann war überhaupt nicht sein Dad. Er war ein Schwindler. Ein Pädophiler, der sich seine Opfer über das Internet suchte. Über Facebook köderte er Kinder und wartete darauf, dass ihm jemand wie Sam über den Weg lief – jemand, der verzweifelt genug war, um zu glauben, dass er sein Dad sein könnte.

Der Mann war blitzschnell. Bevor Samantha auch nur reagieren konnte, hatte er sich ein großes Küchenmesser geschnappt, war quer durch den Raum geschossen und hatte Sam von hinten in einen Würgegriff genommen. Das riesige Messer presste er so fest gegen Sams Kehle, dass er um ein Haar die Haut angeritzt hätte.

Vor Schock schossen Sam die Tränen in die Augen.

»Wenn du auch nur eine Bewegung machst, ist er tot«, knurrte der Mann Samantha böse an.

Die Situation war interessant für Samantha. Angesichts der Tatsache, dass dieser Typ nicht Sams Vater war, hatte sie hier nichts mehr verloren und verschwendete nur noch ihre Zeit. Eigentlich könnte sie einfach hinausspazieren und Sam sterben lassen. Das würde keinen Unterschied machen. Sam war ihre einzige Spur gewesen, aber jetzt war er nutzlos für sie.

Doch irgendetwas ließ sie zögern. Dieser Junge hatte einen Funken in ihr entfacht. Sie konnte es kaum fassen, aber sie empfand tatsächlich etwas für ihn. Und wenn es etwas gab, das sie mehr hasste als Menschen, dann waren das Widerlinge wie dieser Typ hier. Nein, sie konnte nicht einfach hinausspazieren.

»Knie dich hin und zieh dein Shirt aus«, befahl der Mann Samantha mit dunkler, eiskalter Stimme, während er Sam immer noch das Messer gegen die Kehle presste.

Als Sam sich wand, ritzte das Messer die Haut, und ein wenig Blut trat hervor.

Samantha hätte den Mann jederzeit umbringen können. Doch das Problem war das Messer – sie wollte nicht riskieren, dass er Sam tötete. Daher konnte sie keine hastigen, überstürzten Bewegungen machen.

Langsam ließ sie sich auf die Knie sinken, hob die Hände und zog ihr Shirt aus. Darunter trug sie einen BH.

Als sie aufblickte, sah sie die Augen des widerlichen Kerls aufleuchten. Lüstern grinste er über das ganze Gesicht. Dann deutete er mit dem Messer auf sie.

»Zieh deinen BH aus«, befahl er als Nächstes.

Sam schien Morgenluft zu wittern, denn in diesem Moment bewegte er sich mit einer für einen Menschen bewundernswerten Geschwindigkeit. Mit raschem Griff packte er das Handgelenk des perversen Kerls und hielt ihn mit aller Kraft fest.

Doch der Typ war stark. Wahrscheinlich war er durch jahrelange Rangeleien mit Kids durchtrainiert und gestählt, außerdem war er auf eine solche Situation vermutlich durchaus vorbereitet. Jedenfalls gelang es ihm, sich loszureißen und Sams Wange mit dem Messer zu ritzen.

Sam schrie vor Schmerz auf und drückte die Hände auf die Wunde. Überall war Blut.

Dann sah Samantha, wie der Mann ausholte und Sam das Messer in die Brust rammen wollte.

Jetzt wurde sie aktiv. Blitzschnell sprang sie durch den Raum, ergriff das Handgelenk des Widerlings und riss ihm den Arm mit so viel Kraft zurück, dass sie ihm die Schulter auskugelte.

Der Mann schrie auf und ließ das Messer fallen.

Aber sie war noch nicht fertig mit ihm. Mit ihrer übermenschlichen Kraft packte sie ihn und brach ihm mit einer einzigen geschmeidigen Bewegung das Genick.

Leblos sank der Mann zu Boden.

Samanthas Wut war noch nicht wieder abgeebbt, als sie sich umdrehte und Sam vor sich stehen sah. Mit weit aufgerissenen Augen starrte er sie an. Offensichtlich stand er unter Schock, er schien seine Schmerzen gar nicht mehr zu spüren. Sie war sicher, dass er so etwas noch nie zuvor erlebt hatte – und wahrscheinlich auch nie wieder erleben würde.

Er hatte doch tatsächlich versucht, sie zu retten. Obwohl man ihm ein Messer an die Kehle gehalten hatte. In all den Jahrhunderten hatte noch niemand so etwas für sie tun wollen.

Vielleicht würde sie ihn trotz allem doch leben lassen.

24. Kapitel

Als Caitlin und Caleb erwachten, war es schon dunkel. Die Nacht war warm, und ein riesiger Vollmond schien auf die beiden hinunter, die dicht nebeneinander im Sand lagen.

Immer noch hatten sie den Strand ganz für sich allein. Das Krachen der sich brechenden Wellen erfüllte die Luft. Völlig nackt lagen sie sich in den Armen, auf ihren Mänteln, die sie als behelfsmäßige Decke im Sand ausgebreitet hatten. Rose lag neben ihnen.

Schweigend sahen sie sich in die Augen. Dann küssten sie sich erneut, ganz langsam.

Ihre Beziehung hatte sich nun für immer verändert. Und Caitlin hatte sich verändert. Noch nie zuvor war sie so glücklich gewesen.

Bisher waren sie zwei Personen gewesen, die sich wie zufällig begegnet waren, weil sie einen gemeinsamen Auftrag zu erfüllen hatten. Jetzt waren sie ein Liebespaar. Sie waren *zusammen*.

Inständig hoffte Caitlin, dass es für immer so bleiben würde.

Sie brannte darauf, ihm jede Menge Fragen zu stellen. Zum Beispiel: *Was jetzt?* Denn er hatte eine Grenze überschritten, die für Vampire verboten war. Was würde passieren, wenn sie ihn fänden? Würden sie ihn umbringen? Hatte er sein Leben für sie aufs Spiel gesetzt? War sie das wirklich wert?

Würde er sie nun verlassen, nachdem er diese Grenze überschritten hatte? Gab es irgendeine Möglichkeit für sie beide, zusammenzubleiben?

Wie könnte ihre Zukunft aussehen?

Ihre Gefühle überwältigten sie förmlich, als sie begriff, was er für sie geopfert hatte.

»Ich habe Angst«, sagte sie schließlich leise.

»Wovor?«, fragte er.

»Um uns«, erwiderte sie. »Und ich habe Angst davor, zu sterben. Du wirst ewig weiterleben. Aber ich ...« Mühsam suchte sie nach Worten. »... werde nicht weiterleben. Ich will bei dir sein. Ich möchte sein wie du. Unsterblich.«

Sein Gesichtsausdruck wurde ernst. Langsam stand er auf und zog sich an. Blicklos starrte er aufs Meer hinaus.

Auch Caitlin kleidete sich wieder an und freute sich über ihren warmen Mantel. Prüfend klopfte sie auf die Taschen, um sicherzugehen, dass ihr Tagebuch und die Schriftrolle noch sicher verstaut waren. Dann trat sie neben ihn.

»Ich möchte auch mit dir zusammen sein«, erklärte er. »Aber glaub mir, du möchtest nicht unsterblich sein, denn das ist ein Fluch. Es ist viel besser, zu sterben und von vorne zu beginnen – in einem anderen Leben, an einem anderen Ort, zu einer anderen Zeit, in einem anderen Körper. Sich nicht erinnern zu müssen. Dem Lebenszyklus seinen normalen Lauf zu lassen. Wir Vampire ... wir sind widernatürlich.«

Ernst sah er sie an.

»Nichts wäre mir lieber, als dich an meiner Seite zu haben. Aber ich bin es nicht wert, dass du für mich die Qual der Unsterblichkeit auf dich nimmst.«

»Bitte«, flüsterte sie und nahm seine Hand. »Ich will es.

Verwandle mich! Verwandle mich, damit ich ein richtiger Vampir werde. Damit ich für immer bei dir bleiben kann.«

Tränen stiegen in seine Augen.

»So sehr ich dich auch liebe, das könnte ich niemals tun«, erwiderte er. »Du würdest für immer in einem Schwebezustand verharren. Außerdem könntest du niemals Kinder bekommen. Das könnte ich dir nicht antun. Schon gar nicht aus selbstsüchtigen Gründen. Zudem würde man mich sehr schwer bestrafen, wenn ich dich einfach so ohne Erlaubnis verwandeln würde.«

Caitlin wurde das Herz schwer. Vielleicht sollte es trotz allem nicht sein.

Wortlos erwiderte er ihren Blick.

»Wenn wir die Nacht hier verbringen wollen, sollten wir uns eine geschützte Stelle suchen und ein Feuer anzünden«, bemerkte er dann.

Schweigend gingen sie die Klippen entlang.

»Ich glaube, ich habe während unseres Ritts etwas gesehen«, meinte er. »Eine Höhle, irgendwo da drüben.« Er zeigte auf eine Felsgruppe.

Tatsächlich fanden sie eine kleine Höhle am Fuße der Klippen. Sie war nicht besonders tief, bot jedoch genug Platz, um ihnen ein wenig Schutz zu gewähren.

Der Höhlenboden bestand aus demselben feinen Sand wie der Strand und wurde vom Mond beleuchtet. Mitten in der Höhle lag ein großer Haufen angekohltes Holz. Ganz offensichtlich war dieser Unterschlupf bereits von anderen benutzt worden. Wahrscheinlich war er ein beliebter Ort für ein Lagerfeuer, und vielleicht verbrachten verliebte Pärchen sogar manchmal die Nacht hier.

Caleb bückte sich, um sich mit Lichtgeschwindigkeit die

Hände zu reiben, wie er es schon einmal getan hatte, und innerhalb weniger Sekunden brannte ein munteres Feuer, das für Licht und Wärme in der Höhle sorgte. Rose kam näher und ließ sich neben dem Feuer nieder.

Caitlin schlang einen Arm um Calebs Taille und genoss die Wärme des Feuers.

Schließlich setzten sie sich hin und betrachteten die Höhlendecke und die Zeichnungen an den Wänden. Die Höhle war wie ein Gewölbe geformt und reflektierte das Licht vielfach.

»Wie geht es jetzt weiter?«, fragte Caitlin.

Natürlich meinte sie das Schwert, aber sie wollte auch wissen, wie es mit *ihnen* weitergehen würde.

»Ich weiß es nicht«, antwortete er. »Anscheinend stecken wir wieder in einer Sackgasse.«

»Es tut mir leid«, sagte Caitlin entschuldigend. »Vielleicht hatte mein Traum gar keine Bedeutung und wir haben eine falsche Fährte verfolgt. Vielleicht sollten wir zum Vincent House zurückkehren, wir könnten etwas übersehen haben, irgendein ...«

Plötzlich unterbrach Caleb sie, indem er ihr eine Hand auf den Arm legte. Er deutete auf eine Wand der Höhle.

Als sie seinem Blick folgte, entdeckte sie es ebenfalls.

Sie standen auf.

In einer Ecke der Höhle befand sich hoch oben an der Wand eine kleine Einkerbung in Form eines Kreuzes, die irgendwie unnatürlich wirkte. Ohne den Vollmond und das helle Feuer hätten sie sie überhaupt nicht entdeckt. Die Einkerbung war so klein, dass selbst Caleb mit seinen scharfen Augen sie leicht hätte übersehen können.

Caitlin streckte sich und versuchte, den Schmutz abzukratzen. Jetzt waren die Umrisse deutlicher zu erkennen – es sah aus wie ein winziges Schlüsselloch.

Caitlin zog den kleinen Schlüssel aus der Tasche und warf Caleb einen Blick zu. Er nickte.

Vorsichtig schob sie den Schlüssel in das Schlüsselloch und stellte fest, dass er perfekt hineinpasste.

Verblüfft sahen sie sich an.

Sie drehte den Schlüssel. Ein leises Klicken war zu hören, dann öffnete sich eine kleine Tür im Fels.

Zögernd steckte Caitlin die Hand hinein und zog etwas heraus. Eine Schriftrolle. Eine halbe Schriftrolle.

Sie hatten die zweite Hälfte des Rätsels gefunden.

* * *

Feierlich zog Caitlin das kleine luft- und wasserdichte Metallröhrchen aus der Tasche und nahm die erste Hälfte des Schriftstücks heraus. Dann traten sie näher ans Feuer heran und hielten die beiden Hälften ans Licht.

Endlich konnten sie den gesamten Text lesen:

Die vier Reiter reiten auf einem Pfad in die Freiheit.
Sie verlassen das gemeinsame Land,
betreten einen Ring aus Blut,
versammeln sich in dem Haus
und finden die, die sie liebten,
neben der vierten Spitze des Kreuzes.

Voller Ehrfurcht sahen sie sich an.

»Was bedeutet das?«, fragte sie schließlich.

»Ich ... ich bin nicht sicher. Aber die Begriffe ›Pfad

in die Freiheit‹ und ›gemeinsames Land‹ kommen mir so bekannt vor. Natürlich kann ich mich täuschen, aber ich glaube, dass alles auf den Freedom Trail in Boston hindeutet – der Pfad in die Freiheit. Und mit ›gemeinsames Land‹ könnte der Boston Common gemeint sein, dieser große öffentliche Park mitten in Boston. Vielleicht sollen wir irgendetwas auf dem Freedom Trail suchen. Das würde tatsächlich Sinn machen: Salem, Edgartown und Boston. Diese drei Städte haben vieles gemeinsam und sind eng miteinander verbunden.«

Caitlin bemühte sich, das alles zu begreifen.

»Aber ... wie ist das möglich?«, wollte sie wissen. »Alles wirkt so willkürlich. Warum haben wir die Schriftrolle hier gefunden? In genau dieser Höhle? Ich finde, das ergibt überhaupt keinen Sinn. Was wäre denn gewesen, wenn wir woandershin gegangen wären?«

»Doch, es macht wohl Sinn«, widersprach er. »Denk doch mal nach. Wir sind nicht zufällig hier gelandet. Schließlich hat dein Vater dich aufgesucht und uns zu den Klippen geführt. Dann kamen diese Pferde – sie haben uns vor diese Höhle gebracht und sind dann stehen geblieben.«

Ungläubig sah sie ihn an.

»Pferde unterstützen uns Vampire – sie sind mystische Tiere und dienen uns als Boten. Seit Anbeginn der Zeit haben sie uns beigestanden. Immer, wenn wir sie brauchten, kamen sie. Deshalb war das hier kein Zufall, sondern sie haben uns an diesen Ort geführt. Manchmal«, fuhr er fort, »sind gerade die Ereignisse, die wie reiner Zufall wirken, am sorgfältigsten vorausgeplant.«

Staunend betrachtete Caitlin die Rolle mit der alten Handschrift und dachte über die Begebenheiten nach, die sie hierhergebracht hatten. Tatsächlich leuchtete ihr ein, dass all das einer Bestimmung folgte.

Und sie begann zu hoffen, dass ihre Beziehung zu Caleb vielleicht auch vorherbestimmt sein könnte.

»Wohin müssen wir also jetzt?«, fragte sie. »Nach Boston?«

Er nickte. »Sieht ganz so aus, als müssten wir wieder auf dieses Schiff zurück.«

25. Kapitel

Kyle ging nervös auf dem Deck der kleinen Jacht auf und ab, als sie am frühen Morgen Richtung Martha's Vineyard rasten. Er konnte nicht stillhalten, denn er hasste Boote, und er hasste Wasser. Am meisten hasste er es, sich auf dem Wasser fortzubewegen – wie alle Vampire. Aber vielleicht hasste er es noch mehr als die meisten anderen.

Dieser Russe war überzeugt gewesen, dass Caitlin sich irgendwo in dieser Richtung aufhielt, also waren sie auf dem Highway die Küste entlanggefahren. Doch dann hatte ihre Suche in einem Hafen geendet. Hier hatte der junge Mann auf das Meer gezeigt und behauptet, dass dieses dämliche Mädchen, die Quelle allen Übels, auf der Insel war.

Daraufhin war Kyle derart in Wut geraten, dass er völlig die Beherrschung verloren hatte. Dieses Mädchen hatte nicht nur dafür gesorgt, dass er ihr die ganze Ostküste entlang nachjagen musste und dass er ihretwegen den Krieg versäumte, sondern jetzt zwang sie ihn auch noch, an Bord eines Schiffes zu gehen! Schäumend vor Wut war er auf die erstbeste Jacht zumarschiert, die im Hafen vor Anker lag, war an Bord gesprungen und hatte kurzerhand die gesamte Mannschaft umgebracht. Dann hatte er sie alle über Bord geworfen, ihr Boot gekapert und war zusammen mit dem Russen losgefahren. Immerhin hatte er sich bei der Ermordung der Mannschaft ein wenig abreagieren können.

Doch hier draußen auf dem Meer, umgeben von nichts als blauem Wasser, flammte seine Wut erneut auf. Er war es so satt, dieses Mädchen zu jagen, und wollte sie endlich finden. Sobald sie ihm gezeigt hatte, wo sich ihr Vater befand – oder das Schwert –, würde er sie umbringen.

Vor lauter Ungeduld fuhr er fast aus der Haut. Nervös lief er zu Sergei, der am Ruder stand, und schrie wieder auf ihn ein.

»Fahr schneller!«

»Ich kann nicht, mein Meister«, beteuerte der junge Russe verängstigt. »Dieses Boot fährt einfach nicht schneller.«

»Bist du dir wirklich sicher, dass sie auf dieser Insel ist?«, fragte er zum zehnten Mal.

»Ich bin mir sicher, dass sie in dieser Richtung über das Meer gefahren ist«, antwortete er. »Ich spüre es.«

»Danach habe ich nicht gefragt«, erwiderte Kyle drohend.

Der Russe hob den Kopf und atmete tief ein. Einen Augenblick wirkte er verunsichert, beinahe so, als hätte er seine Meinung geändert. Als hätte er ihre Fährte verloren.

Wenn das tatsächlich der Fall sein sollte, würde Kyle ihn einfach umbringen.

»Ganz bestimmt sind sie in diese Richtung unterwegs gewesen. Ich spüre ihre Präsenz sehr stark. Aber ... mehr weiß ich nicht.«

Aufgebracht stürmte Kyle wieder an die Reling. Sein Gesicht war vor Wut rot angelaufen. Alles versäumte er. Nachdem er Tausende von Jahren gewartet hatte, begann jetzt der Krieg – *sein* Krieg – ohne ihn. In New York breitete sich gerade in diesem Moment die Pest aus. Das war sein Werk, er hatte die Pesterreger auf die Welt losgelassen. Und er war hier, weit weg von all dem, und saß mit einem dämlichen russischen Opernsänger auf einer Jacht fest. Ausgerechnet er konnte die Früchte seiner eigenen Arbeit nicht genießen, konnte nicht miterleben, wie diese erbärmlichen Menschen schrien und um ihr Leben rannten. Gerade darauf hatte er sich am meisten gefreut.

Dafür würde er dieses Mädchen büßen lassen, ja, das würde er.

Rasend vor Wut umklammerte Kyle die Reling mit beiden Händen, und als sie schließlich unter seinen Fingern nachgab, riss er sie komplett ab und warf sie ins Meer.

* * *

Caitlin stand auf der Fähre an der Reling und blickte aufs Meer hinaus. Rose steckte wieder in ihrer Jacke, und Caleb stand neben ihr. Noch war kein Land zu sehen, aber bald würde es am Horizont auftauchen.

Ein Teil von ihr wünschte sich, dass sie das Land nie erreichen würden. Solange sie sich draußen auf dem Meer befanden, würde alles unverändert bleiben. Caleb und sie wären noch zusammen. Doch sobald Land in Sicht käme, würde ihr Leben sich unwiderruflich verändern. Wie von einem Magnet angezogen würden sie sich ins Bostoner Zentrum auf den Freedom Trail begeben. Irgendwie wusste sie, dass das die letzte Etappe ihrer Suche sein würde – sie konnte es einfach spüren. Und das jagte ihr Angst ein.

Sie sah zu Caleb hinüber, der offenbar ebenfalls nervös war. Er umklammerte die Reling und schaute sorgenvoll aufs Meer hinaus. Allmählich konnte sie seine Mimik besser deuten und wusste daher, dass er nicht oft so aussah. Diesmal schien jedoch nicht seine Angst vor Wasser der Grund zu sein. Es war etwas anderes. Fürchtete er sich auch vor der Zukunft? Davor, was passieren würde, wenn sie das Schwert schließlich fanden?

Denn sie wussten beide, dass er sie nicht mitnehmen konnte, wenn sich das Schwert erst einmal in seinem Besitz befand. Er würde auf dem Kriegspfad sein. Wahrscheinlich würde er zu seinem Clan zurückkehren und sich mitten in einen Vampirkrieg stürzen. Für Caitlin war dann in seinem Leben kein Platz mehr. Trotzdem konnte sie sich ein Leben ohne ihn genauso wenig vorstellen.

Die Dinge zwischen ihnen lagen nun anders. Als er ihr den Arm um die Taille legte, spürte sie ganz deutlich, dass sie sich noch nie jemandem so nahe gefühlt hatte – beinahe so, als wären sie eins. Die letzte Nacht hatte sie verändert, und sie spürte, dass auch er sich irgendwie verändert hatte, wenn auch vielleicht in geringerem Maße als sie.

Diesmal schwiegen sie während der gesamten Überfahrt. Doch es lag nicht daran, dass sie sich mit Gedanken an den letzten Hinweis herumquälten oder versuchten, das Rätsel zu lösen. Nein, sie genossen es ganz einfach, nebeneinanderzustehen, zusammen zu sein. Keiner von beiden hatte das Bedürfnis, zu sprechen, sie wollten nur die Ruhe vor dem Sturm genießen.

Plötzlich verzog Caleb das Gesicht. Er biss die Zähne zusammen, wie er es manchmal tat, wenn er sich auf einen Kampf vorbereitete.

Fragend sah sie ihn an.

»Was ist los?«, wollte sie wissen.

Mit zusammengekniffenen Augen suchte er den Horizont ab. Erst nach kurzem Schweigen antwortete er.

»Ich spüre etwas.«

Geduldig wartete sie darauf, dass er noch etwas hinzufügen würde, aber er schwieg.

»Was denn?«, fragte sie schließlich.

Erneut ließ er sich Zeit mit seiner Antwort.

»Ich weiß nicht«, sagte er dann zögerlich. »Es herrscht große Unruhe. Ich spüre, dass meine Leute leiden … Ich spüre … dass jemand uns sucht. Und ich spüre … dass uns ernste Gefahren bevorstehen.«

26. Kapitel

Als ihre Jacht in den Hafen von Edgartown einlief, konnte Kyle es kaum noch erwarten und sprang eilig von Deck. Er flog etwa zehn Meter weit und landete leichtfüßig auf der Pier. Das Boot zu vertäuen, überließ er dem Russen.

Als er wieder festen Boden unter den Füßen hatte, fühlte er sich sofort besser.

Der junge Russe stellte hastig den Motor ab und ging vor Anker, dann folgte er ihm.

»He, ihr könnt dort nicht anlegen!«, rief ein dickbäuchiger Mann mittleren Alters und stürmte auf sie zu. »Das ist eine private Anlegestelle! Sie ist reserviert für ...«

Noch bevor er seinen Satz beenden konnte, packte Kyle ihn mit einer Hand an der Kehle, drückte fest zu und hob den schweren Mann hoch.

Die Augen des Mannes traten hervor, während sein Gesicht feuerrot anlief. Kyle schnitt eine Grimasse und warf ihn mit einer schwungvollen Bewegung ins Hafenbecken.

Mit einem lauten Platschen landete der Mann weit draußen im Wasser.

Kyle hoffte, dass er ihn umgebracht hatte. Vielleicht hätte er noch länger zudrücken sollen.

»Wo ist sie?«, fragte er mit zusammengebissenen Zähnen.

Nervös blickte der Russe sich um und versuchte, sich zu

orientieren. Dann hob er die Nase und schnupperte prüfend in jede Richtung.

»Wenn du sie verloren hast, bringe ich dich um!«, drohte Kyle mit leiser Stimme.

Erneut sah der Russe sich um und drehte sich schließlich zur Hauptstraße um.

»In diese Richtung ist sie gegangen«, sagte er entschlossen und marschierte los, während Kyle ihm nicht von den Fersen wich.

* * *

Nachdem Kyle und Sergei die Stufen zu der Walfang-Kirche von Edgartown hinaufgestiegen waren, trat Kyle einfach die großen Doppeltüren ein.

Mit einem lauten Krachen zersplitterten sie, dann marschierte Kyle durch den Vorraum in die Kirche, dicht gefolgt von Sergei. Mitten in dem großen, leeren Raum blieben sie stehen und schauten sich um.

Niemand war zu sehen.

Zornig packte Kyle den Russen an den Schultern.

»Jetzt bin ich es endgültig leid!«, schrie er. »WO IST SIE???«

»Nirgendwo, wo du sie finden könntest«, sagte jemand kühl und ruhig im hinteren Bereich der Kirche.

Kyle und Sergei fuhren herum.

In der Tür stand Roger und erwiderte gelassen ihre Blicke.

Sofort spürte Kyle eine Veränderung des Energiefeldes und wusste auf Anhieb, dass er einen Vampir vor sich hatte. Keine nervigen Menschen mehr. Allmählich näherten sie sich ihrem Ziel.

Langsam ging Kyle auf Roger zu; Sergei hielt sich dicht an seiner Seite.

»Ganz im Gegenteil«, erwiderte Kyle langsam, »du wirst mir ganz genau erzählen, wo sie ist, mit wem sie zusammen ist und wohin sie will.«

Roger ging ein paar Schritte auf die beiden zu, holte dann plötzlich aus und schleuderte etwas in ihre Richtung.

Kyle sah das Geschoss kommen, doch Sergei war nicht so schnell.

Ein langer, spitzer Vampirspeer flog auf sie zu. Während Kyle ihm rechtzeitig ausweichen konnte, hatte Sergei nicht so viel Glück. Der Speer mit der silbernen Spitze streifte seine Wange, ritzte die Haut und riss eine tiefe Wunde, bevor er weiterflog. Die Waffe hatte ihn nicht voll getroffen, doch die Wunde blutete heftig.

Vor Schmerz schrie Sergei auf und hob die Hände an sein blutüberströmtes Gesicht.

Kyle fackelte nicht lange. Rasch machte er drei Schritte vorwärts, sprang in die Luft und trat Roger mit beiden Füßen gegen die Brust, sodass er quer durch den Raum flog und gegen die Wand krachte.

Bevor er sich aufrappeln konnte, war Kyle bereits über ihm und packte ihn mit beiden Händen an der Kehle.

Kyle spürte Rogers Energie und erkannte, dass sein Gegner zu den sehr alten Vampiren gehörte. So alt, dass seine Kraft schon beträchtlich nachgelassen hatte. Daher war Kyle ihm deutlich überlegen, und er wusste, dass er ihn mit Leichtigkeit töten konnte. Er würde es genießen, ihn zu foltern! Ganz langsam.

Plötzlich bewegte Roger die Hand, und etwas Gelbes blitzte auf. Noch bevor Kyle reagieren konnte, begriff er.

Roger hatte sich gerade eine Suizidpille in den Mund geschoben.

Nun war es zu spät.

Rogers Körper erschlaffte in Kyles Armen.

Rasend vor Wut warf Kyle den Kopf zurück und stieß einen Urschrei aus, der sämtliche Kirchenfenster erzittern ließ.

27. Kapitel

Sam war immer noch völlig durcheinander.

Diese Szene in dem Wohnwagen war so intensiv gewesen, dass er sie immer noch nicht verarbeiten konnte. Dieser widerliche Kerl. Das Messer. Der Kampf. Seine Wange. Und dann Samantha – sie hatte den Kerl einfach umgebracht. Einfach so. Das war unglaublich. Wer war sie?

Während sie in einem einfachen Straßenrestaurant in einer Nische saßen, musterte er sie nachdenklich. Mehr denn je fühlte er sich von ihr angezogen – aber er war auch misstrauisch geworden. Sie sah völlig entspannt aus und trank in kleinen Schlucken ihren Vanilleshake. Er konnte das absolut nicht verstehen. War sie wirklich dasselbe Mädel? Cool und sexy saß sie ihm gegenüber – und doch war genau dasselbe Mädchen eben noch wie eine psychotische Furie auf diesen widerlichen Kerl losgegangen und hatte ihn umgebracht, ohne auch nur mit der Wimper zu zucken. Hatte sie ihn tatsächlich getötet?

Alles war so schnell gegangen, und es war so dunkel gewesen, dass er gar nicht mehr genau sagen konnte, was eigentlich passiert war. Doch er erinnerte sich an das Geräusch, dieses scheußliche Knacken, als sie ihm den Hals herumgerissen hatte. Und er erinnerte sich daran, wie der Typ völlig schlaff zu Boden gesunken war. Für ihn hatte der Kerl tot ausgesehen, ganz sicher war er sich jedoch nicht.

Vielleicht hatte sie ihn bloß k. o. geschlagen. Aber wie hatte sie das bloß angestellt? Dieser Typ war stark gewesen, und er hatte ein Messer gehabt.

Wohl zum millionsten Mal ärgerte er sich über sich selbst. Warum war er nur so dumm und naiv? Wie hatte er diesem Mann glauben können, wie hatte er bloß auf einen Internet-Betrüger hereinfallen können? War er wirklich so ein Idiot? Was hatte er sich nur dabei gedacht? Er schämte sich so sehr. Außerdem glaubte er jetzt noch viel weniger daran, dass er seinen Dad je finden würde.

Damit nicht genug, er hatte auch noch Samantha in die Sache hineingezogen. Schlimmer noch, er hatte sie nicht einmal beschützt. Sie war es gewesen, die ihn beschützt hatte. Wie peinlich! Jetzt hielt sie ihn bestimmt für einen absoluten Volltrottel.

Er befürchtete, dass sie sich nach all dem einfach aus dem Staub machen würde. Und er könnte es ihr nicht einmal verübeln.

»Bist du okay?«, fragte sie und musterte besorgt seine Wange.

Vorsichtig zog er das Papiertuch von der Wunde. Es blutete nicht mehr, aber es tat immer noch höllisch weh.

»Ja«, antwortete er, dann sah er zu ihr rüber und betrachtete sie. Er stellte fest, dass sie nicht einmal einen blauen Fleck abbekommen hatte. »Wie hast du das bloß gemacht? Ich meine, wie hast du es geschafft, ihm so die Hölle heiß zu machen?«

Gleichmütig zuckte sie mit den Schultern. »Ich mache schon fast mein ganzes Leben lang Karate. Ich hoffe, ich habe dich nicht zu sehr schockiert. Aber dieser Kerl war richtig gefährlich, und ich wollte kein Risiko eingehen. Ich habe bloß eine ganz einfache Technik angewendet. Wenn du willst, kann ich sie dir beibringen.«

Irgendwie schaffte sie es immer wieder, dass er sich besser fühlte. Es war, als könnte sie seine Gedanken lesen – auf jeden Fall wusste sie immer genau, was sie sagen musste, um ihn zu beruhigen und ihm die Befangenheit zu nehmen. Es war unglaublich, wie seine Sorgen sich auf Anhieb verflüchtigten.

»Es tut mir wirklich leid«, sagte er. »Ich bin so ein Idiot. Wie konnte ich dich bloß dort hinbringen?«

»He«, erwiderte sie, »wir wollten doch ohnehin eine Spritztour machen, stimmt's?«

Verblüfft starrte er sie an, bis sie schließlich beide in Lachen ausbrachen.

Dadurch löste sich jede Anspannung.

Als Sam nach seinem bis dahin unberührten Burger griff und kräftig hineinbiss, fiel Samanthas Blick auf sein Handgelenk. Mit ihren eiskalten Fingern packte sie seine Hand.

Sam ließ den Burger sinken und fragte sich, was sie da tat. Sie zog seine Hand näher zu sich und starrte auf sein Handgelenk. Seine Uhr. Sie starrte auf seine Uhr.

Plötzlich veränderte sich ihr Gesichtsausdruck. Anscheinend war sie völlig gebannt.

»Was ist denn?«, fragte er schließlich.

»Woher hast du die Uhr?«, wollte sie mit todernster Miene wissen.

Er warf einen Blick auf seine Uhr. Er hatte völlig vergessen, dass er sie überhaupt trug. Seit er ein Kind war, hatte er sie ständig getragen. In gewisser Weise war sie ein Teil von ihm, sodass er sie gar nicht mehr bemerkte. Sie sah seltsam aus, diese Uhr, da musste er ihr auf jeden Fall recht geben. Trotzdem konnte er ihre Aufregung nicht ganz verstehen.

»Die hat meinem Dad gehört«, erklärte er. »Das glaube ich zumindest, denn ich war damals zu klein, um noch eine Erinnerung daran zu haben. Ich hatte die Uhr immer schon.«

Jetzt musterte Sam die Uhr ebenfalls mit neu erwachter Neugier. Das Gehäuse bestand aus einem merkwürdigen Metall – er hatte es immer für Platin gehalten – und an den Seiten waren eigenartige Zeichen eingraviert. Sie wirkte sehr alt und tickte irgendwie merkwürdig. Eigentlich war es ungewöhnlich, dass er sie nie aufziehen oder die Batterie wechseln musste. Sie tickte einfach immer weiter, und sie zeigte immer die richtige Zeit an.

Nachdenklich strich Samantha mit den Fingern darüber.

»Hier«, meinte Sam und nahm die Uhr ab. »Nur zu, sieh sie dir ruhig an. Du kannst sie auch umlegen, wenn du möchtest. Auf der Rückseite steht irgendein cooles Zeug. Ich habe nie herausgefunden, was es bedeutet«, fügte er hinzu und reichte ihr das gute Stück.

Als er ihr die Uhr in die Hand legte, strahlte sie wie ein Kind in einem Süßwarenladen. Langsam drehte sie sie in alle Richtungen und betrachtete sie sorgfältig. Plötzlich riss sie überrascht die Augen auf.

»Was ist denn? Kannst du die Schrift lesen? Ich glaube, es könnte Französisch sein oder so«, sagte er.

»Das ist Latein«, korrigierte sie ihn atemlos.

Aufgeregt starrte sie ihn mit ihren schönen Augen an.

»Das bedeutet: *Die Rose und der Dorn treffen sich in Salem.*«

28. Kapitel

Caitlin und Caleb standen im Boston Common auf einem kleinen Hügel und sahen sich prüfend um. Caleb hielt einen Plan des Freedom Trail in der Hand, den er gerade in einem Geschäft erstanden hatte, und fuhr immer wieder mit dem Finger die Route entlang. Caitlin hatte die beiden Hälften der alten Schriftrolle hervorgezogen.

»Lies es noch einmal vor«, forderte er sie auf.

Caitlin kniff die Augen zusammen, um die verblasste Schrift besser lesen zu können, und begann:

»Die vier Reiter reiten auf einem Pfad in die Freiheit.
Sie verlassen das gemeinsame Land,
betreten einen Ring aus Blut,
versammeln sich in dem Haus
und finden die, die sie liebten,
neben der vierten Spitze des Kreuzes.«

»Ein Pfad in die Freiheit«, wiederholte Caleb laut und konzentrierte sich. »Das *muss* einfach ein Hinweis auf den Freedom Trail sein. Das macht absolut Sinn, er liegt genau zwischen Salem und Martha's Vineyard. Wir sind in der Mitte.

Und der Hinweis auf ›das gemeinsame Land‹ ... Damit kann nur dieser Park hier gemeint sein, in dem wir uns jetzt befinden. Auch das ergibt einen Sinn. An dem Ort, an dem wir gerade stehen, wurden im siebzehnten Jahrhundert die Hexen hingerichtet. Der Ort ist sehr geschichtsträchtig, vor allem für uns Vampire.

In der Schriftrolle heißt es ›sie verlassen das gemeinsame Land‹. Das heißt wohl, wir müssen hier *beginnen*, aber ich bin nicht sicher, warum. Was den Rest angeht ... ›Ring aus Blut‹, ›versammeln sich in dem Haus‹, ›vierte Spitze des Kreuzes‹ ... Ich habe nicht die geringste Ahnung, wohin wir von hier aus gehen müssen.«

Erneut blickte Caitlin sich um. Der Blick von hier oben war beeindruckend. Trotz des warmen Wetters lag noch ein wenig Schnee, und einige Kinder fuhren mit ihren Schlitten den Hügel hinunter. Sie kreischten vor Vergnügen, und ihre Eltern freuten sich mit ihnen. Der ganze Park wirkte wunderschön und sehr idyllisch. Es fiel ihr schwer, sich vorzustellen, dass hier einmal Hexen gehängt worden waren.

Auf dem Hügel stand nur ein großer Baum. Ansonsten war nichts zu sehen, was als Spur hätte gedeutet werden können.

»Warum heißt es ›die vier Reiter‹?«, fragte sie. »Worum könnte es dabei gehen?«

»Das bezieht sich auf die Apokalypse. Es geht um die vier Reiter der Apokalypse, die in alle vier Himmelsrichtungen reiten. Ich glaube, das soll bedeuten, dass die Welt untergehen wird, falls wir das Schwert nicht finden.«

»Oder vielleicht heißt es auch«, überlegte sie, »dass die Welt untergeht, *wenn* wir es finden.«

Nachdenklich sah Caleb sie an. »Vielleicht«, erwiderte er leise.

Erneut sah er sich um. »Warum ausrechnet *hier*?«, fragte er. »Warum dieser Ort?«

Während Caitlin überlegte, hatte sie plötzlich eine Eingebung.

»Vielleicht geht es ja auch gar nicht um diesen Ort«, meinte sie. »Vielleicht geht es darum, diesen Ort zu verlassen – um die Reise an sich.«

»Wie meinst du das?«

»In der Schriftrolle ist die Rede vom Reisen, man verlässt einen Ort und begibt sich an einen anderen. Vielleicht sollen wir einfach diese Orte aufsuchen und die entsprechenden Wege zurücklegen, aber nicht notwendigerweise Dinge finden. Vielleicht geht es einfach nur um den Weg, die *Reise*.«

Verwirrt runzelte Caleb die Stirn.

»Wie bei diesen Leuten, die in die Maislabyrinthe gehen«, erklärte sie. »Der Weg ist das Ziel, aus diesem Grund tun sie es. Indem man in bestimmte Richtungen geht und bestimmten Mustern folgt, soll man sich angeblich irgendwie verändern.«

Caleb betrachtete sie anerkennend. Anscheinend gefiel ihm ihre Idee.

»Okay«, sagte er. »Das kann ich nachvollziehen. Aber trotzdem weiß ich nicht, wohin wir gehen sollen.«

»Na ja«, überlegte sie, »hier heißt es, ›sie verlassen das gemeinsame Land‹ und ›betreten einen Ring aus Blut‹. Unser nächster Anlaufpunkt wäre demnach der Ring aus Blut.«

»Und was soll das sein?«

Caitlin stand neben ihm und starrte auf den Plan. Die sechzehn historischen Sehenswürdigkeiten entlang des rund vier Kilometer langen Freedom Trail waren aufgeführt. Der bloße Anblick auf dem Plan überwältigte sie. Sie hatte keine Ahnung, in welche Richtung sie gehen sollten. Erneut betrachtete sie eine Sehenswürdigkeit nach der anderen, aber keine schien die Form eines Kreises oder eines Rings zu haben. Und ganz sicher gab es keinen Hinweis auf einen Ring aus Blut.

Auch die Bildunterschriften halfen nicht weiter.

Doch dann sah sie es.

Ganz unten auf dem Plan gab es eine Fußnote, unter der Bildunterschrift zum Old State House. Dort hieß es: *Direkt vor dem Gebäude auf der Devonshire Street ereignete sich das* Massaker von Boston.

»Hier!«, rief sie aufgeregt und zeigte darauf. »Das Massaker von Boston. Es gibt hier zwar keinen Ring, aber zweifellos wurde an dieser Stelle viel Blut vergossen.«

Sie sah Caleb fragend an. »Was meinst du?«

Nachdem er nochmals den Plan studiert hatte, nickte er ihr schließlich zu.

»Lass es uns versuchen.«

* * *

Caitlin und Caleb verließen den Park, bogen in die Court Street ein und steuerten auf die Bostoner Altstadt zu. Bald kam das Old State House in Sicht. Es war ein großes Backsteingebäude, das in den Anfangsjahren des achtzehnten Jahrhunderts errichtet worden war, mit historischen Sprossenfenstern und einem großen, weißen Turm. Das Bauwerk war in seiner Schlichtheit und Schönheit atemberaubend.

Sie umkreisten das Gebäude auf der Suche nach dem Schauplatz des Massakers von Boston. Als sie um eine Ecke bogen, standen sie plötzlich davor.

Abrupt blieben sie beide stehen.

Es war ein Ring – ein perfekter Kreis.

Die Stelle, die an das Massaker erinnerte, war klein, kaum größer als ein Gullydeckel. Caitlin und Caleb traten näher und betrachteten sie aufmerksam.

Es gab keine besondere Kennzeichnung: Es handelte sich lediglich um einen schlichten Kreis aus kleinen Kopfsteinen, die vor dem Old State House in den Boden eingelassen waren.

»Wir sind definitiv auf der richtigen Spur«, bemerkte Caleb.

»Warum?«

»Wegen des Balkons darüber«, erläuterte er und zeigte auf das Gebäude. »Von diesem Balkon aus wurde die amerikanische Unabhängigkeitserklärung erstmals verlesen.«

Neugierig betrachtete Caitlin den kleinen Balkon.

»Und?«

»Die Gründung des amerikanischen Staatenbundes war in Wahrheit die Gründung eines *Vampirstaates*. Freiheit und Gerechtigkeit für alle. Glaubensfreiheit, keine religiösen Verfolgungen mehr. Eine kleine Gruppe von Leuten, die eine riesige und mächtige Nation eroberte. Glaubst du wirklich, eine kleine Gruppe Menschen hätte das bewerkstelligen können?

Wir waren es, die Vampire, auch wenn das natürlich nicht in den Geschichtsbüchern steht. Die Gründung Amerikas war die Gründung *unserer* Nation.

Aber die bösen Clans wie beispielsweise der Blacktide Clan haben seither wieder und wieder versucht, die Macht an sich zu reißen. Deshalb hat es immer zwei verfeindete Lager gegeben. Gut und Böse. Freiheit und Verfolgung. Wo das eine ist, gibt es auch das andere.

Ich bin davon überzeugt, dass dein Vater einer der Gründer gewesen sein muss. Zu ihnen gehörten nur die mächtigsten Vampire. Sie besaßen die mächtigsten Waffen und bewahrten sie für künftige Generationen auf.«

»Sie bewahrten sie auf?«, fragte Caitlin, während sie versuchte, diese Informationen zu verarbeiten.

»Das Schwert, nach dem wir suchen – das türkische Schwert – ist dazu gedacht zu beschützen, nicht anzugreifen. Aber dazu muss es in den richtigen Händen sein. Sollte es in die falschen Hände geraten, könnte es zu einer schrecklichen Waffe werden. Deshalb wurde es so sorgfältig versteckt – damit nur die richtigen Leute es finden. Und wenn irgendjemand in der Lage gewesen wäre, es zu verstecken, dann dein Dad.«

Momentan war Caitlin damit überfordert, diese Einzelheiten richtig zu verarbeiten. Es fiel ihr schwer zu glauben, dass all das der Wahrheit entsprach. Doch ganz offensichtlich ergab das einen Sinn. Sie hatte das Gefühl, dass ihre Suche sich dem Ende zuneigte.

»Aber ich kann hier keine weiteren Hinweise erkennen«, sagte sie schließlich und sah sich zweifelnd um.

»Ich auch nicht«, gab Caleb zu. »Aber wenn deine Theorie stimmt und es hier um den Weg geht, würde das bedeuten, dass wir diesen Kreis aus irgendeinem Grund einfach nur sehen sollten, um dann die Spur weiterzuverfolgen.«

Er nahm die Schriftrolle und studierte sie zum wiederholten Mal.

»Versammeln sich in dem Haus«, las er langsam und nachdenklich. »Was für ein Haus?«

Caitlin breitete erneut den Plan des Freedom Trail aus.

»Entlang dieser Besichtigungsroute gibt es jede Menge Häuser: das Paul Revere House, John Coburn's House, das John J. Smith House ... Jedes davon könnte gemeint sein.

Es könnte sogar ein Haus sein, das gar nicht auf dem Freedom Trail liegt«, fügte sie hinzu.

»Das glaube ich nicht«, widersprach Caleb. »Irgendwie habe ich das Gefühl, dass wir aus einem bestimmten Grund auf diese Fährte gesetzt wurden. Unser Ziel muss irgendwo auf dem Freedom Trail liegen.«

Beide beugten sich über den Plan und lasen alle Beschreibungen aufmerksam durch. Plötzlich hielt Caitlin inne. Ein neuer Gedanke war ihr durch den Kopf geschossen.

»Und wenn es gar kein Haus ist?«, fragte sie aufgeregt.

Fragend sah Caleb sie an.

»Aus irgendeinem Grund erscheint mir die Bezugnahme auf ein normales Haus zu offensichtlich. Alle anderen Hinweise waren wesentlich subtiler. Was wäre, wenn der Hinweis nicht wörtlich zu nehmen ist, sondern im übertragenen Sinne?«

Sie folgte dem Pfad mit dem Finger.

»Beispielsweise könnte eine Kirche gemeint sein. Sieh mal«, sagte sie und zeigte mit dem Finger darauf. »Die Meeting House Church, wo früher Versammlungen abgehalten wurden. Sie liegt gleich um die Ecke.«

Calebs Augen wurden groß, und er nickte anerkennend.

Dann lächelte er. »Ich bin froh, dass du auf meiner Seite bist.«

* * *

Zügig marschierten sie die Washington Street entlang und erreichten innerhalb kürzester Zeit die Meeting House Church. Auch diese historische Kirche war perfekt restauriert.

Als sie eintreten wollten, wurden sie von einer Aufseherin aufgehalten.

»Es tut mir leid, aber wir schließen gerade«, sagte sie. »Das hier ist ein Museum, und es ist siebzehn Uhr. Warum kommt ihr nicht einfach morgen wieder?«

Caleb warf Caitlin einen Blick zu, und sie spürte sofort, was er dachte: Er wollte, dass sie ihre Willenskraft an dieser Frau ausprobierte.

Also blickte Caitlin der Frau tief in die Augen und schickte ihr auf dem Gedankenweg einen Vorschlag. *Sie würde sie einlassen, sie würde eine Ausnahme für sie machen.*

Plötzlich blinzelte die Frau mit den Augen und sagte: »Wisst ihr was? Ihr beide seid so ein nettes Paar. Deshalb mache ich für euch eine Ausnahme – aber erzählt es bloß nicht weiter!« Sie zwinkerte ihnen zu.

Bevor sie das Gebäude betraten, schenkte Caleb Caitlin ein stolzes Lächeln.

Die Kirche war wunderschön. Wie die Walfang-Kirche auf Martha's Vineyard bestand auch sie aus einem riesigen offenen Raum mit großen Fenstern, die in alle Richtungen zeigten. Die Kirchenbänke aus Holz waren leer. Sie hatten das Museum für sich allein.

»Diese Kirche ist riesig«, bemerkte Caitlin. »Was machen wir jetzt?«

»Lass uns zunächst dem vorgegebenen Weg folgen«, schlug Caleb vor und zeigte auf die roten Pfeile auf dem Boden, die den Besuchern den Weg weisen sollten.

So gelangten sie zu einer Reihe von Exponaten und kleinen Gedenktafeln, die entlang eines Holzgeländers ausgestellt waren. Sie blieben stehen, um zu lesen.

Auf einmal riss Caitlin die Augen auf. »Hör dir das an«, sagte sie. *»An diesem Ort entschuldigte sich im Jahr 1697 Richter Sewall dafür, dass er einer der Richter bei den Hexen-*

prozessen von Salem gewesen war, bei denen die Hexen im Jahr 1692 zum Tode verurteilt worden waren.«

Aufgeregt sahen Caleb und Caitlin sich an – die Verbindung zu Salem war hochinteressant. Offensichtlich waren sie am richtigen Ort. Alle Hinweise ihrer Suche liefen an einem Punkt zusammen. Sie fühlten sich ihrem Ziel so nahe, so als wäre das Schwert direkt unter ihren Füßen versteckt.

Doch als sie sich aufmerksam umsahen, entdeckten sie nichts, was eine weitere Spur darstellen könnte.

»Nun, das hier muss das Haus sein, in dem sie zusammenkommen. Und wenn du recht hast, wenn es tatsächlich um den Weg geht, dann stellt sich jetzt die Frage: Wo ist der vierte Ort?«

Erneut las er das Rätsel vor:

»Die vier Reiter reiten auf einem Pfad in die Freiheit.
Sie verlassen das gemeinsame Land,
betreten einen Ring aus Blut,
versammeln sich in dem Haus
und finden die, die sie liebten,
neben der vierten Spitze des Kreuzes.«

»Wir haben ›das gemeinsame Land‹ verlassen«, überlegte er laut, »wir haben den ›Ring‹ betreten, und wir haben uns ›in dem Haus versammelt‹. Jetzt müssen wir noch ›neben der vierten Spitze des Kreuzes die finden, die wir liebten‹. Wenn du mit deiner Vermutung richtig liegst, haben wir noch ein letztes Ziel vor uns.«

Beide dachten angestrengt nach.

»Ich glaube, dieser letzte Punkt bezieht sich auf die Suche nach deinem Vater«, sagte er. »Wir haben bestimmt nur noch eine Station vor uns. Aber wo? Was ist ›die vierte Spitze des Kreuzes‹? Eine weitere Kirche?«

Caitlin zerbrach sich den Kopf, trat dann einen Schritt vor und musterte wieder den Plan. Mit dem Finger verfolgte sie die Route, die sie bisher zurückgelegt hatte. Plötzlich leuchteten ihre Augen auf.

»Einen Stift«, stieß sie atemlos hervor. »Schnell, ich brauche einen Stift.«

Suchend lief Caleb den Gang entlang, bis er schließlich in einer Kirchenbank einen Stift fand.

Sorgfältig zeichnete Caitlin eine Linie in den Plan des Freedom Trail ein.

»Es ergibt ein Muster«, erläuterte sie aufgeregt. »Der Weg, den wir gegangen sind, ergibt ein Muster. Wir haben im Boston Common begonnen.« Sie fügte einen Kreis ein. »Dann haben wir den Ring aus Blut betreten«, fuhr sie fort und verband die beiden Punkte miteinander. »Als Nächstes waren wir in der Meeting House Church.« Sie kreiste auch die Kirche ein und zog eine Verbindungslinie.

»Sieh mal, wo wir überall gewesen sind. Sieh dir das Muster an.«

Unsicher kniff er die Augen zusammen.

»Das Muster ist noch nicht ganz fertig, deshalb erkennst du es noch nicht. Schließlich haben wir erst drei Punkte aufgesucht. Aber ein vierter würde es vervollständigen.«

Sie zog eine letzte Linie, um das Muster fertigzustellen.

Die Kinnlade klappte ihm herunter, als er begriff.

»Ein Kreuz«, sagte er leise. »Wir sollten den Konturen eines Kreuzes folgen.«

»Ja«, bekräftigte sie aufgeregt. »Und wenn wir der Linie

folgen, wenn wir das Kreuz symmetrisch vervollständigen, kann es nur auf einen Ort hindeuten.«

Mit den Augen verfolgten sie die Linie.

Genau dort am Ende der Linie, an der vierten Spitze des Kreuzes, lag der Friedhof von King's Chapel.

»›Die, die sie liebten‹«, sagte Caleb. »Der Friedhof.«

»Dort ist er beerdigt«, ergänzte sie.

»Und ich wette, dass sich dort auch das Schwert befindet.«

* * *

Samantha ließ die Außenbezirke von Boston hinter sich und steuerte den BMW zügig den Highway entlang. Das Ziel hieß Salem. Sam saß auf dem Beifahrersitz. Samantha ärgerte sich immer mehr über die wachsenden Schwierigkeiten bei der Suche nach Sams Dad. Als sie die Nachrichten auf Facebook gesehen hatte, nachdem Sam ihr voller Aufregung erzählt hatte, dass er in Kontakt mit seinem Vater stand, war sie überzeugt gewesen, dass alles ganz leicht werden würde. Sie würde ihn einfach zu seinem Vater bringen, und daraus würde sich der direkte Weg zum Schwert ergeben.

Doch die Dinge hatten sich komplizierter gestaltet. Diesen widerlichen Kerl hatte sie nicht auf der Rechnung gehabt, aber vor allem hatte sie nicht damit gerechnet, dass sie Gefühle für Sam entwickeln könnte. Das machte die Dinge nur noch komplizierter und trübte ihre Wahrnehmung. Ihr ursprünglicher Plan war so simpel gewesen: Sie wollte seinen Dad finden, beide umbringen und mit dem Schwert zurückkehren. Inzwischen war sie sich nicht mehr sicher, ob sie

Sam überhaupt töten wollte. Sie sah die frische Wunde an seiner Wange, eine ständige Erinnerung daran, dass er versucht hatte, sie zu retten.

Mehr als alles andere war sie wütend auf sich selbst, auf ihren Mangel an Selbstdisziplin. Sie hasste Gefühle – sie kamen einem bloß immer in die Quere.

Nachdem seine Uhr sie auf die Spur nach Salem gebracht hatte, hätte sie sich seiner entledigen können. Aber aus irgendeinem verrückten Grund wollte sie ihn bei sich haben – sie verstand sich selbst nicht mehr. Also hatte sie ihm gesagt, sie bräuchte seine Hilfe bei etwas, das ihr wichtig wäre. Dazu müssten sie nach Salem fahren. Ob er dabei wäre? Daraufhin hatte er über das ganze Gesicht gestrahlt. Es war mehr als offensichtlich, dass er keine Lust hatte, in die Schule zurückzukehren.

Außerdem konnte sie ihn weiterhin benutzen, um seinen Dad aufzuspüren. Das mit der Uhr war ein Glücksfall gewesen. Salem war jedoch kein kleiner Ort, und diese alte Gravur konnte alles bedeuten. Daher könnte es sich tatsächlich als nützlich erweisen, ihn dabeizuhaben.

Plötzlich spürte sie etwas und ging abrupt in die Eisen. Kreischend kam der Wagen mitten auf dem Highway zum Stehen.

»Hoppla!«, rief Sam, während er sich mit den Händen am Armaturenbrett abstützte. »Was soll das denn?«

Mehrere Autofahrer mussten ihnen mit quietschenden Reifen ausweichen und hupten empört.

Aber Samantha war das völlig egal. Sie hatte irgendwelche Schwingungen aufgefangen.

Hochkonzentriert reckte sie das Kinn und horchte in sich hinein.

Ja. Da war es wieder. Ganz in der Nähe. Das Signal war unmissverständlich. Bedeutende Vampiraktivitäten fanden statt, und zwar hier in Boston. Sie konnte das Pulsieren der Schwingungen in ihren Adern spüren. Sie strahlten eine gewisse Dringlichkeit aus. Vielleicht hatte das Ganze sogar etwas mit dem Schwert zu tun.

Völlig unvermittelt wendete sie um hundertachtzig Grad und zwang die übrigen Verkehrsteilnehmer damit zu waghalsigen Manövern. Der BMW raste den Storrow Drive in der entgegengesetzten Richtung entlang.

Sam wurde gegen die Tür geschleudert und klammerte sich Halt suchend an den Türgriff.

»Wozu die Eile?«, fragte er überrascht und ein wenig erschrocken.

Nach einigen Hundert Metern bog Samantha quietschend nach links ab und überquerte dabei unerschrocken vier Fahrspuren.

»Eine kleine Planänderung«, erwiderte sie nur.

* * *

Kyle sprang schon von der Jacht, bevor sie überhaupt angelegt hatte, und landete geschickt auf dem Kopfsteinpflaster Bostons. Kurz darauf stand Sergei neben ihm.

Auf der Überfahrt hatte er mehrmals daran gedacht, den Russen zu töten, doch das hätte ihm nur vorübergehend Freude bereitet und ihm nicht das verschafft, was er so dringend brauchte. Also hatte er beschlossen, ihm eine letzte Chance zu geben.

Wenn Sergei auch in Boston keine Anhaltspunkte fand, wo das Mädchen war, würde er ihn ganz bestimmt umbringen und einen anderen Weg finden. Ungeduldig sah Kyle den Russen an.

Zumindest hatte er noch die große Wunde im Gesicht. Der Gedanke, dass der Sänger eine schöne, große Narbe zurückbehalten würde, gefiel Kyle außerordentlich.

Zum Glück leuchteten die Augen des Russen jetzt auf.

»Sie ist definitiv hier, mein Meister«, sagte er aufgeregt. »Ich spüre sie ganz deutlich. Sie kann nur wenige Blocks entfernt sein.«

Ein zufriedenes Lächeln breitete sich auf Kyles Gesicht aus. Diesmal schien es zu stimmen. Ja, er glaubte ihm. Nur wenige Blocks entfernt. Das klang doch fantastisch.

Kyle ging auf eine glänzende neue Limousine zu, deren Fahrer bei laufendem Motor neben der geöffneten Tür stand.

Der Russe öffnete die Beifahrertür und stieg ein.

»He!«, rief der Fahrer.

Doch bevor er überhaupt reagieren konnte, hatte Kyle ihm schon einen kräftigen Fausthieb verpasst, der ihn einige Meter rückwärtsfliegen ließ. Mit einer geschmeidigen Bewegung nahm Kyle auf dem Fahrersitz Platz und fädelte sich in den Verkehr ein.

Dann raste er durch den dichten Bostoner Verkehr, scherte aus, nur weil es ihm Spaß machte, und rammte dabei einen anderen Wagen. Überall um ihn herum wurde kräftig gehupt. Er grinste breit. Jetzt fühlte er sich schon ein bisschen besser.

Innerhalb kürzester Zeit würde das Schwert ihm gehören.

Und dann würde er sie alle töten.

29. Kapitel

Als Caitlin und Caleb die Meeting House Church verließen und in die School Street einbogen, konnten sie schon den Friedhof der King's Chapel sehen. Er war nur zwei Blocks entfernt.

Die vierte Spitze des Kreuzes, dachte Caitlin. *Es passt alles zusammen*.

Beim Gehen dachte sie darüber nach, dass sie die ganze Zeit der Form eines Kreuzes gefolgt waren, als wären sie von einer unsichtbaren Hand geleitet worden.

Ihr Herz schlug immer schneller. Sie war aufgeregt und nervös, endlich ihren Vater zu treffen, wenn er denn noch lebte. Gleichzeitig wappnete sie sich auch dagegen, sein Grab zu sehen, falls er tot sein sollte. So oder so wusste sie nicht, wie sie darauf reagieren würde. Aber sie war auf jeden Fall sehr gespannt, zu erfahren, wer er war, von wem sie abstammte. Endlich würde sie Informationen über ihre Familie erhalten und herausfinden, was das Schicksal für sie bereithielt.

Gleichzeitig machte sie sich Sorgen, dass ihre Beziehung zu Caleb bald zu Ende sein könnte. Was würde passieren, wenn sie das Schwert tatsächlich fänden? Was würde er dann tun? Würde er gehen, um seinen Krieg zu führen und seinen Clan zu retten? Und was würde das für sie bedeuten?

Händchen haltend legten sie die letzten Meter zu dem Friedhof zurück. Sein Griff wurde fester. Vielleicht teilte er ja ihre Gedanken. Was auch immer sie in den nächsten Minuten finden würden, könnte ihrer beider Leben für immer verändern. Caitlin spürte, dass Rose sich tiefer in ihrer Jacke verkroch.

Die Sonne ging gerade unter, als sie den düsteren kleinen Friedhof der King's Chapel betraten. Es handelte sich um den kleineren der beiden historischen Friedhöfe Bostons, der schon ziemlich in Vergessenheit geraten war. Er war nur etwa dreißig Meter breit und kaum länger. Kleine, bescheidene Grabsteine, Hunderte von Jahren alt, waren auf dem Gelände verteilt.

Ein schmaler, gepflasterter Weg wand sich zwischen den Gräbern hindurch. Caitlin setzte Rose auf dem Boden ab, damit sie neben ihnen herlaufen konnte. Während sie jeden einzelnen Grabstein musterten und jede Inschrift lasen, klopfte Caitlins Herz heftig. Konnte das hier das Grab ihres Vaters sein? Oder das dort drüben?

Sie begannen ihre Suche ganz hinten in der letzten Reihe, gingen von Stein zu Stein und hielten nach einem Hinweis Ausschau. Bald stellte Caitlin fest, dass sie sich zu den größeren Grabmälern hingezogen fühlte – sie hoffte, dass ihr Vater eine bedeutende Persönlichkeit gewesen war und deshalb einen großen Grabstein bekommen hatte.

Doch sie konnten seinen Namen nirgendwo finden.

Als sie ihre Suche beendet hatten und wieder am Eingang gelandet waren, entdeckte Caitlin auf einmal, dass noch eine letzte Grabreihe übrig war. Sie lag direkt an der Straße, ganz dicht beim Eingang. Langsam schritten sie die Gräber ab.

Schließlich fanden sie es – ganz am Ende.

Auf dem Grabstein stand: *Elizabeth Paine, gestorben 1692*.

Es handelte sich um dieselbe Elizabeth Paine, auf die sie bereits in Salem gestoßen waren. Die Frau aus Hawthornes *Der scharlachrote Buchstabe*. Die Frau, die eine Beziehung mit einem Vampir eingegangen war, wie Caleb ihr erzählt hatte. Die Frau, die Caitlins Nachnamen trug. Hier war sie begraben.

War sie es, der sie die ganze Zeit auf der Spur gewesen waren? Hatte Caitlin nicht ihren Vater, sondern ihre *Mutter* gesucht?

Oder war Elizabeths Ehemann der Vampir gewesen?

Caleb kniete sich mit Caitlin neben das Grab. Auch Rose ließ sich nieder und starrte den Grabstein an.

»Das ist der Ort«, sagte er voller Ehrfurcht. »Hierher sollten wir kommen. Das ist ihre letzte Ruhestätte. Sie ist deine Vorfahrin.«

Caitlin war verwirrt. »Dann haben wir also die ganze Zeit nach meiner *Mom* gesucht?«

»Ich weiß es nicht«, erwiderte Caleb. »Es könnte sein, dass *sie* der Vampir war. Oder der Mann, den sie geheiratet hat.«

»Aber«, warf Caitlin ein, »heißt das, dass sie tot sind? Oder leben sie noch?«

Langsam schüttelte Caleb den Kopf. »Ich habe keine Ahnung«, gab er schließlich zu.

Erneut las er den Text auf der Schriftrolle: »... *und finden die, die sie liebten, neben der vierten Spitze des Kreuzes.*« Er ließ seinen Blick über den ganzen Friedhof schweifen. »Das muss der richtige Ort sein. Das hier sind ›die, die sie liebten‹. Das muss die vierte Spitze des Kreuzes sein. Es gibt sonst keine andere Möglichkeit«, sagte er nachdenklich. »Trotzdem sehe ich nichts, was auf das Versteck des Schwertes hindeutet. Du?«

Auch Caitlin sah sich erneut auf dem kleinen Gelände um, das inzwischen von der untergehenden Sonne rot angestrahlt wurde. Dann seufzte sie. Nein. Es gab keine einzige Spur.

Doch dann hatte sie plötzlich wieder eine Eingebung.

»Lies es noch einmal vor«, forderte sie. »Ganz langsam.«

»Und finden die, die sie liebten, neben der vierten Spitze des Kreuzes.«

»Neben«, wiederholte sie mit leuchtenden Augen.

»Was?«

»Es heißt *neben* der vierten Spitze des Kreuzes. Nicht *an*, sondern *neben*«, sprudelte sie hervor.

Gleichzeitig drehten sie sich um und betrachteten das große Steingebäude neben dem Friedhof.

Die King's Chapel.

* * *

Als sie die leere Kirche betreten hatten, schloss Caleb das mächtige Portal hinter sich. Es fiel mit einem lauten Knall ins Schloss. Natürlich war die Kirche verschlossen gewesen, doch Caleb hatte das Portal mit seiner enormen Kraft aufgebrochen. Jetzt hatten sie die Kirche für sich.

In der wunderschönen kleinen Kapelle strömte das Sonnenlicht durch die bunten Fenster. Sofort war Caitlin von Ruhe und Frieden erfüllt. Der Innenraum war anheimelnd und elegant, die Kirchenbänke waren jeweils in einzelne Bereiche für Familien unterteilt und mit rotem Samt bezogen. Alles war sehr gut in Schuss, und sie fühlte sich, als wäre sie in einem anderen Jahrhundert gelandet.

Caleb trat neben sie, und gemeinsam sahen sie sich um. In der Luft lag eine ganz besondere Stille.

»Es ist hier«, sagte er. »Ich kann es fühlen.«

Und zum ersten Mal konnte auch Caitlin es spüren.

Nach und nach hatte sich ihre Wahrnehmung geschärft,

und jetzt spürte sie deutlich die Anwesenheit des Schwertes. Sie war wie elektrisiert. Dabei wusste sie gar nicht, was sie aufregender fand: die Tatsache, dass das Schwert hier war, oder dass sie es jetzt auch spüren konnte.

Caitlin setzte Rose ab, schritt langsam den mit einem Teppich ausgelegten Mittelgang entlang und versuchte, mithilfe ihrer geschärften Sinne herauszufinden, wo das Schwert sein könnte. Ihr Blick blieb an der Kanzel am anderen Ende der Kapelle hängen.

Eine hübsche kleine Wendeltreppe führte zur Kanzel hinauf. Sie sah aus, als wäre von dort aus schon seit Jahrhunderten gepredigt worden. Aus irgendeinem Grund fühlte sie sich zu diesem Ort hingezogen.

»Ich spüre es auch«, sagte Caleb.

Sofort blieb sie stehen und sah ihn an.

»Geh nur«, forderte er sie auf. »Steig hinauf. Schließlich ist es *dein* Schwert und *deine* Familie.«

Also ging sie weiter und stieg langsam die Wendeltreppe hinauf. Rose blieb am Fuße der Stufen sitzen. Leise winselnd blickte sie zu Caitlin hinauf und ließ sie nicht aus den Augen.

Endlich erreichte Caitlin die Kanzel, die gerade eben genug Platz für eine Person bot, und musterte die schönen Holzschnitzereien. Nirgends war ein Versteck zu erkennen, es gab nur ein Holzgeländer, das einen Halbkreis formte und ihr bis an die Brust reichte. Das Holz fühlte sich ganz glatt an, abgenutzt über die Jahrhunderte. Aber nirgendwo war ein Fach oder eine Schublade zu sehen.

Doch dann entdeckte sie etwas.

In dem Holz befand sich eine ganz schwache Einbuchtung, die überstrichen worden war. Sie hatte die Form eines winzigen Kreuzes – ungefähr so groß wie das Kreuz an ihrer Halskette.

Als sie an der Einbuchtung kratzte, blätterte ein wenig Farbe ab. Ein Schlüsselloch kam zum Vorschein.

Caitlin nahm ihre Halskette ab und schob das kleine Kreuz in das Schlüsselloch. Es passte tadellos.

Als sie es vorsichtig drehte, klickte es leise.

Dann zog sie daran, aber nichts tat sich. Als sie fester zog, hörte sie, wie noch mehr Farbe abplatzte. Die Scharniere waren komplett übermalt worden. Mit den Fingernägeln versuchte sie, die Farbe wegzukratzen. Dann schob sie die Finger in den schmalen Spalt, der sich nun zeigte, und zog kraftvoll. Inzwischen war der Umriss eines hohen, schmalen Fachs zu erkennen. Wieder zog sie.

Und jetzt öffnete sich das Fach.

Abgestandene Luft und eine Staubwolke quollen daraus hervor.

Als der Staub sich gelegt hatte, riss Caitlin erstaunt die Augen auf.

Da war es. Das Schwert.

Es war schlichtweg atemberaubend. Der Griff war vollständig mit Gold und Juwelen überzogen. Ohne das Schwert berührt zu haben, konnte sie bereits seine Macht spüren.

Vorsichtig griff sie in das Fach und berührte das Schwert voller Ehrfurcht.

Sanft legte sie eine Hand auf den Griff und die andere auf die Schwertscheide. Dann nahm sie es langsam aus dem Fach heraus und hielt es in die Höhe, damit Caleb es ebenfalls sehen konnte.

Sie konnte sehen, wie ihm vor Staunen die Kinnlade herunterklappte.

Nun zog sie das Schwert langsam aus der Scheide, und mit einem leisen Klirren kam die Klinge zum Vorschein. Sie bestand aus einem Metall, das sie nicht kannte, und schimmerte anders als alles, was sie je gesehen hatte.

Die Energie, die das Schwert ausstrahlte, war überwältigend – sie fühlte sich an wie Elektrizität und strömte durch Caitlins Hand und ihren Arm.

Sie hatte das Gefühl, dass sie mit diesem Schwert alles erreichen konnte.

* * *

Der BMW hielt mit kreischenden Bremsen vor der King's Chapel. Blitzschnell sprang Samantha heraus und ließ den Wagen einfach mitten auf der Straße stehen. Verblüfft stieg Sam ebenfalls aus.

Andere Autofahrer hupten wie wild.

»He Lady, dort können Sie nicht parken!«, rief ein Polizist und lief auf sie zu.

Doch Samantha holte aus und schlug ihm mit der Faust auf die Nase. Noch bevor der Mann bewusstlos zu Boden sank, zog sie ihm flink die Pistole aus dem Halfter.

Schockiert und sprachlos sah Sam zu.

»Heilige Scheiße …«, setzte er an.

Aber bevor er den Satz zu Ende bringen konnte, nahm sie ihn in einen Würgegriff und hob ihn hoch. Er wusste kaum, wie ihm geschah.

Dann zerrte sie ihn die Stufen zur King's Chapel hinauf.

»Samantha!«, schrie er. »Was machst du …«

Mit dem Fuß trat Samantha das Kirchenportal auf und stürzte in die Kapelle.

»KEINE BEWEGUNG!«, rief sie schrill.

Im Mittelgang der Kapelle blieb Samantha stehen und hielt ihre Geisel mit der linken Hand fest, während sie mit der rechten die Pistole auf Sams Schläfe richtete.

Als Samantha aufsah, entdeckte sie dieses Mädchen – Caitlin – oben auf der Kanzel, mit dem Schwert in der Hand. Ihrem Schwert. Dem Schwert, das sie so dringend brauchte.

An der Seite der Kapelle stand dieser andere Vampir, der ihren Clan verraten hatte. Caleb.

Und direkt vor ihr im Gang sah sie einen kleinen, knurrenden Wolfswelpen.

»Lass das Schwert fallen!«, schrie Samantha, »oder ich bringe deinen Bruder um!«

Verzweifelt versuchte Sam, sich aus ihrem Griff zu winden, doch er war ihrer Kraft nicht gewachsen.

»Bitte«, flehte er, »tu das nicht. Warum machst du das?«

Samantha registrierte, dass Caitlin völlig verwirrt aussah und nicht wusste, was sie tun sollte. Immer wieder blickte sie zu Caleb hinüber, als wartete sie auf seinen Rat.

»Gib ihr das Schwert nicht«, sagte Caleb mit Nachdruck.

»Wenn du es nicht tust, wird dein Bruder sterben!«, kreischte Samantha. »Ich schwöre es!«

»Sam?«, rief Caitlin.

»Es tut mir so leid, Caity«, wimmerte Sam. »Bitte, gib ihr das Schwert. Lass nicht zu, dass sie mich umbringt.«

Angespanntes Schweigen senkte sich über die Kapelle, während Caitlin mit sich rang.

Rose fletschte die Zähne und schlich langsam auf Samantha zu.

»Okay!«, rief Caitlin schließlich. »Wenn ich dir das Schwert gebe, lässt du ihn dann auch ganz bestimmt gehen?«

»Ja. Wirf es jetzt herunter«, befahl Samantha.

Erneut zögerte Caitlin.

Dann warf sie das Schwert ganz plötzlich von der Kanzel.

Es landete mit einem lauten Klirren mitten im Gang auf dem Boden. Caitlin, Caleb und Samantha waren alle gleich weit von dem Schwert entfernt.

In diesem Augenblick rannte Rose los und stürzte sich auf Samantha.

Doch Samantha richtete die Pistole auf den kleinen Wolf und drückte ab.

Gleichzeitig flog krachend das Portal auf, und Kyle und Sergei stürmten herein.

Mit dieser unerwarteten Wendung hatte niemand der Anwesenden gerechnet. Sie machte das Chaos perfekt.

Kyle machte sich die allgemeine Verwirrung zunutze.

Bevor auch nur irgendjemand reagieren konnte, raste er den Gang entlang und schlug Sam und Samantha mit einem einzigen Schlag bewusstlos. Die Pistole schlitterte über den Boden.

Caleb zögerte keine Sekunde und stürmte auf das Schwert zu, das immer noch am Boden lag.

Doch Kyle hatte es ebenfalls entdeckt und schoss direkt hinter ihm her.

Bevor Caleb das Schwert erreichen konnte, sprang Kyle ihn von hinten an und warf ihn zu Boden.

Kyle landete auf Caleb, und die beiden begannen miteinander zu ringen. Sie waren einander kräftemäßig nahezu ebenbürtig.

Jetzt machte sich Sergei die Situation zunutze und schnappte sich das Schwert.

Anfangs war Caitlin zu schockiert gewesen, um zu reagieren, aber jetzt wurde sie aktiv. Sie musste Caleb helfen. Kyle schien allmählich die Oberhand zu gewinnen. Gerade versuchte er, Caleb mit den Daumen die Augen auszustechen.

Mit einem Satz sprang Caitlin von der Kanzel, flog durch die Luft und landete knapp fünf Meter tiefer auf dem Kirchenboden. Dann stürmte sie auf Kyle zu und trat ihn hart in die Rippen. Durch den Tritt wurde er gerade noch rechtzeitig von Caleb hinunterbefördert.

Doch plötzlich versank Caitlin ohne Vorwarnung in einer Welt des Schmerzes.

Sie schrie auf. Kaltes Metall drang in ihren Rücken ein und durchbohrte ihre Haut und ihre Eingeweide bis zu ihrem Magen. Genauso schnell wurde die Waffe wieder herausgezogen.

Als sie auf die Knie sank, spürte sie, wie das Blut in ihre Kehle stieg, ihren Mund und ihre Zähne erreichte und ihr dann das Kinn hinuntertropfte.

Schockiert und voller Qualen sah sie sich um und begriff, dass sie von hinten niedergestochen worden war. In den Rücken. Mit dem Schwert.

»NEIN!«, schluchzte Caleb entsetzt und eilte zu ihr.

Dabei war er so abgelenkt, dass er Sergei gar nicht wahrnahm, der mit dem blutigen Schwert neben Caitlin stand. Ganz offensichtlich war der Russe mit seinem Werk zufrieden, denn er grinste gemein.

»Du hast mich vor meiner Zeit getötet«, knurrte er wütend. »Und jetzt habe ich mich revanchiert.«

Dann drehte Sergei sich plötzlich um und rannte mit dem Schwert den Gang entlang.

Kyle sprang auf und folgte ihm.

Als die beiden an Samantha vorbeiliefen, erlangte sie gerade das Bewusstsein wieder. Sie schnappte sich den bewusstlosen Sam, warf ihn sich über die Schulter und eilte den beiden anderen hinterher.

Abgesehen von Caitlin und Caleb war die Kirche jetzt leer. Und Rose natürlich, die blutend auf der Seite lag und vor sich hin winselte.

»Caitlin!«, schrie Caleb und packte sie an den Schultern. Dann beugte er sich vor und streichelte ihr die Wangen. Die Tränen strömten ihm über das Gesicht.

Das Schwert hatte er völlig vergessen, so sehr schockierte ihn ihre Verletzung. Irgendwo in seinem Unterbewusstsein war ihm klar, dass die anderen mit dem Schwert die Kirche verlassen hatten. Mit dem Schwert, das er schon sein ganzes Leben lang hatte finden und beschützen wollen – darauf hatte er sogar einen Eid geschworen.

Doch jetzt interessierte ihn nur noch Caitlin, die blutend und sterbend vor ihm lag.

Sie lag auf dem Rücken auf dem Boden der Kapelle und spürte, wie die Welt kalt wurde. Fürchterliche Schmerzen am Rücken und im Bauch quälten sie, und sie spürte, wie viel Blut sie verlor. Vage nahm sie Calebs Hände auf ihrem Gesicht wahr.

Als sie die Augen aufschlug, sah sie die Kirchendecke. Und Caleb. Sein wunderschönes Gesicht, das auf sie hinunterblickte.

Sie wusste, dass sie im Sterben lag. Aber trotz der Schmerzen war sie nicht traurig um ihrer selbst willen. Nur die Vorstellung, nicht mehr bei ihm sein zu können, machte sie unglücklich.

»Caitlin!«, schluchzte Caleb. »Bitte geh nicht. Verlass mich nicht!«

Während er sie in den Armen wiegte, weinte er leise vor sich hin.

Caitlin sah in seine großen Augen, die jetzt fast schwarz waren, und versuchte, ihren Blick zu fokussieren.

Geh nicht.

Doch es funktionierte nicht.

»Caitlin«, flehte er unter Tränen. »Ich möchte, dass du es weißt. Ich kann jetzt sehen, wo wir uns getroffen haben. In einem früheren Leben. Jetzt kann ich alles sehen.«

Als Caitlin zu sprechen versuchte, gehorchte ihre Stimme ihr nicht mehr. Ihre Kehle war so trocken, und das Blut war überall. Sie brachte nicht mehr als ein Flüstern hervor.

»Was?«, fragte Caleb und beugte sich vor. »Sag es bitte noch mal.«

Diesmal legte er sein Ohr an ihren Mund.

»Verwandle ... mich«, hauchte sie.

Entsetzt starrte er sie an, nicht sicher, ob er sie richtig verstanden hatte.

Mit allerletzter Kraft streckte Caitlin die Hand aus, packte ihn am Hemd und zog ihn dicht zu sich herunter.

»Verwandle mich!«, befahl sie.

Damit hatte sie ihre letzten Kraftreserven aufgebraucht.

Die Augen fielen ihr zu, und sie spürte, wie ihr die Welt entglitt.

Das Allerletzte, was sie sah, war Caleb, der sich immer näher zu ihr beugte. Seine Eckzähne standen hervor und wurden länger, immer länger, je näher er ihr kam.

Und dann spürte sie einen exquisiten Schmerz an ihrem Hals, als die Zähne ihre Haut durchbohrten.

Danach versank ihre Welt in schwärzester Dunkelheit.

Fakten und Fiktionen

FAKT:

Im Jahr 1692 wurden in Salem ein Dutzend Mädchen im Teenageralter von einer rätselhaften Krankheit befallen. Man nannte diese Mädchen auch *die Besessenen*. Die Krankheit ließ die jungen Mädchen hysterisch werden: Sie schrien herum und behaupteten, dass sie von ortsansässigen Hexen gequält würden. Dies führte zu den Hexenprozessen von Salem. Bis zum heutigen Tag konnte keine Erklärung für die mysteriöse Erkrankung der jungen Mädchen gefunden werden.

FAKT:

Nathaniel Hawthornes bedeutendstes Werk, *Der scharlachrote Buchstabe*, basiert auf dem Leben von Elizabeth Paine, die in Salem lebte. Sie wurde bestraft, weil sie die Identität des Vaters ihres Kindes nicht verraten wollte.

FAKT:

Nathaniel Hawthorne hat nicht nur über Salem geschrieben, sondern auch lange dort gelebt. Seine Familie lebte schon seit vielen Generationen in Salem. Sein Urgroßvater war einer der Richter bei den Hexenprozessen von Salem gewesen. Hawthornes Haus in Salem existiert bis zum heutigen Tage.

FAKT:

Im siebzehnten Jahrhundert wurden in Boston auf dem Hügel von Beacon Common Hexen hingerichtet.

FAKT:

Elizabeth Paine liegt auf dem Friedhof der Bostoner King's Chapel begraben. Ihr Grabstein steht gut sichtbar in der ersten Grabreihe neben der Kapelle.

Hexenmagie und Elfenmacht

Karen Mahoney
IRON WITCH –
DAS MÄDCHEN MIT DEN
MAGISCHEN TATTOOS
Aus dem amerikanischen
Englisch von
Christina Pfeiffer
320 Seiten
ISBN 978-3-8432-0119-3

Donna ist mit Magie gezeichnet. Nicht irgendeine Magie, sondern uralte, alchemistische Magie, über die seit Jahrhunderten in Legenden erzählt wird. Obwohl sie sich ihrer Fähigkeiten bewusst ist, fühlt sie sich nicht mächtig. Sie fühlt sich nur vollkommen und fürchterlich allein.

Doch dann kehren die unheilvollen Dunklen Elfen zurück – und Donna muss sich entscheiden: Wird sie ihren besten Freund retten und dafür eines der wohlgehütetsten Geheimnisse der Welt verraten?